suhrkamp taschenbuch 2882

Ein Sohn auf der Suche nach seiner verstorbenen Mutter: Wie soll er ihre Geschichte erzählen? Wann hat die Mutter sich auf diese Reise in jene andere Welt begeben, die von der Medizin nüchtern als »präsenile Demenz« bezeichnet wird? »Es muß einen Weg zurück zu den unvernarbten Anfängen geben, zu der Zeit, als sie, barfuß in ihren Malsachen vor sich hinsummend, glücklich und verträumt ihr Bier trinken konnte. So müßte sie in der Erinnerung aussehen.« Kaum merklich hatte die Krankheit der Mutter begonnen, immer mehr verlor sie ihre Identität. Dem Sohn bleiben Erinnerungen an fröhliche Augenblicke der Kindheit. Die Beschäftigung mit dem Schicksal der Mutter wird für den Erzähler zur Obsession, zu einer Auseinandersetzung mit dem eigenen Ich.

Michael Ignatieff konfrontiert uns mit Krankheit und Tod und schärft darin um so mehr den Blick für das Leben.

Michael Ignatieff, geboren 1947 in Kanada, ist Historiker und lebt in London. Im Suhrkamp Verlag erschienen 1994 sein Roman *Asja* (st 2332) und 1996 *Reisen in den neuen Nationalismus* (st 2639).

Michael Ignatieff
Die Lichter auf der Brücke eines sinkenden Schiffs

Geschichte einer Familie

Aus dem Englischen von
Werner Schmitz

Suhrkamp

Originaltitel: *Scar Tissue*
Chatto & Windus, London 1993
Umschlagfoto: Michael McLaughlin

suhrkamp taschenbuch 2882
Erste Auflage 1998

Lizenzausgabe mit freundlicher Genehmigung des
Insel Verlags Frankfurt am Main und Leipzig
Suhrkamp Taschenbuch Verlag

Druck: Nomos Verlagsgesellschaft, Baden-Baden
Printed in Germany
Umschlag nach Motiven von
Willy Fleckhaus und Rolf Staudt

1 2 3 4 5 6 – 03 02 01 00 99 98

So mag diese Behinderung mich vervollkommnen, jene mich vollenden. So mag ich in dieser Dunkelheit in Licht gekleidet sein.

John Milton,
Second Defence of the English People

Für A. G. I.
Für J. A. G. I.

An ihre letzte Stunde will ich mich nicht erinnern. Ich will nicht ewig dazu verdammt sein, so von ihr zu denken, wie sie in diesen allerletzten Augenblicken war, als wir, mein Bruder und ich, ihre Hände hielten, während sie um ihr Leben kämpfte und verlor, den Mund aufgerissen, um Atem ringend, den leeren Blick ins Licht gerichtet. Diese Szene geht immer weiter, als wolle sie niemals enden, als leugne irgendein unversöhnter Teil von mir noch immer, daß sie sich tatsächlich ereignet hat. Noch immer erlebe ich Tage, an denen alles, was sie jemals war, alles, was sie mir je bedeutet hat, von der Erinnerung an diese furchtbar verzweifelten Atemzüge, diesen von Krämpfen gefolterten schwachen Leib, diese von Blut genäßten Lippen vollständig ausgelöscht wird. Es muß einen Weg geben, dies zu kompensieren, einen Weg, mich davon zu überzeugen, daß die banale Herzlosigkeit dieses Vorgangs nicht umsonst gewesen ist. Es muß einen Weg zurück zu den unvernarbten Anfängen geben, zu der Zeit, als sie, barfuß in ihren Malsachen vor sich hin summend, glücklich und verträumt ihr Bier trinken konnte. So müßte sie in der Erinnerung aussehen. Das ist es, was ich, falls denn so etwas möglich ist, aus ihrem Sterben retten muß.

Wie soll ich ihre Geschichte erzählen? Wann beginnt sie denn eigentlich? Wann beginnt das Sterben? Es war von Anfang an in ihr, eine Krankheit, die von Zelle zu Zelle, von Mutter zu Tochter weitergereicht wurde. Im Labor meines Bruders habe ich diese Zellen gesehen, diese dem bloßen Auge unsichtbaren Eruptionen von Narbengewebe. Ich habe das Erbe gesehen, das Familiensilber.

Bei welchem ihrer Vorfahren war es zum erstenmal aufgetreten? Ich kann es nicht genau sagen. Früher hatte die Sache andere Namen, falls sie überhaupt als Krankheit galt. Erst heute können wir uns einen Namen überlegen. Nach der Familienlegende war Annie MacDonald daran erkrankt, jedoch ohne es zu wissen.

Geboren wurde sie in der Mitte des vorigen Jahrhunderts in Schottland, von wo sie in den siebziger Jahren hierherkam. Sie lernte einen Landschulmeister kennen, wurde seine Frau und brachte drei Kinder zur Welt. Von ihrem Mann und den Kindern existieren noch Bilder, von Annie MacDonald nicht.

Ich brauche keine Bilder. Auch so sehe ich sie deutlich genug. Sie geht, die Haube unterm Kinn festgebunden, einen zerfurchten Feldweg zwischen Äckern voller Baumstümpfe entlang, ihre Krinoline schleift über den Boden. Auf den Feldern bleiben die Bauern stehen und sehen ihr nach. Sie bewegt sich auf die untergehende Sonne zu, und sie geht an all den hellen Fenstern auf den Lichtungen vorbei, bis sie zu beiden Seiten nur noch von Bäumen umgeben ist. Tief im Wald gerät sie ins Stolpern und stürzt. Ein Junge, der mit seinem Karren auf dem Heimweg ist, findet sie. Die Haube liegt neben ihr auf den Kiefernnadeln, eine Faust hat sie um ihr Halstuch geballt. Als er absteigt und sich über sie beugt, starrt sie aus leeren Augen zu ihm hoch.

Wir hatten als Familie wenige Geheimnisse, aber verschwiegen wurde manches, und dies war eins davon. Annie MacDonald war meine Ururgroßmutter, aber ich habe nie auch nur ein Wort über sie gehört, bis mein Bruder einmal eher beiläufig erwähnte, woran sie gestorben war – als ob ich das längst gewußt hätte.

Annie MacDonald hatte drei Töchter. Eine davon hieß

Nettie. Sie war die Mutter meiner Mutter. Als Kind habe ich fast jeden Sonntag in ihrer Wohnung im ersten Stock eines alten Holzhauses in der Stadt verbracht.

Meine Erinnerung an diese Wohnung ist welk und verblichen. Die Zimmer sind weg, eine Wendeltreppe steigt in die Leere meines Kopfs. Aber an einen türkischen Teppich erinnere ich mich, er lag in dem langen dunklen Flur zur Küche; eine geschnitzte Holztruhe im Eingang; ein verstaubtes Bücherregal im Arbeitszimmer, ein paar verschlissene Sessel um den Kamin im Wohnzimmer. Wäßriges Licht, das durch die Pflanzen strömte, die sie in Laborgläsern auf den Fensterbänken züchtete.

Die Sonntagvormittage verbrachte sie im Bett, und wenn ich über Nacht blieb, frühstückten wir im Schlafzimmer: Tee und Brötchen mit Butter von einem Tablett auf ihrem Schoß. Dazu las sie die Londoner *Times* – eine Woche alt, die leichtgewichtige internationale Ausgabe, die sich wie Asche anfühlte – und fragte mich, während sie die Zeitung überflog, nach meiner Meinung zu den Schlagzeilen. Ich sehe mich in Schlafanzug und Pantoffeln neben ihr stehen, etwa acht Jahre alt, und mit hoher Stimme Unsinn daherreden. Nettie sitzt, das lange schwarzgraue Haar über ihr Nachthemd gekämmt, aufrecht an ihre Kissen gelehnt und lauscht mit sarkastischer Miene. Dann streckt sie die Hand zum Nachttisch aus und greift nach einem Glasrahmen mit einem zerfransten Stück schmutzig karmesinroter Seide.

Als sie mich fragt, ob ich die Geschichte dieses Fetzens kenne, schüttle ich den Kopf, dabei kenne ich sie auswendig. Sie war 1916 in England, ihr Mann diente bei einem Regiment in Frankreich. Während seiner Abwesenheit kam ein junger Soldat aus einer nahe gelegenen Kaserne regelmäßig bei ihr zum Tee vorbei. Er wartete auf seinen

Marschbefehl an die Front. Die beiden saßen in Netties Salon, sie sprach, er hörte schweigend zu, die Teetasse auf dem Knie seiner Uniform.

Als er sie einmal während seines Fronturlaubs besuchen kam, brachte er das Stück karmesinroter Seide mit. Es hatte zur Kleidung einer Heiligenstatue in einer französischen Kirche gehört, und er war in das von Trümmern übersäte Kirchenschiff gekrochen, um es für sie zu holen. Dann kehrte er in die Gräben zurück und kam nicht wieder. Um ein Andenken an ihn zu haben, ließ sie den Seidenfetzen rahmen. »Er war so schüchtern, daß er es kaum wagte, ins Zimmer zu treten«, sagte sie von ihm; mehr habe ich nicht behalten.

Ich möchte Nettie wahrheitsgetreu schildern, den Schildpattkamm in ihrem Haar, ihre kräftigen kleinen Hände, ihre grauen Augen. Ich möchte der Aufmerksamkeit gedenken, die sie mir und einem einsamen und verängstigten Soldaten schenkte. Ich möchte sie so deutlich vor meinem geistigen Auge haben, wie ich den weinfarbenen Fliederbusch an der Straße unter meiner Wohnung sehe. Die Erinnerung ist das einzige Leben nach dem Tod, an das ich je geglaubt habe. Aber das Vergessen in uns läßt sich nicht aufhalten. Wir sind auf Verrat programmiert.

Etwa ein Jahr darauf steht Nettie in der Diele ihrer Wohnung, in der Hand das rote Stück Seide. Das Wochenende ist vorbei, meine Mutter ist gekommen, mich abzuholen; wir versuchen uns zu verabschieden.

»Kennt ihr die Geschichte?« fängt Nettie an.

Wir beide nicken. Nettie sieht zu uns hoch.

»Schon gut, Nettie, ich kenne die Geschichte«, sagt meine Mutter.

»Ich möchte . . .«

Ich strebe zur Tür, ich will die lange Treppe hinunter auf die Straße gehen. Mutter bedeutet mir, zu bleiben, wo ich bin.

»Erzähl's uns, Nettie.«

Nettie betrachtet den karmesinroten Fetzen, als wolle sie ihn zum Reden bringen, dann sieht sie mich an, wie ich in der Tür stehe und gehen möchte, aber von der Hand meiner Mutter am Ärmel festgehalten werde.

Also erzählt Mutter die Geschichte, wobei sie Nettie tief in die Augen blickt. Nachdem sie ihr am Ende einen Kuß gegeben hat, ergreifen wir die Flucht, und ich laufe, so schnell die Beine mich tragen, die Treppe hinunter.

Einige Monate später erhielt meine Mutter einen Anruf von der Polizei. Man habe Nettie etwa eine halbe Meile von ihrer Wohnung, in der Nähe des K-Mart, auf der Straße beobachtet, mit aufgelöstem Haar und nur mit einem Morgenmantel bekleidet. Der Polizist sei aus seinem Wagen gestiegen, habe sie am Arm berührt und nach ihrem Namen gefragt, aber sie habe die Frage nicht beantworten können. Als Mutter und ich auf die Wache kamen, saß Nettie auf einer Bank neben einer Polizistin, die Kaffee aus einem Styroporbecher trank und Netties Hand hielt. Netties rosa Morgenmantel war noch derselbe. Auch ihre Pantoffeln waren noch dieselben. Doch als ihr Blick sich mit meinem kreuzte, hatte sie nicht die leiseste Ahnung, wer ich war.

Ich weiß noch, daß ich mich so kalt und leer gefühlt habe wie ihre ausdruckslosen Augen. Ich weiß noch, daß ich mich gefragt habe, wieso ich in einer solchen Situation nur Distanziertheit und Neugier empfinden konnte. Es muß das erste Mal gewesen sein, daß ich etwas, das mich zunächst mit Angst erfüllte, zu etwas Interessantem gemacht habe.

Ich habe sie nie im Heim besucht. Ich habe auch nie darum gebeten. Es überraschte mich daher, als sie eines Tages beerdigt werden sollte. Mir kam es vor, als sei sie bereits seit Jahren tot gewesen. An die Zeremonie habe ich so gut wie keine Erinnerung, außer daß ganz zum Schluß einer von den Offiziellen ein Fläschchen aus der Tasche zog und Netties Asche als dünnes Rinnsal auf den Deckel eines Sarges in der Mitte der Kapelle streute. Als ich das sah, hielt ich mir die Hände vors Gesicht.

Diesen Moment bei Netties Beerdigung habe ich immer als das Ende meiner Kindheit betrachtet. Es war, als hätte ich in meiner Unschuld plötzlich erkannt, daß es so etwas wie Schicksal gab und daß es ein Leben nehmen und zerstückeln konnte.

Mein Bruder mag es nicht, wenn ich das Wort Schicksal benutze. Aber er ist ja auch Arzt. Er glaubt, man könne das Schicksal beeinflussen, es unter Kontrolle bringen. Zum Beispiel macht es die Genforschung jetzt möglich, Zeitpunkt und Art unseres Todes mehr oder weniger genau abzuschätzen. In der griechischen Mythologie wurde die Dauer eines Menschenlebens von den Parzen bestimmt, die uns den Lebensfaden mit einer Schere abschnitten. Wir mögen im Besitz des einst diesen Göttinnen vorbehaltenen Wissens sein, doch haben wir kaum eine Vorstellung, wie wir mit diesem Wissen leben sollen. Wäre es besser, nichts zu wissen? fragt mein Bruder.

Wären wir nicht glücklicher, wenn wir nichts wüßten? lautet meine seichte Gegenfrage.

Seit wann hat Glück etwas damit zu tun? sagt er.

Wann immer ich über das Schicksal nachdenke, dieses Wort, das er so verachtet, fallen mir gewisse Fernsehbilder aus meiner Kindheit ein. Die Zeitlupenfotografie steckte damals noch in den Kinderschuhen, das Videozeitalter mit seinen Wiederholungen und Zeitlupenaufnahmen war noch nicht angebrochen. Insbesondere erinnere ich mich an einen Zeitlupenfilm aus einer ballistischen Versuchsanstalt; dort untersuchten Wissenschaftler, Mathematiker und Waffenkonstrukteure den Aufprall von Geschossen auf Stahl, Ziegelsteine und Knochen. Die Splitter beim Austritt der Geschosse aus dem Knochen bildeten Muster von großer Schönheit.

Wenn ich mir das Schicksal vorzustellen versuche, sehe ich es wie eine Gewehrkugel: Sie nimmt ihren Weg aus einer Nebelkammer durch die Leiber der Vorfahren, tritt sprühend aus und nähert sich dem gespannten Schutzschild unserer Haut. Dank der Genforschung können wir die Kugel kommen sehen und den Zeitpunkt ihres Auftreffens ebenso abschätzen wie die Schneise, die sie in unsere Eingeweide schlagen wird. Wir können sogar das Sprühmuster bei ihrem Austritt berechnen. Nur ausweichen können wir ihr nicht.

Wenn ich meinem Bruder davon erzähle, sagt er, meine Darstellung sei wissenschaftlich nicht haltbar. Wir wissen längst nicht genug. Nimm uns beide, sagt er. Unser genetisches Material ist zu neunundneunzig Prozent identisch. Trotzdem würde ein Fremder uns nicht für Brüder halten. Wohl wahr. Ich bin groß und schlank und eher melancholisch veranlagt. Er ist kleiner, hat rotbraunes Haar, einen kräftigen Körperbau und ein lebhaftes, energisches Wesen. Seine Hände sind seltsam klein und zierlich. Meine sind lang und dünn und stark geädert. Er spricht sowenig wie möglich. Aus mir ergießt sich ein ängstlicher Strom von Worten, als müßte ich mich immerzu rechtfertigen. Ich habe geheiratet, ich habe Kinder. Er ist sein Leben lang allein geblieben. Seine gelassene Selbstgenügsamkeit ist mir ein Rätsel. Ich fühle mich bedürftig, unzuverlässig und vergleichsweise abhängig. Wir haben uns nie richtig verstanden, dennoch besteht zwischen uns ein tiefes, stillschweigendes Einvernehmen. Mir ist das unerklärlich. Aber daß er je darüber nachgedacht hat, bezweifle ich.

Als Arzt ist mein Bruder nicht beunruhigt von dem, was er nicht weiß. Er lebt mit der Tatsache, daß es noch immer nicht möglich ist vorherzusagen, was geschieht, wenn der Spielball angestoßen ist, wie die roten Kugeln von der Bande prallen und karambolieren, welche ins Loch fallen und welche an Tempo verlieren und auf dem Tisch liegenbleiben. Wir wissen nicht, was aus der Karambolage von genetischen Anlagen und Umwelt wird. Warum sollte dich das beunruhigen? fragt er mich.

Es beunruhigt mich nicht, aber ich sehe eine gewisse Ironie darin, daß unser Wissen zwar ausreicht, unser Schicksal zu kennen, uns jedoch nicht in die Lage versetzt, ihm auszuweichen. Die Genforschung sagt heutzutage routinemäßig Ergebnisse voraus, zu deren Verhinderung die Medizin nichts beizutragen vermag. Wir können ermitteln, welche Kinder einer Familie gewisse, noch immer unheilbare Krankheiten erben werden. Diese Art von Wissen wird von den Genforschern als moderne Hellseherei bezeichnet.

Meine Mutter war keine moderne Hellseherin, sie hatte nur altmodische Ahnungen. Ich war zwölf, als ich sie fragte, was Nettie gehabt hatte. Sie machte gerade das Abendessen und stand mit dem Rücken zu mir. Ich sehe sie noch in Jeans und Sweatshirt am Herd stehen, die Hand mit der Gabel halb erhoben.

»Warum willst du das wissen?«

»Nur so.«

»Es hieß Arterienverkalkung im Hirn.«

»Und was können wir dagegen tun?« frage ich.

Jetzt drehen sich ihre bloßen Füße auf den schwarzweißen Bodenfliesen der Küche, und sie sagt leise:

»Du kannst regelmäßig Kopfstand machen.«

Und das habe ich getan. Und tue es noch heute. Jeden Morgen nach dem Aufstehen lege ich ein Handtuch vor die Wand, knie nieder, bilde mit Ellbogen und Handflächen ein Dreieck, werfe die Beine in die Luft, balanciere mich aus und verharre dann so, bis mir das Blut in die Augen strömt. Als mein Sohn und meine Tochter noch klein waren, haben sie mir oft dabei zugesehen – durch die Beine, so daß sie mich und meine aus den Höhlen tretenden Augen richtig herum sehen konnten.

»Das Strömen des Bluts hat nichts damit zu tun«, sagt mein Bruder. Aber das ist nebensächlich. Ich muß einfach etwas tun, irgend etwas.

Schreiben mag etwas Ähnliches sein wie Auf-dem-Kopf-Stehen; eine Übung in Zauberei, ein vergeblicher Exorzismus. Meine Frau jedenfalls sieht das so. »Warum glaubst du, irgend etwas ändern zu können, wenn du darüber schreibst?« fragt sie auf ihre dezent tödliche Art. Auf solche Behauptungen baut sich die Autorität, die sie über mich ausübt. Worauf ich nur erwidern kann: Ich weiß es erst, wenn ich es ausprobiert habe.

Ich könnte dies die Geschichte meiner Familie als Geschichte unserer charakteristischen Krankheit nennen. Ich könnte dies auch die Geschichte einer Krankheit als Geschichte einer Familie nennen. Für einen Historiker bin ich den Ereignissen jedoch zu nahe. Was ich geschrieben habe, ist eher eine Zeitkapsel.

Erinnert sich noch jemand an diese Zeitkapseln?

Ich entsinne mich noch jeden Gegenstands, den wir während meines letzten Jahres an der Alton High School in den Zinkkasten im Betonsockel für die Schulflagge gelegt haben:

Eine Elvis Presley-Single mit dem Stück »Jailhouse Rock« sowie ein Foto des King.
Ein Paar Nylonstrümpfe.
Die Bibel.
Die Gesammelten Werke von Shakespeare.
Das Jahrbuch unserer Klasse, darin ein Bild von mir, auf dem ich eine Schmetterlingsbrille trage. Meine Frau, mit Bubikopf, kam zwei Seiten später. Und jeder von uns lächelt, jeder einzelne.
Ein RCA-Transistorradio mit rosa hinterlegter Skala.
Eine Ausgabe von *Time* und ein Päckchen Spearmint-Kaugummi.
Einen kompletten Satz Münzen – Penny, Fünfer, Zehner, Vierteldollar und Dollar –, alle in tadellosem Zustand.

Wenn ich mir diese Liste jetzt ansehe, kann ich nicht behaupten, daß wir damals viel Phantasie gehabt haben. Aber Vertrauen, das hatten wir. Was vielleicht daher kam, daß wir solche Angst hatten. Man bedenke, wir waren die Generation der Atomschutzübungen: In der Schule suchten wir Deckung unter den Pulten, die uns vor den herabstürzenden Trümmern unserer Vorstadtwelt schützen sollten. Diese unterschwellige Angst war so allgegenwärtig, daß sie uns kaum bewußt gewesen sein dürfte. Sie zeigte sich allenfalls in Projekten wie dem mit der Zeitkapsel.

Da wir uns selbst kaum verstanden, sollte wenigstens die Zukunft uns verstehen. Wir glaubten, daß unsere Artefakte – besonders »Jailhouse Rock« – uns besser erklären würden, als wir selbst es könnten. Wir wollten von der Zukunft Vergebung für das, was wir mit unserem Leben machten. Die Zukunft sollte sich an uns erinnern und uns damit vor uns selbst reinwaschen. Ich sehe es noch vor mir, wie ein Schatten uns auf die Gesichter fällt, während unser Lehrer die letzte Kelle Beton über der Kassette glattstreicht.

Dies also ist meine Zeitkapsel. Was ist darin? Ein Zeitungsausschnitt. Fotografien. Eine PET-Aufnahme. Ein Vortrag, den ich vor den Rotariern von Alton gehalten habe. Aufzeichnungen über eine noch nicht verstandene Krankheit. Fragmente einer philosophischen Übung, die ich inmitten der Geschehnisse geschrieben und später, als ich wieder zur Besinnung kam, liegengelassen habe. Und einige Erzählungen, einige Dialoge zur Belebung des Geschehens. Mein Bruder legt Wert auf die Feststellung, daß er manches von dem, was ich ihm zuschreibe, nie gesagt hat. Aber darum geht es gar nicht. Ich kann mich nicht genau erinnern, was er an diesen schlimmen und oft schrecklichen Abenden gesagt hat, aber an die Grundstimmung erinnere ich mich, und obwohl er mir nicht zustimmt, glaube ich noch immer, das Geschehen wahrheitsgetreu dargestellt zu haben. Auf alle Fälle beeindruckt mich daran am meisten, wie wenig wir von dem, was sich da vollzog, begriffen haben, wie unvollständig wir es selbst heute noch begreifen. Aus diesem Grund spreche ich von einer Zeitkapsel. Wer auch immer dies in der Zukunft ausgräbt, wird sagen müssen: Seht euch an, was die nicht gewußt haben. Seht euch an, was die nicht verstanden haben. Seht euch diese seltsamen Wesen an. Warum hatten sie solche Angst?

Sie trägt ihre Malsachen; eins von Vaters weißen Hemden, die Schöße um die Taille gewickelt; eine Jeans voller Farbspritzer; das Haar mit einem roten Band zurückgebunden. Sie ist barfuß, die Zehennägel sind zinnoberrot angemalt. Wenn sie herüberkommt und mir eine Haarsträhne aus dem Gesicht streicht, rieche ich das Terpentin an ihren Händen. Farbe klebt unter ihren Fingernägeln. Mutter malt ein Porträt von mir.

Sie arbeitet draußen vor dem Haus, im Gras unter dem Ahornbaum, denn dort ist es kühl, und im Atelier will sie mich nicht haben. Das Atelier ist Sperrgebiet. Mein Vater kann sich nicht damit abfinden, daß er dort keinen Zutritt hat. Das Atelier ist in der Scheune hinterm Haus, und das Fenster ist mit Bedacht auf die Wiese und den Hügel dahinter ausgerichtet.

Eines Tages bei der Arbeit erwischte sie ihn, wie er durch das Atelierfenster zu ihr hineinspähte. Ich lag gerade auf dem Hügel im Gras und habe alles genau gesehen. Er stand vorgebeugt und belauschte sie, aber plötzlich fuhr er hoch, als hätte er einen Schlag erhalten, und schlich wieder ins Haus zurück. Als ich ans Fenster kam, lief die blaue Farbe aus ihrer Dose noch an der Scheibe herunter. Hinter der Farbschicht sah ich sie zwischen den an den Wänden lehnenden fertigen Bildern auf und ab gehen und wütend eine Zigarette rauchen.

Sie steht vor ihrer Staffelei, die Palette in der Hand, einen Fuß nach hinten gestellt, und überlegt, was sie mit mir anfangen soll. Ich sitze auf dem Picknicktisch unter dem Baum und lasse die nackten Beine baumeln. Ich trage eine kurze Hose und ein gestreiftes T-Shirt. Seit einer Woche posiere ich täglich zwei Stunden. Gelegentlich gönnt sie mir eine Pause und läßt mich ein wenig umhergehen, damit es mir nicht langweilig wird. Nur eins ist mir nicht gestattet: mir anzusehen, was sie da macht. Sie sagt, das störe ihre Konzentration.

Ihre Konzentration ist wie ein Moskitonetz, das sie über uns beide hinunterzieht, um jeden anderen auszuschließen. Mein Bruder liegt in der Hängematte auf der Veranda, er liest ein medizinisches Lehrbuch für Erstsemester und ignoriert uns demonstrativ. Er tut so, als sei es ihm gleichgültig, daß sie mich porträtiert, und nicht ihn.

Mein Vater, in Badehose, der auf dem Rasen hin und herläuft und mit einer Baumschere die Hecke schneidet, läßt uns nicht aus den Augen. Als er einmal herankommt und ihr über die Schulter sieht, stößt sie ihn mit der Hüfte weg. Hätte ich diesen Augenblick auf Video, würde ich ihn mir immer wieder ansehen: die Bewegung ihrer Hüfte, und wie er nach ihr zu haschen scheint und dann mit glücklicher Miene zurücktritt. »Hol uns ein Bier«, sagt sie, und er geht die Stufen zur Veranda hinauf. Ich höre die Fliegentür zuschlagen, ich höre ihn im Innern des Hauses singen, dann kommt er wieder und klopft einen Moskito von seiner Schulter.

Leise vor sich hin summend, ohne sonst jemand wahrzunehmen, geht sie auf und ab und versucht einen Eindruck von meinem Gesicht zu bekommen.

Kinder sind unmöglich, sagt sie, und als ich frage warum, sagt sie, weil ihre Gesichter sich dauernd verändern. Wie Licht unter Wolken. Verdammt, schimpft sie leise und steckt sich eine Zigarette an. Mein Vater gibt ihr ein Bier in die freie Hand, und während er meinem Bruder in der Hängematte eins zuwirft, nimmt sie einen großen Schluck.

»Gib dem Jungen auch eins.«

»Ist er nicht zu jung dafür?« meint Vater.

Ich bin vierzehn. Ich möchte so zart gebaut wie Miles Davis sein. Ich möchte Slidegitarre spielen können wie Elmore James. Ich will, daß mein Gesicht aufhört, sich zu verändern, daß meine Stimme endlich einen kräftigen und maskulinen Tonfall annimmt. Ich will ein wortkarger Mann sein. Ich will trinken. Mein Vater mustert mich, dann wirft er mir meine erste Dose zu, und als ich sie aufreiße, schäumt mir der Inhalt über die Hände.

Ich bin jetzt so alt, wie sie damals war. Noch immer habe ich den Hopfengeruch in der Nase, spüre ich die eiskalte Dose zwischen meinen Fingern. Noch immer hege ich unerfüllbare Wünsche. Noch immer versuche ich mir jeden einzelnen Augenblick der Tage, an denen Mutter mich porträtierte, ins Gedächtnis zurückzurufen.

»Hör auf zu posieren«, sagt sie.

»Tu ich ja gar nicht.«

»Es interessiert mich nicht, wie du gern aussehen würdest.«

»Ich will bloß gut aussehen.«

»Wer sagt, daß du das nicht tust?«

»Aber mal mich nicht so sensibel.«

Die nächste Zigarette; sie atmet aus, visiert mich an über die Spitze des Pinsels, den sie ausgestreckt vor sich hält, und setzt dann einen knappen, entschlossenen Strich. Ich spüre den Strahl ihrer Konzentration auf meinen Augen, ich sehe den Pinsel in ihrer Linken mit raschen halbkreisförmigen Bewegungen meine Augenhöhlen malen. Sie hält inne, betupft den Strich mit einem Lappen, tritt zurück, zieht hastig an der Zigarette und geht wieder heran, um eine Korrektur anzubringen. Die Augen sind bei einem Porträt das wichtigste. »Wenn die stimmen, hast du's geschafft«, sagt sie; dann: »Verdammt«, und betupft den Strich mit einem Lappen. Wieder unterbricht sie sich, taxiert mich, stürzt auf die Leinwand los und tritt zurück. Ihr Gewicht auf das nach hinten gestellte Bein verlagernd, mustert sie das Ergebnis. Sie lacht. »Diese verdammten Dinger hast du von mir«, sagt sie; sie meint meine Augen, die genauso geformt sind wie ihre. »Also sollte ich sie auch richtig hinkriegen können.« Doch meine Augen entziehen sich ihr fast die ganze Woche lang. Und immer, wenn sich ihr etwas entzieht, singt sie einen Song von Judy Garland: leise und immer ein wenig zu tief.

For years I've had it preached to me
And drummed into my head
Unless you've played the Palace
You might as well be dead.

Sie bearbeitet mit einem Spachtel den Hintergrund, und ich kann von meinem Platz aus sehen, wie die Rückseite der Leinwand sich unterm Druck der Klinge wölbt. Sie nimmt die Farbe auf den Spachtel und trägt sie mit raschen, abwärts gerichteten Schrägstrichen auf. Gelegentlich blickt sie über den oberen Rand der Leinwand, um irgendein Detail meines Gesichts zu prüfen. Dann sehe ich weg.

»Wovor hast du Angst?«

»Vor gar nichts.«

Heute verstehe ich das. Wir hatten ein Abkommen getroffen, obwohl mir das damals so nicht bewußt war. Ich würde sie eine Woche lang ganz für mich allein haben. Als Gegenleistung hatte ich mich ihren forschenden Blicken auszusetzen. Ich mußte mich ihr vorbehaltlos ausliefern. Das war die Übereinkunft. Und sie würde von dem Gesehenen nur das verraten, was sie zu malen beschloß. Ich durfte ihr bei der Arbeit nicht zusehen. Am Ende jeder Sitzung brachte sie Leinwand und Staffelei ins Atelier und verschloß die Tür.

»Dein Gesicht ist schwierig«, sagt sie. Nur ihre Augen sind zu sehen, sie taxieren mich über den Rand der Leinwand.

»Nein, ist es nicht.«

»Du versteckst dich andauernd.«

»Ich bin hier.«

»Nein, bist du nicht.«

Sekunde um Sekunde überwacht sie meine Konzentration, zwingt mich in jenen von ihr geforderten Zustand der Aufmerksamkeit zurück: dort zu sein und nirgendwo anders. Ein paarmal kommt sie, legt mir die eine Handfläche auf die Brust, die andere auf den Rücken und rückt mich wie eine Vase einen halben Zentimeter nach rechts. »Jetzt nicht bewegen.«

Wieder vor der Leinwand, grinst sie: »Ja. Gut. Bleib so«, sagt sie.

»Du redest wie der Schulfotograf.«

»Mit Fotografie hat das hier nichts zu tun, Junge. Hör auf zu reden. Dreh dich nicht um. Ja. Bleib genau so. Gut. Gut.« Mit raschen Bewegungen fällt sie über die Leinwand her, erst mit dem Pinsel, dann mit dem Spachtel, dann mit dem Zipfel eines Lappens, um etwas zu verwischen oder eine gewisse Struktur hineinzubringen. Die Leinwand schneidet sie in zwei Teile. Oben sehe ich ihre prüfenden blauen Augen, unten ihre bloßen Füße, die, wenn die Arbeit gut vorangeht, im Takt zu dem Lied wippen, das sie vor sich hin summt.

Daß es ihr gelang, mich zu malen, habe ich damals als Zeichen dafür aufgefaßt, daß sie mich von allen am liebsten hatte. Heute weiß ich, daß dem nicht so war. Wahrscheinlich hat sie meinen Bruder noch mehr geliebt. Sie hat versucht, ihn zu malen, aber es ging einfach nicht. Er hat sich ihr widersetzt. Er war neunzehn, hatte gerade mit dem Medizinstudium angefangen, versuchte sich mühsam loszureißen – jedenfalls sehe ich das heute so – und war nicht bereit, sich eine Woche lang ihren prüfenden Blicken auszusetzen. Da er nicht für sie sitzen wollte, machte sie nur ein paar Skizzen von ihm, wenn er in der Hängematte lag oder wenn wir nackt im Teich schwammen oder uns auf dem Rasen eine Frisbeescheibe zuwarfen. Ich sehe sie noch vor mir, wie sie, im Liegestuhl auf der Veranda, einen Bleistift zwischen den Zähnen, in ihrem Skizzenblock herumzeichnet. So pflegte sie alles Wichtige festzuhalten: mit geschickten, kraftvollen Kohlestrichen, die mit sengendem Geräusch über das weiße Papier fuhren.

Meine Mutter hat mich nicht gemalt, weil ich ihr am nächsten stand, sondern weil ich emotional leicht zu lenken war. Mit meinem Bruder und, auf andere Weise, auch mit meinem Vater war sie zu eng verbunden, als daß sie die beiden zum Thema ihrer Arbeit hätte machen können. Sie wußte, was sie von mir dachte, und konnte mich deshalb malen, ohne über ihren Standort im Zweifel zu sein.

»Wie konntest du wissen, was sie von dir dachte?« sagt mein Bruder. »Wie kannst du so etwas wissen?« Ich wußte es eben.

Eines Nachmittags unter dem Ahornbaum, in einer düsteren, feuchten Atmosphäre – hinterm Haus brauten sich Gewitterwolken zusammen –, warf sie den Pinsel auf die Palette, nahm einen Lappen, wischte sich die Hände ab, schritt zum Haus hinauf und sagte über die Schulter: »Ich bin fertig.«

Ich hatte etwas anderes erwartet. Auf den Fotos aus

dieser Zeit zeige ich immer das gleiche albern breite Grinsen des kleinen Bruders, des jüngsten Sohns, dem irgend jemand eine große Hand um die Taille legt. Auf dem Bild, das mir am besten gefällt, sitze ich auf den Schultern meines Vaters: die Fersen an seinem großen, straff gespannten Bauch, die Hände in die drahtigen grauen Haare an seinem Hinterkopf gekrallt, ein fieberhaftes Grinsen auf dem Gesicht. Ich kann mich an keine der auf diesen Fotos festgehaltenen Szenen erinnern, aber jetzt, in meinen reiferen Jahren, erwache ich morgens gelegentlich mit dem Bewußtsein, daß ich wieder einmal irgendeine Szene vor diesem Haus durchlebt habe. Es ist Sommer. Der Rasensprenger ist eingeschaltet. Mutter singt, ich kann sie durch das offene Atelierfenster hören. Vater macht in der Küche Kaffee und hört sich im Radio die Baseballergebnisse von gestern abend an. Es wird ein langer und heißer Tag.

Auf dem Porträt hat sie mich, wie ich entdeckte, als ich um die Staffelei herumging und es mir zum erstenmal ansah, traurig und niedergeschlagen dargestellt, mit nach innen gerichtetem Blick, blind für den blauen Himmel, den sie mir um den Kopf gemalt hat. Vater kam die Verandatreppe herunter, und dann standen wir eine Weile gemeinsam davor. Noch heute spüre ich seine Hand auf meiner rechten Schulter. Er sieht sich das Bild ausgiebig an. »Aha«, sagt er, als sei er genauso überrascht wie ich. Es ist das Porträt eines Kindes, das seine Kindheit vor seinen Augen verschwinden sieht.

Ich ging in die Küche, wo sie sich eine Tasse Tee machte, und fragte, warum sie mich mit so einem finsteren Gesicht gemalt habe. Sie sagte: »Wenn du entspannt bist, siehst du traurig aus.« Und ich weiß noch, wie ich dachte: Bin ich traurig? Ich fühle mich nicht traurig. Wie konnte sie das wissen? Auf dem Bild kann ich mich mit ihren Augen sehen, und ich glaube, damit einen tieferen Zugang zu mir selbst zu finden, als es mir sonst wohl je möglich sein dürfte. Wenn ich es jetzt betrachte – es hängt bei mir im Schlafzimmer –, berührt es mich eigenartig, daß ich mich in diesen vierzig Jahren so wenig verändert habe. Sämtliche Zellen meines Körpers sind schon mehrere Male ausgewechselt worden, ich habe eine Menge hinter mir. Und trotzdem bin ich noch immer der, den sie damals gemalt hat.

Als wir einmal über meinen Vater sprachen, sagte sie zu mir: »Weißt du, es gibt Leute, denen fällt das Leben einfach *schwer.*« Damals wußte ich nicht, wovon sie redete. Wie kann einem das Leben schwerfallen? Die Schwerkraft ist für alle gleich, auch für ihn. Heute denke ich, sie hat auch Leute wie mich gemeint, Leute, die traurig aussehen, wenn sie entspannt sind.

Ihr schien das Leben niemals schwerzufallen. Sie lebte ihr Leben mit der Gemütsruhe eines geborenen Schwimmers, während man bei meinem Vater den Eindruck hatte, er quäle sich durchs Leben wie durch einen eisigen Strom. Das hatte viel damit zu tun, daß er im Exil lebte; sie dagegen verbrachte den größten Teil ihres Lebens in der Umgebung von Alton. Er wurde häufig von Reuegefühlen heimgesucht, aber sie habe ich niemals über irgend etwas Bedauern äußern hören. Ihre Selbstgenügsamkeit war einfach etwas, das jeder von uns, besonders mein Vater, zu akzeptieren hatte. Sie malte, weil sie das gerne tat. Sie hat nicht ausgestellt, keine Karriere gemacht; es kam ihr bei der Arbeit einzig darauf an, daß sie gut war. Was wir davon hielten, interessierte sie nicht.

Ich sehe, wie sie in den Teich hinterm Haus springt, dann wieder hinaussteigt, sich an Vaters Liegestuhl anschleicht und ihren langen blonden Zopf behende hinter ihm auswringt, daß ihm das Wasser über den Rücken läuft. Aufschreiend jagt Vater sie über den Rasen; sie flieht, weicht aus, er treibt sie an den Rand des Teichs; dort nimmt sie ihn bei der Hand, als wollten sie zu tanzen anfangen, dreht sich aber plötzlich um die eigene Achse und stößt ihn hinein. Mit Schlamm und Unkraut bedeckt, taucht er auf und brüllt: »Blödes Weib«; »Bleedes Waib«, ahmt sie seinen Akzent perfekt nach und klatscht in die Hände. Als er die Jagd wiederaufnimmt, läuft sie hakenschlagend weg, entkommt ihm zur Verandatür und schlägt sie ihm vor der Nase zu.

Meine Frau meint, ich sei diesen Erinnerungen verfallen, sie hätten mich retrospektiver und melancholischer gemacht, als mir zuträglich sei. »Du bist gar nicht ganz hier«, hat sie oft zu mir gesagt. Nemesis einer glücklichen Kindheit, hätte ich erwidern sollen.

Wie ich jetzt sehe, sind wir aus der Stadt auf die Farm gezogen, nachdem das Chemieunternehmen meinen Vater befördert hatte und das Geld aus Netties Hinterlassenschaft ausgezahlt worden war. Meine Mutter war in Alton aufgewachsen und wollte eigentlich nicht dorthin zurückziehen, doch als das Fraser-Anwesen frei wurde und sie die Entschlossenheit meines Vaters sah, es zu kaufen, erkannte sie, daß Widerstand zwecklos war. »Die Scheune wird dein Atelier«, versprach er ihr. »Der Dachboden mein Arbeitszimmer. Warte nur ab.«

Drei Jahre lang, jeweils von April bis September, tauschte er jeden Freitagabend seinen Anzug mit einem Overall und fuhr auf dem Highway zum Haus, um dort zu arbeiten. Ich ging damals zur Grundschule, und manchmal begleitete ich ihn, hielt ihm die Leiter, holte Nägel oder brachte ihm Kaffee, während er fluchend und vor sich hin pfeifend schuftete und rackerte, um das alte Fraser-Haus von den Toten zurückzuholen. Ich sehe ihn mit nacktem Oberkörper auf der Leiter, er nagelt Schindeln an und singt dazu in falschen Tönen russische Lieder, deren Texte von den Nägeln in seinem Mund entstellt werden.

»Ich kenne dieses Haus besser als mich selbst«, pflegte mein Vater zu sagen. Vermutlich trifft es zu, daß die Dinge, die man mit seinen Händen macht, zu den Teilen der eigenen Persönlichkeit gehören, die man noch am ehesten versteht. Meine Bücher, zum Beispiel. Ich weiß, warum sie nicht besser sind als sie sind; wohingegen es mir ein vollkommenes Rätsel ist, warum ich selbst nicht besser bin als ich bin.

Dieses verwitterte Holzhaus auf einem Hektar Weideland hat meinem Vater wie nichts anderes die Möglichkeit gegeben, sich zu verwirklichen. Nachdem er neue Leitungen verlegt, jeden Hohlraum mit Dämmstoff ausgestopft, die Dielen abgeschmirgelt und neue Fenster eingesetzt hatte, durfte er das Haus mit gutem Recht als eine Erweiterung seines Nervensystems betrachten. Wenn er nicht oben in seinem Arbeitszimmer Berichte, Analysen und Rezensionen für das *Journal of Soils Chemistry* tippte, zog er mit einem Schraubenzieher oder einem Pinsel in der hinteren Hosentasche los, um irgend etwas zu reparieren oder auszubessern. Lange bevor einer von uns anderen etwas davon merkte, entdeckten seine Ohren eine lose Schraube in der Verandatür oder einen tropfenden Wasserhahn im Keller. Dieses ewige Werkeln war die ideale Methode für einen Mann wie ihn, der nicht viel über sich nachdachte, sich der Vergänglichkeit der Dinge entgegenzustemmen.

Als Teenager konnte ich mitunter nicht begreifen, was ein Mann wie er einer so scheuen und nachdenklichen

Frau wie meiner Mutter bedeuten mochte. Heute verstehe ich das: Sie hat sich seiner reinen animalischen Energie unterworfen. Und der Tatsache, daß er anders war. Als sie sich kennenlernten, war er, nach seinen eigenen Worten, ein »Trottel aus dem Osten, der kein Englisch konnte«, und um den Abschluß seines Studiums zu finanzieren, arbeitete er in Alton als Kiesfahrer. Sie lernten sich kennen, als er einmal auf der Einfahrt zum Schulgebäude Kies ablud und sie aus dem Pausenraum kam, um ihm zuzusehen. Als er mit Abladen fertig war, machte sie mit Blick auf seine absurde, beinahe anstößig kurze Hose, die ihn als Europäer verriet, die scherzhafte Bemerkung: »So kurze Hosen trägt kein Mensch.« Schließlich war das hier Alton ums Jahr 1936, und so etwas wie ihn gab es nicht noch einmal im Umkreis von fünfzig Meilen. Er stolzierte ein paar Schritte auf sie zu und bot ihr eine Zigarette an, worauf sie sagte, sie habe keine Zeit, sie müsse wieder hinein und Unterricht geben; am Abend holte er sie dann mit einem schrottreifen Ford, bei dem sich, so jedenfalls hatte sie es in Erinnerung, kein einziges Fenster ordentlich schließen ließ, zu einer Spazierfahrt ab und raste mit ihr über die Feldwege. Ich nehme an, sie war überrascht und irgendwie auch stolz, daß sie jemanden geheiratet hatte, der so anders war als sie selbst.

So vieles an ihm paßte nicht zusammen: der Kieslaster und die guten Manieren, die kurzen Hosen und der akademische Grad in Bodenchemie, die Angewohnheit, bei warmem Wetter draußen stets ohne Hemd herumzulaufen, und die ruhige Präzision seiner Arbeit im Labor. Bei aller Polterhaftigkeit – »Ich bin von lauter Idioten umgeben, und du, mein lächerlicher Sohn, bist der größte von allen« usw. usw. – war er ein überaus gewissenhafter und sorgfältiger Mensch. Dem fügte sie sich. Seine Wutanfälle akzeptierte sie als Gewitter, die für eine gewisse Art exotischer Dschungelvegetation unentbehrlich sind. Einige wenige Male habe ich es erlebt, wie er sie aus schierer Bosheit zum Weinen brachte. Ich habe ihm das nicht verzeihen können. Sie aber hat ihm verziehen. Verzeihung zu gewähren war ihr Privileg, und sie wußte, wie sie ihn dazu bringen konnte, darum zu betteln.

Sie hatte Schwierigkeiten, sich deutlich auszudrücken, und er zog gnadenlos darüber her, als sei dies ein Makel, der ihn gleichzeitig provozierte und erschreckte. Als Teenager konnte ich sie oft gar nicht verstehen. Sie begann einen Satz und hörte stotternd wieder auf. Die Worte gerieten ihr durcheinander.

»Das war so, als die wegen dieser Bildersache kamen, es war nämlich keiner zu Hause, und da habe ich gesagt, ich würde nicht warten, und dann einfach in den Wagen und ohne nachzudenken weggefahren.« Ich habe mir diesen Satz aufgeschrieben, um mich später daran zu erinnern.

Wenn man ihr folgen wollte, mußte man hinter ihr herrennen, die Lücken ausfüllen und die Satzteile umordnen. Offenbar kamen ihr die Gedanken so schnell, daß sie nicht in Worte zu fassen waren. »Ach, du weißt schon, was ich meine«, rief sie, wenn ich ein verwirrtes Gesicht machte, als ob ihr der Spaß an der Unterhaltung verdorben würde, wenn sie das Ganze noch mal von vorn erklären sollte. Aufgrund ihrer Schwierigkeit hatte sie vor wortgewandten Leuten einen übertrieben großen Respekt. Als mein Bruder sein Medizinstudium in Boston abschloß, war sie so beeindruckt, daß ich sie daran erinnern mußte, daß er nicht Einstein sei.

»Ja, aber ich habe bloß die pädagogische Hochschule besucht«, erwiderte sie.

Ihre chaotische Redeweise brachte meinen Vater maßlos auf. »Was willst du eigentlich sagen?« fragte er oft. »Welcher Gedanke quält sich aus deinem Gehirn?«

Sie wußte, daß sie ein Problem hatte. »Was glaubst du, warum ich male?« versuchte sie einmal eine Erklärung. Das Malen war die einzige Ausdrucksform, auf die sie sich verlassen konnte. Das ging so weit, daß sie, um eine Wegbeschreibung gebeten, erst zu reden anfing und dann plötzlich meinte: »Vergiß es, gib mir einen Bleistift«; und dann zeichnete sie eine Karte, die nichts ausließ, weder das Drive-in auf der linken Seite noch das Safeway auf dem Hügel noch die zwei Tamarisken im Garten des Hauses an der Ecke, wo man nach links abbiegen mußte.

Sie konnte mit der linken und der rechten Hand gleichzeitig ihren Vornamen und ihren Ehenamen schreiben. Und zwar auf jede beliebige Weise: den Vornamen senkrecht nach unten, den Nachnamen senkrecht nach oben, oder umgekehrt. Wenn sie sich mit gespitzten Lippen noch mehr konzentrierte, konnte sie die Namen auch gleichzeitig mit beiden Händen rückwärts schreiben. Solche Kabinettstückchen machten auf uns den Eindruck, ihre Stromkreise seien anders geschaltet als unsere. Ich bin sicher, daß sie diese unbedeutenden Fertigkeiten kultiviert hat, um sich uns drei anderen gegenüber einen gewissen Anstrich von Unergründlichkeit zu geben.

In tieferes Dunkel ist die Frage gehüllt, warum sie plötzlich mit dem Malen aufgehört hat. Mein Bruder war mit seinem Medizinstudium beschäftigt. Vater arbeitete in der Stadt. Ich selbst beendete in Alton die Highschool. Wir zwei waren allein im Haus. Ich war der einzige Zeuge.

Das letzte Bild, das sie zu Ende gemalt hat, war eine Kopie von Andrea Mantegnas *Abstieg Christi in die Vorhölle* – ein Gemälde, von dem sie nur eine Reproduktion aus einem Buch kannte, das Vater ihr einmal von einer

Geschäftsreise nach New York mitgebracht hatte. Sie hatte noch nie zuvor ein Bild kopiert, aber ich erinnere mich, daß sie wochenlang in ihrem Atelier daran gearbeitet hat. Dort fand ich sie, wenn ich am späten Nachmittag aus dem Schulbus stieg: noch immer am selben Fleck, wo ich sie morgens verlassen hatte, die Mantegna-Reproduktion auf einem Ständer neben der Staffelei.

Auf dem Original ist Christus eben im Begriff, in eine dunkle Grotte zu steigen, um die verlorenen Seelen aus dem Fegefeuer zu erlösen. Mutter hat das Werk jeglicher religiösen Bedeutung entkleidet und die Farbgebung insgesamt abgedunkelt; sie hat die gleichen Rot- und Schwarz- und Ockertöne wie Mantegna verwendet, dabei aber die einzelnen Bestandteile des Bildes zu ihren eigenen gemacht. Eine rätselhafte, halbfertige, von hinten dargestellte Gestalt sieht nach einer Höhle in einer dunklen Bergwand. Am Eingang der Höhle stehen zwei Frauen, die der Gestalt im Vordergrund zuwinken. Mutter hat die Gestalten in einem verwaschenen Violett gemalt – eine Farbe wie der Sommerhimmel bei Einbruch der Dämmerung. Die Höhle im Zentrum des Gemäldes ist schwarz.

Das Bild hängt im Arbeitszimmer meines Bruders in Boston. Wenn man nah herangeht, erkennt man deutlich die Stelle, an der ihr letzter Pinselstrich geendet hat: der Druck ihrer Hand hat jede Faser des Pinsels in die Farbe geprägt. Es ist der abschließende Strich am Kopf der dem Betrachter abgewandten Figur. Ich bin stets der Überzeugung gewesen, diese halbverborgene Gestalt sei das einzige Selbstporträt, an das sie sich je gewagt hat. Als sie damit fertig war, hat sie das Malen aufgegeben.

Die Schuld daran, daß Mutter mit dem Malen aufgehört hat, habe ich meinem Vater gegeben. In meinen Augen hatte er sich kindischer und tyrannischer gebärdet, als man einem starken und erfolgreichen Erwachsenen zubilligen konnte. Das sagte ich ihm auch. Das heißt, ich sagte: Früher hat sie gemalt. Jetzt nicht mehr. Sie lebt für dich und für mich und für meinen Bruder, aber nicht für sich. Jetzt nicht mehr.

Ich glaube, er hat mir das nie verziehen. Ich sehe noch vor mir, wie er die Hände vors Gesicht nimmt, als wolle er sich vor einem Schlag schützen.

»Geh jetzt lieber. Verschwinde. Verschwinde.«

Das habe ich getan. Ich bin in eine Pension in der Stadt gezogen. Ich habe mein erstes Jahr am College abgeschlossen. Erst nach einem Jahr bin ich zurückgekommen.

Ich frage mich, ob einer von uns die Wahrheit auch nur geahnt hat. Damals hatte ich das Gefühl, mein Vater nehme einem die Luft zum Atmen. Heute begreife ich, daß seine große Stärke auf der unbefangenen Offenheit und Macht seiner Sehnsüchte beruht hat.

Mein Gedächtnis leistet mir Widerstand. Es will mir nicht gelingen, ihn so zu sehen, wie er wirklich war. Er bleibt bruchstückhaft, ein konturloser, naiver Mann: weit über eins-achtzig groß, mit drahtigem Haar, das von seinem Hinterkopf abstand und ihn noch größer erscheinen ließ. Was noch? Die Narbe am linken Knie von einem Axthieb; elegante Hände, mit denen er sich, wenn ihn etwas verwirrte oder ärgerte, durch die borstigen Haare fuhr; seltsam kleine und zierliche Füße für einen so großen

Mann. Unmöglich, alle seine Widersprüchlichkeiten aufzuzählen. Er war sein Leben lang gläubig, glaubte aber nicht an ein Leben nach dem Tod. »Solange du lebst, wacht er über dich, aber wenn du stirbst, ist es aus«, hat er einmal zu mir gesagt. Er stieß heftige Verwünschungen gegen meine Mutter aus – »dieses verfluchte Miststück« –, bestrafte uns aber, wenn wir fluchten. Er war jähzornig und haßte sich selbst dafür. Ich sehe es noch vor mir, wie er völlig ungeniert vor Mutter auf den Knien liegt, den Kopf in ihrem Schoß, und immer nur flüstert: Entschuldige, entschuldige, entschuldige. Sie raucht eine Zigarette und ignoriert ihn wütend.

Er konnte herzlich lachen, wenn jemand eine ordinäre Geschichte erzählte, war aber nicht imstande, selbst eine zu erzählen; er gab sich als Mann der Tat und hatte keine Zeit für »Ideen«. »Du bist zu unbestimmt, Junge. Was du denkst, ist völlig nutzlos. Nutzlos.« Dabei war er selbst ein unverbesserlicher Theoretiker. Theorien faszinierten ihn, von der Kontinentalverschiebung bis zu den neurologischen Theorien meines Bruders, und wenn einer seiner Söhne sich als schweigendes Publikum zur Verfügung stellte, konnte er bis spät in die Nacht aufbleiben und in endlosen Monologen die Verdienste dieser Theorien erörtern.

Frauen fanden ihn attraktiv, aber Affären hatte er keine. Er war der klassische treuergebene Ehemann, seiner Frau gegenüber eitel, anspruchsvoll und gebieterisch, zugleich aber ein Spielball ihrer Launen und Allüren. Er konnte von einem Augenblick zum andern aus einem maßlos selbstbewußten und arroganten Menschen zu einem völlig hilflosen werden. Einmal fand Mutter ihn oben im Schlafzimmer auf dem Bett liegend, er hatte die Hände vorm Gesicht und flüsterte: »Zwecklos, absolut zwecklos.« Sie erzählte mir diese Geschichte ohne jede Verlegenheit, als ob sie die Aufrichtigkeit seiner Verzweiflung bewunderte.

In seiner kurzen Hose, mit den Schraubenziehern hinten in der Tasche, sah er aus wie ein Handwerker. Wenn er für ein Festessen seiner Firma den Smoking angelegt hatte, konnte man ihn für einen Aristokraten halten. Er hatte seinen Namen geändert, trotzdem war ihm noch anzuhören, daß er aus Odessa stammte.

»Du gehst, Junge?«

»Ja, ich gehe.«

»Wieso umarmst du mich nicht?«

»Ich umarme dich.«

»Wie ein Sohn es sollte.«

Wie ein Sohn es sollte. Er mißbilligte meine Wünsche, meine Unbestimmtheit, meine Sehnsucht nach einem ausdrucksvollen oder geprüften Leben, wie meine Mutter es führte. »Du solltest einen Beruf haben. Und eine Altersversorgung.« Nur ein Emigrant und Vertriebener wie er konnte das Leben seines Sohnes mit einer so verbissenen Phantasielosigkeit betrachten. Heute weiß ich, daß er mir bloß ersparen wollte, ebenso mühsam anzufangen wie er selbst.

Ich habe eine Menge Alternativen zu dem soliden Leben ausprobiert, das er mir zudachte, aber der stete Tropfen seiner Verachtung für meine Experimente hat mich am Ende ausgehöhlt. Zu guter Letzt habe ich, wie von ihm gewünscht, einen Beruf ergriffen. Ich habe eine Altersversorgung. Und sogar einen Doktortitel. Ich war ein pflichtbewußter Sohn, und auch ein ehrgeiziger. Vater hatte einen Doktortitel in Bodenchemie, mein Bruder betätigte sich in der medizinischen Forschung. Drei Männer, die miteinander in Wettstreit lagen – vornehmlich um Mutters Gunst.

Wie mein Vater zu sagen pflegte: »Dein Bruder besitzt eine unternehmende Intelligenz.« Was heißen sollte, daß er jede Matheprüfung mit Bestnoten absolvierte. Daß er das Alltagsleben und seine Probleme aus einer Höhe von 10000 Metern betrachtete. Ich dagegen, behauptete mein Vater, besäße »eine autobiographische Intelligenz«. Womit er ausdrücken wollte, ich hätte einen zerfahrenen, weiblichen Verstand und interessiere mich bloß für Klatsch, persönliche Einzelheiten, Geschichten und Charaktere – Dinge, für die er keine Zeit hatte. Das Autobiographische ging Vater so weit ab, daß er sich noch nicht einmal erinnert haben würde, diese Unterscheidung überhaupt gemacht zu haben.

Er pflegte zu sagen: »Du gerätst nach deiner Mutter, Junge«, aber das war mir bekannt. Ich hatte es nicht nötig, daß er mir das aufheftete wie ein Schicksal, das den Rest meines Lebenszirkels auswischte. Ich hatte dasselbe Recht wie er, herauszufinden, wozu ich gut war, ohne daß er die Antwort im voraus festlegte.

Ich weiß nicht, warum ich an meiner Unzufriedenheit so festgehalten habe. Vielleicht war sie alles, was ich in diesem Alter hatte. Der Kampf mit ihm gab mir die Sicherheit, daß ich mehr war als bloß ein Sohn. Aber ein Sohn bin ich geblieben.

Jetzt, da es zu spät ist, sehe ich ihn und mich, beleuchtet von den schrägstehenden Strahlen der Zeit, deutlich vor mir. Zwischen uns lagen vierunddreißig Jahre, ein Weltkrieg und eine Revolution. Seine Erinnerung begann an einem Fenster mit Blick auf das Schwarze Meer; es war ein Februarmorgen im Jahr 1917. »Ich bin zu klein, um aus dem Fenster zu sehen. Also hole ich mir einen Stuhl und höre den Lärm, den er macht, als ich ihn über das Parkett ziehe. Im Russischen übrigens das gleiche Wort: Parkett.

Ich das Fenster auf. Sehe nach unten. Matrosen auf dem Boulevard, überall. Einer wirft seine Mütze in die Luft, fast bis zu mir hoch.« Diese Matrosenmütze hängt zwischen uns, irgendwo in der Luft; es ist so ziemlich das einzige, was er mir je aus seiner Kindheit erzählt hat.

Seine erste Erinnerung hat mit Eisenstein zu tun, meine mit einem *film noir*, mit Barbara Stanwyck und Richard Widmark in den Hauptrollen. Wir haben eine Tankstelle an der Straße zwischen Alton und der Stadt angefahren. Ich sehe die altmodischen Zapfsäulen und das im Wind knarrende Schild mit der Aufschrift *Flying Horse*. Ich bin noch keine drei Jahre alt, mein Bruder ist nicht dabei, und ich habe die Eltern ganz für mich allein. Die Wischer scharren durch das über die Frontscheibe strömende Wasser. Der Regen trommelt auf die Karosserie, die Welt befindet sich jenseits des Wassers, und ich sehe nach oben in das Gesicht meiner Mutter. Sie lacht. Ich fühle mich behütet.

Mein Vater hatte keine behütete Kindheit. Er hat während des Bürgerkriegs mitansehen müssen, wie Gefangene von Pferden an Stricken durch die Straßen von Odessa geschleift wurden. Er konnte sich an eine Szene aus dem Mai 1919 erinnern: da saß er im Hafen von Konstantinopel auf dem Familiengepäck, als sein Vater plötzlich nach hinten in die Hosentasche griff und feststellte, daß seine Brieftasche – mit dem ganzen Geld – verschwunden war. Mit der frühen Vertreibung rechtfertigte er alle seine Launen. Das Exil versah ihn mit einem Freibrief für Gefühlsausbrüche, die wir respektieren mußten. Er konnte sich alles erlauben.

»Warum hast du ihn geheiratet?« fragte ich einmal meine Mutter.

»Was soll ich dazu sagen?« gab sie zurück. »Weil er ein Nein nicht hätte gelten lassen.« Manchmal empfand ich es als Verrat an mir, daß sie ihn geheiratet hatte.

Mein früheres Ich ist mir unzugänglich. Selbst meine einst so heftige Wut kommt mir heute falsch und erfunden vor. Sie ist zu einem Phantom geworden – ein weiterer meiner Verluste. Rückblickend habe ich den Eindruck, daß wir – auch wenn uns beiden das damals nicht bewußt war – einen Streit darüber ausgefochten haben, wem die Schuld an dem zu geben sei, was mit ihr geschah. Als ob einem von uns wirklich ein Vorwurf zu machen gewesen wäre.

Nachdem sie das Malen aufgegeben hatte, geschah etwas. Ich finde keine Worte dafür, denn anfangs war die Veränderung kaum wahrnehmbar. Ich kann mich nicht einmal erinnern, was ich damals gedacht habe. Heute nehme ich an, daß sie die heimliche Quelle ihrer Ruhe und Selbstgenügsamkeit verloren hat. Die innere Gewißheit ist ihr nach und nach abhanden gekommen.

Beim Essen kam es öfter vor, daß ihr Blick sich kurz verschleierte und sie aufhörte, der Unterhaltung zu folgen. Wenn sie sich beobachtet fühlte, kehrte sie mit einem leisen Beben der Schultern in die Welt zurück, sprang auf und begann die Teller vom Tisch zu räumen.

»Was starrst du so?«

»Nichts, Mutter.«

Sie stand auf und griff sich ans Kreuz, um die stechenden, früher unbekannten Schmerzen zu lindern. Als sie sich die Haare aus dem Gesicht strich, sah ich einige silberne Strähnen.

»Du siehst toll aus«, sagte ich.

»Lügner«, erwiderte sie.

Früher hatte sie sich immer gern Zeit gelassen; es kam vor, daß das Mittagessen um ein Uhr anfing und erst gegen vier in mehr oder weniger betrunkenem Zustand beendet wurde. Jetzt wollte sie die Mahlzeiten nur noch hinter sich bringen, so daß sie einem manchmal den noch gar nicht leergegessenen Teller fortnahm. Wenn man fragte: »Warum so eilig?«, blieb sie mit dem Teller in der Hand zwischen Tisch und Küche stehen, und man sah ihr förmlich an, wie sie dachte: »Warum bin ich nur so?«

Plötzlich wirkte sie verhärmt und abgespannt, sogar ein wenig gebeugt.

Ich fragte: »Wie geht's dir, Mum?«

»Prima.«

»Ich frage ja nur.«

»Also sag ich's dir.«

Einmal sagte sie: »Das Alter ist nichts für Feiglinge, Junge.« Worauf sie in die Küche verschwand, um einen Topf zu spülen oder eine Kartoffel zu schälen.

»Du bist nicht alt.«

»Bah«, sagte sie spöttisch, stellte sich wie eine Ballerina auf die Zehenspitzen und schaukelte halbherzig auf einer Ferse nach hinten, als rege sich etwas in ihr, das noch immer tanzen wollte.

Natürlich, sie wurde eben alt, aber man kann auf unendlich verschiedene Weisen alt werden. Mein Vater war acht Jahre älter als sie und sollte demnächst in den Ruhestand treten, doch während er auf einem Plateau zu verharren schien, glitt sie eine steile Abfahrt hinunter. Sie bereitete seine Mahlzeiten, beschnitt ihre Rosen, jätete die Blumenbeete, lebte dabei aber jetzt in einem Schweigen, das sie nur brach, um unsere Sorgen mit energischen Bemerkungen beiseite zu schieben. Niemals ein Wort der Klage. Als einer vom Glauben abgefallenen Presbyterianerin mußte ihr schon das Fieber die Sprache verschlagen, bevor sie uns erlaubte, sie zu Bett zu bringen.

Damals habe ich meinem Vater die Schuld daran gegeben. Als er in den Ruhestand getreten war, wurden seine Ansprüche an sie unerträglich. Ich sagte ihm, ihre Ehe sei für sie zum Gefängnis geworden. Er gab zurück, ihre Ehe gehe mich überhaupt nichts an. Er sagte, ich gebärde mich wie ein Heranwachsender; und das war ich ja auch. Aber jetzt frage ich mich, ob er denn wirklich mehr begriffen hatte als ich. Für ihn, den das Exil gelehrt hatte, daß mit hinreichender Entschlossenheit schlichtweg alles zu überwinden ist, war das Gefühl, daß sie ihm entglitt, einfach nicht zu ertragen.

Ich erinnere mich an den Abend, an dem die ältere Schwester meiner Mutter starb. Vater nahm den Anruf entgegen und ging dann zu Mutter hinaus, die an einem der Blumenbeete arbeitete. Ich sah ihn neben ihr niederknien, er flüsterte und wollte ihr über die Haare streichen. Sie legte die Schere auf einen Stein, stieß seine Hand weg und richtete sich auf. Dann ging sie an ihm vorbei in den Obstgarten. Eine Stunde lang sah er von der Veranda aus zu, wie sie auf und ab ging, eine kleine gebeugte Gestalt in der Ferne.

Am Abend gingen sie beide früh zu Bett; ich blieb noch auf, um ein Gewitter zu beobachten, das wie eine Prozession chinesischer Drachen über das Tal hinzog. Ich saß, an die Wand gelehnt, oben in meinem Zimmer und sah aus dem Fenster. Die Lampe über mir drehte sich im Luftzug. Die Wärme des Tages hielt sich im Haus wie Parfüm in einem abgelegten Kopftuch.

Im Geflacker der Blitze erblickte ich Mutter neben der Hintertür, sie sah nach den Feldern hin. Ich wollte zu ihr, denn die Blitze waren so nah, daß ich sie in Gefahr glaubte. Doch ihr Gesichtsausdruck hielt mich davon ab. Als plötzlich Regen in den Staub zu ihren Füßen spritzte, hob sie eine Hand ans Gesicht und fühlte die Tropfen auf ihrer Stirn. Dann begann sie, ringsum von Blitzen umflackert, auf das Feld hinauszugehen; einmal da, einmal weg, einmal da, einmal weg, einmal in fahlem Silber, einmal in schwarzen Schatten. Ich spürte die quälende Gewißheit, daß sie über die Felder hinunter bis zur Straße gehen und dann der Straße bis zum Highway folgen würde, so lange, bis sie buchstäblich aus ihrem Leben hinausgewandert wäre.

Aber so war es nicht. Nach einer halben Stunde kehrte sie zum Haus zurück. Mit gesenktem Kopf, die Augen im Schatten, kam sie den dunklen Pfad am Teich vorbei auf mich zu. Nur mein Licht war zu sehen, und ich wollte schon winken und etwas sagen, als ich erkannte, daß sie mich noch gar nicht bemerkt hatte. Sie ging unter meinem Fenster vorbei über den Kies und machte hinter sich die Haustür zu.

Mutter sitzt, ein Glas Wein in der Hand, entspannt auf der Veranda und sieht in das hinter den Pappeln schwindende Licht. Nach einer Weile sagt sie: »So etwas habe ich nie erwartet. Die Mauer, die Dad für uns gebaut hat, die Hecken, das Atelier, das Haus. Es ist alles so gut geworden.«

Ich sitze neben ihr, aber sie könnte ebensogut mit sich selbst reden. Ihre Stimme klingt traurig und abwesend. Mir fällt nichts ein, was ich sagen könnte. Die Erinnerung an dieses Schweigen tut mir weh. Sie hat Trost gebraucht, und ich konnte ihr keinen geben.

In Alton, gerade noch sichtbar durch die Bäume, gehen die Lichter an. Sie dreht das Weinglas zwischen den Fingern und sagt aus dem Nichts: »Als ich zehn war, sagte mein Vater einmal: ›Wer kennt noch den Anfang der Aenaeis?‹ Er stand am Kopfende des Tischs und zerlegte den Sonntagsbraten. ›Nun?‹ Die anderen waren alle gebildeter als ich, aber ich wußte es. ›Arma virumque cano . . .‹ Von Waffen sing ich und dem Mann. Nettie legte Messer und Gabel hin und starrte mich an. Kluge Bemerkungen wurden von mir nicht erwartet.«

Sie steht auf, leert das Glas und lächelt bitter. »Nettie hat immer gesagt: ›Nur keine Umstände.‹ Das war das Familienmotto.« Also werden wir keine Umstände machen.

Dann flüstert sie: »Hast du meine Brille gesehen?«

»Du brauchst keine Brille. Du siehst auch so.«

»Ich weiß, daß ich sie nicht brauche. Aber wenn er dahinterkommt . . .«

»Sag ihm, er ...« Jetzt bin ich es, der flüstert. Er darf nicht dahinterkommen. Wir müssen weiter so tun, als wäre alles in Ordnung. Sie verschwindet ins Haus. Durch das Panoramafenster sehe ich sie hinter den Sofakissen wühlen. Sie nimmt ein Buch neben der Leselampe, öffnet das silberne Zigarettenetui auf dem Kaminsims. Sie hat keine Ahnung, wo sie suchen soll, und ich kann es nicht ertragen, ihr zuzusehen.

Als ich die Brille in ihrem Schlafzimmer neben dem Nachttisch finde, sind die Gläser beschlagen und voller Fingerabdrücke.

Sie putzt sie am Ärmel und sagt: »Ich weiß. Das liegt in der Familie.«

»Was denn?«

Sie sieht mich durchdringend an. »Schmutzige Brillen. Nettie hat immer gesagt, Dad würde seine in Suppe waschen.«

Warum besorgt sie sich keine Zweitbrille? Warum verliert sie die Fähigkeit, sich zu verteidigen?

Ich fahre sie nach Alton und kaufe ihr in der Apotheke ein Kettchen, damit sie die Brille um den Hals tragen kann. Als Al Jackman, der Apotheker, ihr die Kette über den Kopf streift, läßt sie es bereitwillig geschehen, doch auf dem Rückweg hüllt sie sich in zorniges Schweigen, und als wir auf die Einfahrt kommen, hebt sie drohend die Faust an die Windschutzscheibe und flüstert: »Ich habe geschworen, daß ich diese gottverdammten Dinger niemals tragen werde.«

»Warum?« frage ich, als wir vorm Haus vorfahren.

»Nettie hat ihre Brille an einer Kette getragen«, sagt sie heiser, dann stößt sie mit der Schulter wütend die Wagentür auf und steigt aus.

Erst die Brille, dann die Handtasche. Dann die Schuhe.

Danach die Töpfe, die sie auf dem Herd vergißt. Danach ein Braten, der im Backofen verkohlt. Ich verbrachte nun die meisten Wochenenden auf der Farm, kochte für die beiden, fahndete unablässig nach verlegten Gegenständen und versuchte Vater davon abzuhalten, sie wegen ihrer Vergeßlichkeit zu quälen.

»Deine Brille ist dort, wo du sie heute morgen hast liegenlassen«, sagt er gefühllos.

»Und wo war das?« zischt sie ihn verzweifelt an.

»Hier ist sie, liebe Mutter«, sage ich und lege ihr die Kette um den Hals.

»Sag nicht liebe Mutter zu mir.«

Beide sind zu stolz, um sich einzugestehen, was da geschieht. Und doch muß sie es wissen. Wann hatte sie den Augenblick der Erkenntnis? Wann genau ist ihr die Einsicht gekommen?

Ich stelle mir vor, wie sie im Atelier steht; die Mantegna-Reproduktion liegt auf dem Tisch, sie zögert mit dem Pinsel vor der zentralen Figur, die in das lockende Dunkel blickt. Die Pinselspitze hat sie in Preußisch-Blau getaucht. Ein Strich ist anzubringen. Ihre Hand bewegt sich nach vorn, auf einmal stockt sie. Der Moment, der Wunsch und Tun verbindet, der die Bewegung ihrer Hand von der Palette zum Pinsel zur Leinwand koordiniert, beginnt zu vibrieren wie ein gespannter Faden. Der Faden wird straffer, er glitzert und summt. Plötzlich reißt er. Augenblicklich wird ihr bewußt, daß sie nicht mehr weiter weiß. So etwas wie unschuldiges Vergessen gibt es für sie nicht.

Wenn ich freitagabends nach der Arbeit aus der Stadt zu ihnen komme, machen wir in der Küche zusammen das

Abendessen. Sie fragt: »Wo ist dieses Ding . . . mit dem . . . man . . . was umdrehen . . . kann?«

»Pfannenwender«, sage ich. Sie sieht mich groß an.

Als sie dann sagt: »Wo ist dieses Ding, du weißt schon, mit dem man . . .«, lege ich es ihr einfach in die Hand.

Und dann ein drittes Mal.

»Pfannenwender«, sage ich.

»Sehr freundlich«, sagt sie mit abgewandtem Blick. Beim Würfeln einer Möhre stehen ihr plötzlich die Hände still. Ich trete hinter sie und nehme ihr das Messer weg. »He«, sagt sie und schnappt sich das Messer zurück. Und dann passiert es wieder: ein Handeln, das geheimnisvoll ins Nichts zerfließt.

Vater reagiert zunächst mit lähmendem Diensteifer. »Hier ist deine Handtasche, Liebling. Laß mich darauf aufpassen.«

Sie mustert ihn, wie er die Handtasche hält, und sagt schelmisch: »Du siehst absolut lächerlich aus. Gib sie mir.«

»Wenn ich sie dir gebe, wirst du sie verlegen, mein Liebling.«

»Was soll dieses dauernde ›Liebling‹? Laß den Quatsch. Gib sie mir.« – Fünf Minuten später hat sie die Handtasche schon wieder verlegt.

»Wozu brauchst du sie überhaupt?« fragt er. »Du bist zu Hause. Wo willst du denn hin?«

Sie hebt eine Hand ans Gesicht. »Sag mir, wo die gottverdammte Handtasche ist.«

Die Platte dreht sich immer weiter, die Nadel ist hängengeblieben. Das kann stundenlang so gehen, bis man sie am liebsten in die Arme nehmen und schütteln möchte. Hör auf, Mutter. Vergiß deine Handtasche. Vergiß alles.

Einmal, nachdem sie zu Bett gegangen ist, sitzen mein Vater und ich abends in den Korbsesseln auf der Vorderveranda und blicken durch den Obstgarten auf den dahinterliegenden Privatweg. Ich sage, mir sei nicht klar, wieviel sie noch wisse und wieviel nicht.

»Sie weiß Bescheid«, sagt er düster und erschöpft und starrt in seinen Whiskey.

»Es ist erstaunlich kompliziert«, sage ich; mir liegt daran, zu ergründen, mit was für einem Bewußtsein man es erlebt, wenn einem die Zeit im Kopf stehenbleibt, wenn einem nicht mehr bewußt ist, daß man etwas vergessen hat. Aber mein Vater fährt mich an: »Junge, das ist vollkommen uninteressant. Ich weiß nicht, warum du so redest. Es ist entsetzlich.«

Wir bleiben schweigend sitzen, bis es stockdunkel ist, sternlos und kalt. Dann sagt er: »Wir müssen sie zum Arzt bringen.«

»Wozu brauchen wir einen Arzt? Wir wissen doch, was es ist.«

»Nein, nein«, sagt er eisern. »Wissenschaftlich betrachtet, ist das gar nicht klar.« Immer wenn er dieses Wort in den Mund nimmt, sagt er damit, daß er mir die Sache aus der Hand nehmen will, daß er sie aus der Sphäre leeren philosophischen Geredes in die Sphäre akademischer Exaktheit holen will, zu der einzig er und mein Bruder Zutritt haben.

»Und was ist ›wissenschaftlich‹ daran zweifelhaft?« frage ich.

»Komm mir bloß nicht so.«

»Sag's mir doch einfach.«

»Sie hat ihr Klimakterium, ihre Wechseljahre.«

»Mach dich nicht lächerlich.«

Er sagt heftig in die Dunkelheit: »Wir sind uns nicht

sicher. Jedenfalls noch nicht. Sie macht eine sehr schlimme Phase durch. Wir müssen sie überreden, sich untersuchen zu lassen.«

Ich sage ihm, er wolle nur Zeit gewinnen, worauf er erwidert, er sei es leid, sich meine Ratschläge anzuhören. »Und was war mit Nettie?« frage ich.

»Es gibt mehrere Fälle in der Familie. Aber sicher ist gar nichts.«

»Wissenschaftlich betrachtet.«

Er antwortet nicht, sondern schlägt sich aufs Knie und schnippt einen Moskito weg.

»Der Autounfall. Du warst noch zu klein, um dich daran zu erinnern.«

Was meint er damit, ich sei zu klein, mich daran zu erinnern? Wieder ein *film noir*, diesmal mit Tempo: Vater im Profil, einen Filzhut auf dem Kopf; neben ihm Mutter in einem weißen Frühjahrskleid; mein Bruder, der aus dem Fenster sieht; und ich auf dem Rücksitz. Ich sage etwas, kann aber nicht hören, was.

Dann nur noch ein einziges Durcheinander: der verchromte Kühlergrill eines schwarzen Desoto, der plötzlich aus der Spur gerät und über den weißen Mittelstreifen der zweispurigen Asphaltstraße auf uns zurast; Vater, das Steuer herumreißend; jetzt tanzt langsam und elefantenhaft alles bis zur dumpfen Wucht des Aufpralls, Glas splittert, der Himmel ergießt sich in den Wagen, mein Kopf schlägt wie eine Blüte auf einem Stengel an die Kopfstütze. Und dann Stille. Ich richte mich auf dem Rücksitz auf. Vaters Kopf liegt auf dem Steuer, mein Bruder ist halb durch die Windschutzscheibe geflogen, ich sehe seine Beine übers Armaturenbrett hängen. Mutter drückt ein Ohr an das verchromte Radio, als lausche sie aufmerksam. Ich sage etwas, immer wieder das gleiche. Wörter hallen in meinem Kopf, aber ich kann sie nicht verstehen. Niemand bewegt sich. Es herrscht absolute Stille, eingerahmt vom gezackten Glas der Windschutzscheibe.

»Ich habe mit deinem Bruder darüber geredet«, sagt Vater jetzt.

»Worüber?«

»Über den Unfall.«

»Und was sagt er?«

»Daß er am Samstag kommen wird.«

Mein Bruder wohnt inzwischen in Boston, wo er sein neurologisches Praktikum absolviert. Da er selten nach Hause kommt, freut Mutter sich um so mehr, ihn zu sehen. Es ist für uns alle – meine Frau, meinen Sohn und meinen Bruder – ein seltenes Ereignis, alle zusammen an einem Tisch zu sitzen. Wir helfen bei der Zubereitung des Abendessens, verabreden uns aber, Mutter das Gefühl zu geben, sie habe es allein geschafft. Wir stoßen auf sie an, und dann sagt sie:

»Erinnert ihr euch an Antigonish?«

Keiner weiß, warum sie das fragt, aber wir nicken alle. »Du« – sie zeigt auf mich – »warst drei, und du« – sie zeigt auf meinen Bruder – »warst acht, nein, neun – wir haben auf den Felsen ein Picknick gemacht.«

»Und du hast die Klippen gemalt«, sagt mein Vater.

»Und ich habe zwischen den Felsen Krabben gejagt«, sagt mein Bruder.

»Ich kann mich an nichts erinnern«, sage ich.

»Du« – sie zeigt auf mich – »warst drei, und du« – sie zeigt auf meinen Bruder – »warst acht, und – stimmt was nicht?«

»Schon gut, Mutter.«

»Und du hast die Klippen gemalt«, sagt mein Vater.

»Und ich habe Krabben gejagt«, sagt mein Bruder.

Mutter sieht uns der Reihe nach an, es entsteht eine Pause. Vater nimmt ihre Hand und sagt: »Und ich entschließe mich zu einem Kopfsprung«, worauf mein Bruder sie ansieht und dazwischenruft:

»Und als Dad wieder auftaucht, hat er die Hände zwischen die Beine geklemmt und schreit: ›Meine edlen Teile! Meine edlen Teile!‹«

»Wie bitte?« fragt sie.

»Weil es so kalt war«, sagt mein Bruder. Aber sie, offenbar noch immer verwirrt, steht auf und beginnt, ehe wir sie daran hindern können, den Tisch abzuräumen. Fünf Minuten später kommt sie wieder herein und wischt sich die Hände an der Schürze ab. Beim Anblick meines Bruders strahlt sie auf. »Erinnert ihr euch an Antigonish?« fragt sie.

Nach dem Essen bringt Vater sie zu Bett; meine Frau geht mit Jack auf der Schulter nach oben; mein Bruder und ich sitzen auf der Veranda, wir sehen in den Himmel und beobachten die Nachtflüge auf dem Weg zur Stadt. Nach einer Weile sagt er: »Davon habe ich nichts geahnt.«

Am liebsten würde ich ihn anschreien. Was soll das heißen, er hat nichts davon geahnt? Ich habe ihn hundertmal angerufen.

Vater kommt mit drei Tassen heraus, er reicht sie uns und läßt sich auf seinen Lieblingsstuhl sinken. Eine Zeitlang schlürfen wir schweigend Tee und blicken nach den Sternen. Plötzlich sagt er: »Ich weiß, was sie durchmacht. Glaubt nicht, ich wüßte das nicht. Manchmal wacht man morgens auf und hat keine Ahnung, wo zum Teufel man sich befindet. Wie ein Kind.« Vaters Stimme klingt wütend, als ob wir beide ihn einfach nicht verstehen wollten.

»Ich kann es mir vorstellen«, sage ich.

»Kannst du das wirklich?«

Es folgt ein langes Schweigen. Natürlich kann ich es mir nicht vorstellen. Vater stemmt sich aus seinem Stuhl und geht nach oben, um sich neben sie zu legen.

Ich sehe ihn in seinen weißen Plastikbadelatschen am Strand von Antigonish vor mir hergehen, dicht am Wasser entlang, den Kopf gesenkt; ab und zu bückt er sich und hebt etwas auf, eine Muschel, einen Stein. Er bleibt stehen und zeigt mir, was er gefunden hat, dann wirft er es in die Brandung zurück. Kurz darauf ist er in dem grellen Licht verschwunden, ich rufe seinen Namen, aber er kann mich nicht hören.

Da mein Bruder einmal da ist, bestellt Vater am nächsten Tag seinen Anwalt aus Alton; er soll die von ihm zur Übertragung an uns vorbereiteten Eigentumsurkunden mitbringen. Wir sagen, das könne noch warten, aber er besteht darauf. Als der Anwalt, ein kesser junger Witwer, am Nachmittag eintrifft, setzen wir uns unter den Ahornbaum, um das Geschäft zu bereden. Wir prüfen die Verkaufsdokumente. Mutter fährt mit einem Finger über die Papiere. »›Hausfrau‹ klingt lächerlich, wie?« sagt sie; es bringt sie ins Grübeln, wie sie dort bezeichnet wird.

»Wie wär's mit Malerin?«

Sie schüttelt den Kopf. »Nein«, sagt sie. »Aber erklär mir noch einmal«, bittet sie, »warum wir das tun müssen.«

»Weil«, antworte ich etwa zum zehntenmal, »es billiger ist, uns das Eigentum jetzt zu übertragen als erst später.«

Nachdem der Anwalt die von uns unterschriebenen Papiere eingesammelt und sich verabschiedet hat, sitze ich auf der Veranda und träume mit offenen Augen von Hotelzimmern: das Hallen leerer Schränke, das grelle Leuchten des Badezimmerspiegels, das Blinken der Neonlichter hinter den Jalousien, frische Handtücher und Laken. In einem Hotelzimmer stellt kein Gegenstand Ansprüche an den Gast. In Hotelzimmern hat man das Gefühl, man könne noch einmal von vorn anfangen, ein neues Leben beginnen.

Beim Thema Hotel fallen mir die Flitterwochen mit meiner Frau in Venedig ein, im Hotel San Cassiano; wir saßen in der Hitze des Nachmittags bei geschlossenen Fensterläden im Schneidersitz auf dem Bett, lauschten dem Plätschern des Wassers unten im Kanal und aßen Käse und Kirschen. Am nächsten Morgen lag ich im Bett und sah zu, wie sie sich an der Frisierkommode neben dem offenen Fenster die Haare kämmte. Gekräuselter Rauch stieg aus dem Aschenbecher, ihr Gesicht flackerte in den Spiegelflächen. Vielleicht war das der Augenblick, in dem ich sie am meisten geliebt habe. Durch das Fenster drangen die Geräusche des Wassers und das Dröhnen eines Nebelhorns. Der ganze Tag lag vor uns, und ich fühlte, diesen Tag würde uns kein Gedanke an unsere gemeinsame Zukunft trüben oder verderben können. Ich frage mich, was sie gefühlt haben mag. Sie hat es mir nie erzählt.

Doch jetzt, auf der Farm, ist jeder Gegenstand zu einem Haken geworden, an dem meine Gedanken hängenbleiben: die Barometer, deren Zeichen anscheinend nur er zu deuten versteht; die Intarsientüren des Eckschranks, der in der Nähe von Alton bei einem Gauner von Antiquitätenhändler gekauft wurde; die aus Stroh gefertigte Irokesenmaske; der russische Bär, der mit einer Schnur an der Küchentür aufgehängt ist; ein französisches Thermometer, markiert mit Moscou 1812 am kalten und Senegal am warmen Ende. Diese Gegenstände nehmen meine Gedanken in Anspruch und zwingen sie, ausweglos im Kreis zu laufen.

Als ich am nächsten Morgen zum Frühstück in die Küche komme, macht Mutter gerade Spiegeleier; mein Sohn sitzt bei meinem Vater auf dem Schoß und spielt mit seinen Fingern. Als Vater seine Hände frei macht, fällt mir auf, daß die Gelenke geschwollen sind und er den Siegelring am kleinen Finger der rechten Hand nicht mehr trägt. Er folgt meinem Blick.

»Ich habe ihn deinem Bruder gegeben. Du bekommst die Uhr.«

Erst die Übertragung des Grundbesitzes auf unsere Namen. Dann die Verteilung persönlicher Habseligkeiten. Kaum trifft sein erster Enkel ein, beginnt er demonstrativ sein eigenes Hinscheiden vorzubereiten. Was geht da vor? Er fährt seinem Enkel mit einer zärtlichen, abwesenden Geste über die Brust und reicht ihn dann an Mutter weiter.

Mutter nimmt meinen Sohn und tanzt mit ihm langsam durch die Küche; seine weichen Kinderglieder baumeln an ihrem Morgenrock, und sie singt ihm ins Ohr: »Komm zu mir, mein melancholisches Baby.« Wilde Freude leuchtet über die Gesichter der beiden.

»Du tanzt gut«, sagt mein Bruder, als er in die Küche kommt.

Sie kreist langsam aus und gibt ihn mir zurück: »Nein, ich habe immer zu sehr die Führung übernommen.« Dann kommt sie heran und flüstert meinem Sohn ins Ohr: »Verrückte alte Oma.«

Sie erinnert sich an Bildunterschriften von Witzzeichnungen im *New Yorker*; an Texte von Broadway-Shows aus den dreißiger Jahren; an den Namen des kleinen Mädchens mit Shirley Temple-Locken, das in der Schule neben ihr gesessen hatte; an die Namen aller ihrer Lehrer an der Alton Highschool. Was ihr entgleitet, ist das Aktuelle, das keine fünf Minuten alt ist – der Topf auf dem Herd; der

Rasensprenger, der die Blumenbeete ertränkt; was sie gerade noch gesagt hat.

Plötzlich erklärt sie: »Ich werde bestimmt eine fröhliche alte Irre. Glaubst du nicht auch? Jedenfalls«, und damit nimmt sie ihren Kaffee und stößt die Fliegentür zur Veranda auf, »wird es für euch viel schlimmer sein.«

Am Abend fahren meine Frau und ich nach Alton ins Kino. Als wir über den Privatweg nach Hause kommen, ziehen wir in den Bremslichtern eine Staubwolke hinter uns her. Sie parkt den Wagen am unteren Ende der Einfahrt, den Rest des Wegs zwischen den Kiefern gehen wir zu Fuß. Da sie noch nicht ins Haus will, gehen wir am Teich vorbei durch das hohe Gras den Hügel hinauf und legen uns hin, nur der Nachthimmel ist über uns. Unten am Haus sitzt mein Bruder und liest beim Licht der Verandalampe, auch im Schlafzimmer meiner Eltern ist noch Licht. »Sieht aus wie ein Schiff auf dem Meer«, sagt sie. Ich versuche einen Namen zu finden, den Namen eines großen Schiffs, das in meiner Kindheit untergegangen ist, einer großen Katastrophe, die mich einmal in Bann geschlagen hatte. Meine Frau kommt eher darauf als ich. Die *Andrea Doria*. Sie ist, als ich noch ein Kind war, nach einer Kollision mit einem Frachter vor Nantucket untergegangen; die meisten Passagiere konnten gerettet werden; später wurden Taucher nach unten geschickt, die sie in dem seichten Wasser fotografierten: durch einen unwahrscheinlichen Zufall waren die Lichter auf der Brücke noch an. Die Lichter strahlten durch das wäßrige Dunkel wie die fahlen Augen eines Tieres, das den Jäger anstarrt, der es zur Strecke gebracht hat.

Als Kind habe ich oft von diesen Bildern geträumt, wie

das Schiff dort leuchtend auf dem Meeresboden lag. Heute sehe ich in diesen Träumen einen kindlichen Versuch, sich vorzustellen, was es mit dem Sterben auf sich hat, mit brennenden Augen im salzigen Dunkel des Ozeans zu versinken. Wie auch immer ich mir den Tod vorstelle, die Augen habe ich dabei stets offen.

Meine Frau, die neben mir im Dunkeln liegt, singt mir etwas von Verdi vor, wie immer ein wenig zu tief.

»Gar nicht zu tief.«

Ich lache, aber sie läßt sich nicht stören und singt mit rauher, spöttischer Stimme: »*Libera me ... de morte aeterna.*«

In nicht allzu ferner Zeit wird dieses Haus dort unten im Dunkeln meinem Bruder und mir gehören, aber ganz gleich, was in den Verträgen steht, es wird immer das ihre bleiben. Mein Bruder steht auf und löscht die Verandalichter. Dann wird es auch im Schlafzimmer der Eltern dunkel. Der Mond geht unter, und helle kalte Sterne scheinen auf. Ein Hund bellt. Im Haus schwebt unser Kind in abgrundtiefem Schlaf. »Kassiopeia, der Große Bär, der Gürtel des Orion ...«, sage ich. »Ich muß die Namen lernen. Ich will ihm die Namen beibringen.«

Wie von weit her sagt sie aus dem Dunkel: »Wozu mußt du ihnen Namen geben?«

Mein Vater wacht jetzt jede Nacht auf, wenn Mutter unter Selbstgesprächen aus dem Schlafzimmer schleicht. Sie tastet sich aus dem Zimmer zum Treppengeländer, das sie nach unten führt. Er folgt ihr und sieht sie im Dunkeln auf dem Wohnzimmersofa sitzen, den Regenmantel überm Nachthemd, nur einen Fuß mit einem Schuh bekleidet, die Hände um ihre Handtasche geklammert, den Blick starr auf die Eingangstür gerichtet.

Manchmal kann er sie nicht überreden, wieder mit nach oben zu kommen. Sie bleibt dabei, daß sie auf jemanden zu warten hat – auf wen, kann sie nicht sagen. Als ich einmal morgens zum Frühstück nach unten kam, fand ich die beiden im Nachthemd schlafend auf dem Sofa: händchenhaltend, die Köpfe einander auf den Schultern.

Schon immer schien er auf eine Weise abhängig von ihr, die Fremde anrührend fanden. So streichelte er ihr mitten auf der Straße den Arm oder schmiegte sich in einem Restaurant in Alton an sie und flüsterte ihr Koseworte ins Ohr. In der Öffentlichkeit verhielt sie sich ihm gegenüber hoheitsvoll und amüsiert, im Privaten dagegen sehr distanziert. Diese Zurückhaltung provozierte ihn so, daß er gelegentlich explodierte und sie mit Flüchen überschüttete.

Nun war sie es, die sich an seinen Arm klammerte, die jeden Augenblick fürchtete, er werde sie für immer verlassen. Der Wechsel war so vollständig, daß ich manchmal befürchtete, Vater könnte tatsächlich weglaufen. Aber das tat er nicht. Er erwartete einfach nicht mehr von ihr, was sie ihm früher gegeben hatte. Er gab die Rolle des tyrannischen Kindes der Familie auf und wurde zu ihrem Vater und Pfleger.

Morgens zog er die Schürze an, machte ihr zu essen, legte ihr die Kleider zurecht, suchte zum tausendsten Mal nach ihrer Handtasche, legte ihr die Brille an der Kette um den Hals, strich ihr mit der Hand die Haare glatt und sorgte überhaupt auf jede erdenkliche Weise dafür, daß die äußere Fassade ihres Lebens erhalten blieb. Unterdessen verfaßte er in seinem kleinen Arbeitszimmer unterm Dach noch immer Rezensionen und Fachstudien. An einem Punkt hielt er kategorisch fest: solange er lebte, würde er sie nicht im Stich lassen. Womit er meinte, daß er sie niemals in irgendeine Anstalt stecken würde. Anfangs hielt ich diese Hingabe für seinen Tribut an die Liebe, die er einmal für sie empfunden hatte. Heute erkenne ich, daß die Krankheit sie einander noch näher gebracht hat. So welk und verstört Mutter auch sein mochte, auch sie hat ihn nicht im Stich gelassen. Wenn sie gelegentlich zu erwachen schien, sah sie ihn an, umfaßte mit beiden Händen sein Gesicht und küßte ihn auf Stirn oder Wange. Dann senkte er schweigend den Kopf und fügte sich dankbar in das Unergründliche.

Um den beiden zu helfen, verbrachte ich jetzt jedes Wochenende auf der Farm. Meine Frau blieb in der Stadt und kümmerte sich um unsere Tochter, die inzwischen auf die Welt gekommen war. Wohin auch immer ich mich in diesen Jahren wandte, stets war mir bewußt, daß ich den einen oder anderen im Stich lassen oder verraten mußte. Wenn ich freitagabends von der Arbeit nach Hause kam, zog ich mich um und fuhr zur Farm und überließ es meiner Frau, allein mit den beiden Kindern fertigzuwerden. Wenn ich sonntagabends ins Auto stieg und in die Stadt zurückfuhr, um meinen Unterricht vorzubereiten, hatte ich das

Gefühl, meinen Vater hilflos alleinzulassen. So ging das jahrelang, und der Riß im Gewebe meines Lebens wurde immer größer. Mein Bruder war nie da, und wenn ich ihn in Boston anrief und ihm erzählte, was mit Mutter vor sich ging, wirkte er immer so zerstreut, als ob ich ihn von etwas Wichtigerem abhielte.

In dem Sommer, in dem Vater sich aus der Firma zurückzog, erhielt er eine Einladung zu einer Bodenkonferenz in Denver. Ich riet ihm hinzufahren. Er brauchte etwas Abstand. Ich sagte ihm, ich würde Jack mitbringen und mich mit ihm zusammen um sie kümmern.

Keine fünf Minuten nach seiner Abreise geht es mit den Fragen los.

»Wo ist Dad?«

«Er ist gegangen, wird aber bald wiederkommen.«

»Wunderbar«, sagt sie. Drei Minuten später sieht sie mich verwirrt an.

»Aber Dad . . .«

»Er ist zur Arbeit, aber er kommt bald wieder.« Ich bringe es nicht über mich, ihr zu sagen, daß er zwei Wochen lang weg sein wird. »Und was machst du hier? Ich meine, es ist nett, aber . . .«

»Ich bin dein Sohn, Herrgott noch mal.« Ich lache, als ich das sage.

»Verstehe.«

Anfangs versuche ich noch mitzuzählen, wie oft sie diese Fragen stellt. Schon am ersten Tag verliere ich bei dreiundsechzig den Faden.

Sie erinnert sich genau daran, wie sie mit sieben Jahren vor der Schule von einem Ford Model T angefahren wurde. Sie erinnert sich, wie ihr Vater sie an Sommerabenden in eine Decke hüllte und mit ihr zum Otter Lake ging, um die Sterne zu beobachten. Aber eine Zwiebel kann sie nicht in Würfel schneiden. Einen Kessel Wasser kann sie nicht zum Kochen bringen. Jede etwas längere Handlung erfordert mehr Konzentration, als sie aufzubringen vermag. Aus reiner Neugier bitte ich sie, den Tisch zu decken, nur um zu sehen, was passiert. Sie legt das Messer dorthin, wo die Gabel liegen sollte; ein Teller bekommt überhaupt kein Besteck; ein Löffel wird mitten auf dem Tisch plaziert. Das Ergebnis scheint sie zu langweilen.

Jack lernt gerade seinen Namen auf der Tafel schreiben. Während er mit der rechten Hand die letzten Buchstaben seines Namens schreibt, wischt er die ersten mit der linken schon wieder aus. Das fasziniert ihn, er scheint mit seinem eigenen Verschwinden zu experimentieren. Er scheint damit aber auch nachzuahmen, was mit seiner Großmutter geschieht. Was auch immer er sagt, ständig wischt eine Hand seine Worte von der Tafel ihres Gedächtnisses.

Früher spielte sie Karten mit einer Zigarette im Mund und wußte dabei jede Situation blitzschnell zu nutzen. Jetzt verteilt mein Sohn sein Tiermemory auf dem Eßzimmertisch und findet rasch ein Paar Pinguine. Sie dagegen dreht bloß willkürlich irgendwelche Karten um.

Mein Sohn wird ungeduldig. »Du spielst nicht richtig«, ruft er, boxt sie an den Arm und läuft vom Tisch weg. Mutter sieht ihm mit verletzter Miene nach, sie spürt seine Enttäuschung, kennt aber die Ursache nicht. Freundlich sagt sie: »Lauf nicht soviel herum.«

Ich ziehe ihn an den Tisch zurück und sage, er solle sich entschuldigen. Er beschließt, ihr die Füße zu küssen. Sie lächelt auf ihn hinunter und sagt: »Ah, deine Küsse sind so zuckersüß.«

Zehn Minuten später kommt sie mit verwirrter Miene

in die Küche. Sie zeigt auf Jack, der mit einem Traktor auf dem Fußboden spielt, und flüstert:

»Ein netter kleiner Junge. Wo schläft er, ich meine, wem gehört er eigentlich?«

Sie sieht jetzt immerzu verängstigt aus. Ich halte ihre Hand, sage, daß ich bei ihr bin, daß sie sich keine Sorgen zu machen braucht. Aber das hilft auch nichts. Manchmal, wenn sie mich ansieht, weiß ich, sie kommt einfach nicht mehr darauf, wer ich bin.

Ich lade vier alte Freunde aus Alton zum Abendessen unter dem Ahornbaum ein. Sie hält unterm Tisch meine Hand und beugt sich vor, um kein Wort der Unterhaltung zu verpassen. Wenn die Freunde lächeln, leuchtet ihr Gesicht auf, und wenn sie lachen, lacht sie mit. Daß ihr Lachen manchmal ein wenig zu spät kommt, scheint niemand zu bemerken. Auf Fragen antwortet sie selten mehr als Ja und Nein, aber die Gäste scheinen sich in ihrer Gesellschaft wohl zu fühlen.

Al Jackman, der Apotheker, nimmt mich beim Abschied beiseite und sagt beinahe wütend: »Ich kenne Ihre Mutter mein ganzes Leben lang. Es ist alles in Ordnung mit ihr.«

»Al«, sage ich, »sie hat nicht die leiseste Ahnung, wer Sie sind.« Als er und seine Frau gehen, ist Mutter von der Anstrengung so erschöpft, daß sie in tiefen Schlaf fällt, kaum daß ihr Kopf aufs Kissen gesunken ist.

In der Öffentlichkeit ist ihre Fassade noch intakt. Mit enormer Anstrengung hält sie vor den Leuten ihre alte Persönlichkeit aufrecht. Im privaten Bereich jedoch zerbröckelt diese Fassade.

»Wo sind wir eigentlich? Ist das unser Haus?«

»Ja.«

»Wo ist unser Haus?«

»Hier. Das ist euer Haus, und Dad wird bald zurücksein.«

Sie bedenkt mich mit einem listigen Blick, als hätte sie mich bei einer Lüge ertappt.

Ich wiederhole: »Nimm meine Hand. Ich bin hier. Ich bin dein Sohn. Solange du bei mir bist, wird es dir gutgehn.«

»Ich weiß.« Genau das ist es, was sie eben nicht weiß.

Logisch betrachtet sollte sie aufgeben. Die Fragen sind sinnlos, da sie die Antworten nicht behalten kann. Trotzdem singen wir den ganzen Tag lang immer wieder das gleiche Lied, als glaube irgend etwas in ihrem Kopf noch immer daran, die Melodie könnte sich ihr durch pure Wiederholung ins Gedächtnis einprägen.

Sehr wichtig ist es, einen gewissen Trott einzuhalten. Sonst wird sie erregt und ärgerlich. Wenn sie zu Bett geht, gebe ich ihr die zwei grünen Schlaftabletten. Dann helfe ich ihr aus BH und Unterrock, ziehe ihr die Strumpfhose aus und streife ihr das Nachthemd über den Kopf. Um zu verhindern, daß sie aufsteht und versucht, sich wieder anzukleiden, ziehe ich meinen Pyjama an und lege mich neben sie ins Bett. Vor zwei Jahren noch stapelten sich Bücher auf ihrem Nachttisch. Meine Liebe zu Büchern habe ich von ihr; Vater hat die Literatur als nicht ernst zu nehmenden Amüsierbetrieb für Weiber betrachtet. Jetzt liegt dort nur noch ein einziger Krimi. Ich bitte sie, mir eine Seite vorzulesen, und sie liest mit kindlich monotoner Stimme, ohne Betonung, ohne zu merken, daß die Worte sich zu einem Sinn zusammenfügen. Nach einem Absatz hört sie auf und legt das Buch beiseite. Dann liegen wir nebeneinander und starren an die Decke, bis ihr gleichmäßiger Atem mich davon überzeugt, daß sie eingeschlafen ist. Dann erst fühle ich mich frei.

Oft wacht sie nachts auf und beginnt sich hastig anzukleiden. Ich versuche nicht, sie aufzuhalten. Sie schleicht sich nach unten und sitzt, ihre Handtasche umklammernd, im Dunkeln. Auf wen sie wartet, auf was sie wartet, kann sie nicht sagen. Wenn ich zum Frühstück nach unten komme, sitzt sie oft schon mit starrem Blick auf dem Sofa.

Morgens hebe ich sie ins Bad, drücke ihr Arme und Beine an und mache mit ihnen die Bewegungen, die sie von allein nicht mehr machen wollen. Das amüsiert sie oft, als sei ihr bewußt, wie lächerlich es für einen Mann in meinem Alter ist, eine nackte Sechzigjährige in die Wanne zu legen. Ihr Geist scheint aus meilenweiter Entfernung auf die absurde Ruine ihres Körpers herabzusehen.

Wenn ich sie bade, muß ich an eine Szene aus meiner Kindheit denken: wie sie sich im Umkleideraum des Schwimmbads von Alton aus ihrem Einteiler schälte, ihn mit einer Zehe vom Boden lüpfte und dann, mit ihrer Unterwäsche in der Hand, redend hin und her ging und mich in die Geheimnisse dieses den Frauen vorbehaltenen Raums einschloß. Wenn ich jetzt mit dem Schwamm über ihre knotigen Schultermuskeln fahre, sehe ich unter der weißen Haut das Schlüsselbein, die Linie der Wirbelsäule, die Rippen. Wenn ich ihr die Haare wasche, fühle ich die Umrisse ihres Schädels unter meinen Fingern.

Ich helfe ihr aus der Wanne, trockne ihr die Beine ab, hülle sie in Handtücher, setze sie auf den Wannenrand und schneide ihr die Zehennägel: sie sind hornig und gelb, ihre Füße sind voller Schwielen. Sie hat einen langen Weg hinter sich.

Als Kind saß ich oft bei ihr in der Küche, während sie

sich mit einem kleinen Pinsel das heiße Enthaarungswachs auf Beine und Oberlippe auftrug. Sie trug ein leichtes Kattunkleid und trank Bier aus der Flasche. Wenn das Wachs fest geworden war, zog sie es fluchend und mit schmerzverzerrter Miene ab und gab mir die Streifen, in denen feine schwarze Haare klebten. Danach fühlten sich ihre Beine glatt und seidig an.

Jetzt rasiere ich diese Beine mit meinem Rasierapparat, wobei sie vollkommen stillsitzt und mich anlächelt, als ob das gar nicht ihre Beine seien. Wir sind uns sehr nahe, sie in das Handtuch gehüllt, ich auf den Knien zu ihren Füßen, so nahe wie damals, als ich ein Kind war.

Sie beklagt sich nie. Das alte angeborene Ehrgefühl hält sich unvermindert. Wenn wir den Hügel hinterm Haus hinaufgehen, spüre ich, wie sie immer langsamer wird, aber stehen bleibt sie erst, wenn ich es tue. Ich frage sie, ob sie traurig ist, worauf sie eher verwirrt als mit Bedauern antwortet: »Es könnte schon ein bißchen lustiger sein.«

Und dann fangen wieder die Fragen an.

»Wie geht es weiter?«

»Wie gesagt. Dad kommt am Montag zurück.«

»Könntest du mir das aufschreiben?«

Also schreibe ich es ihr mit großen Buchstaben auf einen Zettel, den sie zusammengefaltet in die Tasche ihrer Strickjacke schiebt; dann klopft sie darauf und sagt, so fühle sie sich schon besser. Eine halbe Stunde später wedelt sie mir mit dem Zettel vorm Gesicht herum: »Was soll ich damit?«

»Nichts. Da steht nur drauf, wie es weitergeht.«

»Aber davon habe ich gar nichts gewußt.«

»Jetzt weißt du's.« Ich nehme ihr den Zettel aus der Hand und zerreiße ihn. Es hat keinen Sinn, wütend auf sie zu werden, aber ich kann nicht anders. Manchmal werde ich wütend, weil ich, so verrückt das auch scheinen mag, den Verdacht habe, daß sie mich auf den Arm nimmt. Ihre Zerstreutheit kann geradezu unheimlich werden. Manchmal scheint es, als habe sie beschlossen, Urlaub von mir zu nehmen. Dann wieder scheint sie endgültig resigniert zu haben. Wie auch immer, gelegentlich bedenkt sie mich mit einem aufreizend verschlagenen Blick, der sagt: »Du begreifst es nicht, stimmt's?«

Je länger Vater fort ist, desto öfter verliere ich die Geduld mit ihr. An einem Abend gelingt es ihr wieder einmal nicht, den Tisch richtig zu decken. Ich schiebe sie zur Seite, knalle die Messer und Gabeln hin und fauche: »Versuch's doch wenigstens, Mutter. Herrgott noch mal.« Ich brauche unbedingt etwas, woran ich glauben kann. Ich bin verzweifelt darauf angewiesen, daß sie mir Mut macht.

Wenn ich wütend bin, ist sie es nicht minder. Wut ist im Überfluß vorhanden, ganz dicht unter der Oberfläche verschwommenen Gebarens, die sie nach außen hin zeigt. Mein Vater ist mehrmals geschlagen worden, und mag sie mich auch nicht geschlagen haben, so war sie doch oft genug kurz davor. Wenn ich ihr die Kleider ausziehe, muß ich mich vorsehen. Man kann nie wissen, ob ihr nicht plötzlich einfällt, wie entwürdigend es ist, sich vom eigenen Sohn entkleiden zu lassen.

Sie altert entsetzlich schnell. Das hat nichts Anmutiges oder Freundliches an sich. Alles ist beschleunigt, wie in diesen gespenstischen Zeitrafferfilmen von Pflanzen, die in einem einzigen Augenblick aus dem Boden stoßen, aufblühen und absterben. Sie durchläuft den Tag in rasendem Tempo, wie eine Besessene, wie jemand, der sagt: Bringen wir den Mist hinter uns. Sie schlingt die Mahlzeiten hinunter, springt auf und räumt, bevor Jack und ich fertig sind, die Teller ab.

»Wozu die Eile?« frage ich.

»Ich weiß nicht«, sagt sie und leert ihr Glas mit einem Zug.

Nach dem Abendessen sitzen wir auf der Veranda und verfolgen schweigend die Lichter der Autos zwischen den Kiefern unten am Feldrand. Plötzlich sagt sie: »Ich bin allein«, nicht in klagendem Ton, sondern so leidenschaftslos, wie sie sich in alten Zeiten mit unangenehmen Tatsachen abgefunden hat.

Meine Frau hat einmal gesagt: »Sei nicht so streng mit dir. Sie fühlt doch nichts mehr. Die Krankheit nimmt ihr alle Sorgen ab. Für dich ist es viel schlimmer.« Nichts könnte weiter von der Wahrheit entfernt sein. Ich weiß, sie bekommt alles mit. Ich weiß, sie hat jeden ihrer Verluste mitgezählt. Sie sieht sich an und fragt, was für ein Mensch aus ihr wird. Die Krankheit erspart ihr nichts.

Jeden Morgen erwacht sie ein wenig weiter weg von uns. Aber noch gelingt es ihr, wenn auch nur mit einem Blick, etwas von der Welt, in die sie eingeht, zu vermitteln. Es gibt hier, scheint sie zu sagen, jenseits von Angst und Verlust, am dunklen Rand, wo alles zerbröckelt, verfällt und undeutlich wird, es gibt hier eine Art von Leben. Gelegentlich hört sie auf, hin und her zu gehen, die Stille der Abenddämmerung bannt ihren gehetzten Blick, und dann sitzt sie auf der Veranda und sieht das Licht der Sonne durch all die Bäume strömen, die sie in fünfundzwanzig Jahren gepflanzt haben; und ich sehe über ihr Gesicht etwas hingleiten, das ich, wenn ich daran glauben würde, Heiterkeit nennen könnte.

Wenn ich nachts neben ihr liege, denke ich manchmal an all die Erinnerungen, die noch in ihr ruhen müssen: gefangen in den Schaltkreisen, sprachlos gemacht, aber noch immer in ihrem Kopf vorhanden. Sie ist die stumme Wächterin im Schattenreich meines Lebens. Sie ist die einzige, die mir sagen kann, wie ich vor meiner Erinnerung gewesen bin; die einzige, die jene ersten sinnlosen Szenen vor dem Einsetzen der Erinnerung zu deuten vermag. Nur sie kann mir sagen, auf wessen Knie ich sitze, wessen Hände mich von hinten stützen, während ich mir das blaue Bierglas vors Gesicht halte und so für einen Moment in ein blaues Universum blicke, das nach Hopfen riecht. Sie liegt neben mir, sie kann nicht sprechen; aber ich weiß, in ihrem Innern existiert dieses blaue Glas noch, ein eingeschlossener Nervenimpuls, ein unendlich kleiner synaptischer Funke in den Schaltkreisen ihres Hirns.

Ich liege neben ihr und lausche ihren Atemzügen, die in den Rhythmus des Schlafs abflauen. Leise beschleicht mich der Gedanke. Leise ergreift er Besitz von mir. Wie mühelos, wie barmherzig, wie rasch ließe sich das erledigen. Man müßte ihr nur lange genug ein Kissen aufs Gesicht drücken. Niemand kann mich daran hindern, niemand wird es erfahren. Zwei Minuten und hinreichend Druck würden genügen. Niemand würde mir die Schuld geben. Ich bin sicher, ich könnte es schaffen, wenn ich dabei nicht in ihre Augen sehen müßte. Ich liege da und erörtere mit mir, ob ich das Recht habe, sie zu erlösen, ob ich es überhaupt fertigbringen könnte. Meine Augen sind offen. Mein Kopf ist klar und kalt wie ein Stein. Dann bemerke ich, daß sie gar nicht schläft, sondern wach neben mir liegt, als ob sie meinen innersten Gedanken gelauscht habe. Ihr Gesicht auf dem Kopfkissen gleicht jetzt dem von Nettie; ihre blaugrauen Augen blicken offen in die Dunkelheit und über jede Illusion hinaus, der blonde Zopf liegt weiß und fedrig an ihrem Hals, ihre Wangen sind vom Alter welk und geschunden, ihr Nachthemd ist am Hals zugeknöpft wie bei einem Mädchen. Ich möchte ihren Namen flüstern, aber ich kann es nicht.

Suhrkamp Literatur

Pjotr Aleschkowski · Jehuda Amichai · Louis Begley
Paul Celan · Marianne Fritz · Rainald Goetz
Joachim Helfer · Hermann Hesse · Ludwig Hohl
Yasushi Inoue · Elfriede Jelinek · Uwe Kolbe
György Konrád · Angela Krauß · Hans Mayer
Friederike Mayröcker · Thomas Meinecke
Eduardo Mendoza· Adolf Muschg · Andreas Neumeister
Paul Nizon · Cees Nooteboom · Erica Pedretti
Boris Pilnjak · Manuel Rivas · Thomas Rosenlöcher
Patrick Roth · Ralf Rothmann · Peter Sloterdijk
Martin Walser · Josef Winkler
Spectaculum · Edition Zweite Moderne
Bibliothek Suhrkamp · Jüdischer Verlag

Martin Walser

Ralf Rothmann

Angela Krauß

Friedenspreis des Deutschen Buchhandels 1998

Martin Walser
Ein springender Brunnen

Roman
416 Seiten. Leinen
DM 49,80/ öS 364,– / sFr. 46.–
(August 1998)

Im Dorf, und erst recht in der Gastwirtschaft, kommt alles vor, was die Welt gerade erschüttert. Aber der Mittelpunkt der Welt ist Johann (den manche Leser mit dem jungen Martin W. verwechseln könnten), bestürmt, bedroht, gefördert von allem, was ihm passiert. Er lernt beten, beichten, singen, schießen, gehorchen, dagegensein, küssen, lieben, schreiben. Liebend erlebt er ein veritables Wunder. Schreibend erlebt er sich selbst. Martin Walser erzählt das mit der Fabulierlust, für die er berühmt ist; so entsteht ein Roman der deutschen Tragödienzeit jenseits aller Meinungen, mit einer nur dem Erzähler möglichen Schlüssigkeit.

Ralf Rothmann
Flieh, mein Freund!

Roman
280 Seiten. Leinen
DM 39,80 / öS 291,– / sFr. 37.–
(August 1998)

Flieh, mein Freund! ist ein Roman über Jugend und den Versuch einer Liebe in Berlin. Ein Roman über die Mühe, so etwas wie Persönlichkeit zu entwickeln in einer Zeit, »in der man das Jungsein mit Autoschlüsseln, Handy am Gürtel und geiler bunter Mitgliedskarte so trostlos professionell betreibt, daß einem angst werden kann«.

Marianne Fritz
Naturgemäß
II

Es ist ein Ros entsprungen / Wedernoch / heißt sie
Roman. Etwa 2720 Seiten. 5 Bände in Kassette. Typoskript. Kartoniert
ca. DM 580,– / öS 4234,– / sFr. 516.–
(August 1998)

Die Werke der Marianne Fritz laden ein, sich auf das *Abenteuer Lesen* im

Im Fernsehen habe ich einmal einen Dokumentarfilm über den Neurologen und Chirurgen Wilder Penfield gesehen. Dort wurde gezeigt, wie er einer Frau bei örtlicher Betäubung die Schädeldecke öffnete und die glitzernde Gehirnhaut freilegte. Nachdem er einen Teil des Hippocampus mit einem Stromstoß stimuliert hatte, begann die Patientin mit leiser, abwesender Stimme davon zu erzählen, wie sie und ihre Schwester eines Nachmittags beim Schaukeln im Garten mit den Füßen Mutters Teeservice erwischt und in hohem Bogen durch die Luft ins Gras befördert hätten. Es kam mir wie ein Wunder vor, daß in einem pochenden Stück Menschenfleisch Erinnerung stecken sollte, Erinnerung als materielle Substanz, als Quelle dieses körperlosen Geflüsters.

Penfields Experimente aus den vierziger und fünfziger Jahren schienen zu beweisen, daß Gedächtnisfunktionen in verschiedenen Teilen des Gehirns untergebracht waren. Das prozeßbezogene Gedächtnis – die Kombination von Fähigkeiten, die zum Beispiel zum Radfahren erforderlich ist – mußte in *einer* Gewebefalte untergebracht sein, das bildbezogene Gedächtnis – etwa, wie es zu Hause aussieht – in einer anderen. Wie sind die Neurologen darauf gekommen? Weil es Leute gab, die zwar noch radfahren konnten, aber nicht mehr den Weg nach Hause fanden.

Aus der Lokalisierbarkeit der Funktionen folgte auch, daß die in verschiedenen Teilen des Gehirns gelagerten Erinnerungsbilder jedesmal, wenn Erinnerung stattfand, aktiviert wurden. Diese Theorie, die Penfields Experimente zu bestätigen schienen, war sicher die Grundlage meiner Überzeugung, daß Mutters Erinnerungen noch intakt waren – wie eine Schmetterlingssammlung, die irgendwo auf dem Dachboden eines unbewohnten Hauses zurückgelassen worden war.

Allmählich kam mir der Gedanke, daß mit der Vorstellung, ihre Erinnerungen befänden sich an einem bestimmten Ort und würden von der Krankheit nach und nach ausgelöscht, irgend etwas nicht stimmen konnte. Es war keineswegs so, daß sie einzelne Ereignisse vergaß; sondern sie war nicht in der Lage, sich selbst in einen sinnvollen Zusammenhang mit diesen Ereignissen zu stellen. Sie wußte, wer sie einmal gewesen war, aber nicht, was aus ihr geworden war. Ihre Kindheitserinnerungen waren intakt, aber ihr Kurzzeitgedächtnis war zusammengebrochen, so daß Vergangenheit und Gegenwart durch einen breiten Graben voneinander getrennt waren.

Ich vermutete in ihrem Gedächtnisverlust das Symptom einer schwereren Störung der Fähigkeit, ein im Zeitablauf zusammenhängendes Bild von sich selbst zu erzeugen und festzuhalten. Und mir wurde bewußt, daß ihr Zustand mir die einmalige Gelegenheit bot, das Verhältnis zwischen Individualität und Gedächtnis zu studieren. Ich fing an, meine Mutter als philosophisches Problem zu betrachten.

Mein Fehler war die Vorstellung gewesen, daß ein Erinnerungsbild unabhängig von einem Bild des Ich existieren könnte, daß Erinnerungen unabhängig davon, ob man von irgendeinem gegebenen Standpunkt aus darüber sprach oder nachdachte, weiterexistieren könnten. Was sie verlor, war genau diese Verbindung zwischen Vergangenheit und Gegenwart. Sie wußte nicht mehr, wer das »Ich« in ihren Sätzen war. Sie wußte nicht mehr, ob diese Erinnerungen an einen blauen Bierkrug in einem warmen Vorstadtgarten wirklich ihre eigenen waren. Und weil sie nicht mehr ihr zu gehören schienen, begann sie sie wegzuwerfen.

Dennoch, ihre Gesten, ihr Lächeln, ihre Stimme blieben unverändert. Ihr Charme hielt sich, wenn auch in getrübter Form, ebenso wie Spuren ihres Sinns für Humor. Sie litt nicht nur an Gedächtnisverlust, sondern an einer Störung ihrer Seele; aber *sie selbst* war noch intakt. Ich war wieder da, wo ich angefangen hatte.

Der Fachjargon, mit dem die Ärzte ihren Zustand beschrieben, half mir erst recht nicht aus den Schwierigkeiten, sie zu verstehen. Was man in meiner Kindheit »Arterienverkalkung im Gehirn« genannt hatte, hieß nun »präsenile Demenz«. Das eine war so absurd wie das andere. Meine Mutter war geistig verwirrt, aber alles andere als senil. Dann verlegten sich die Ärzte darauf, ihren Zustand eine Krankheit zu nennen. Das hatte zumindest den Vorteil, daß etwas, was man bis dahin schlicht als geistige Verwirrung alter Leute betrachtet hatte, in den Blickpunkt wissenschaftlichen Interesses rückte. Als bei Obduktionen solcher Patienten in den Nervenfasern ein charakteristisches Muster von Narbengewebe entdeckt wurde, glaubten die Ärzte plötzlich, ein klinisches Geheimnis enträtseln zu müssen.

Aber je mehr die Ärzte darüber herausfanden, desto rätselhafter wurde die Krankheit. Die Fibrillen und Plaques – das Narbengewebe – behinderten zwar offenkundig die neurochemische Übermittlung von Impulsen im Gehirn, zeigten sich aber auch bei geistig regen Menschen, deren Symptomatik sich auf die mit dem normalen Alterungsprozeß verbundene leichte Form von Gedächtnisverlust beschränkte. Manche Experten waren nicht einmal sicher, ob es sich bei diesen Narben um die Ursache oder die Wirkung des Vergessens handelte.

»Ich habe es dir gesagt«, erklärte mein Bruder. »Es gibt vieles, was wir nicht wissen.«

»Den Patienten sagt ihr das nicht.«

»Ich sage es dir. Wir sind noch nicht soweit.«

Und wie sieht es mit der Wechselwirkung von Vererbung und Umwelt aus? Nach Ansicht einiger Fachleute gibt es eindeutige Beweise für genetische Vererbung nur, was den frühen Ausbruch einer Krankheit betrifft. Andere behaupten, die genetischen Anlagen seien auch im Fall eines späten Ausbruchs einer Krankheit – wie bei meiner Mutter – der dominierende Faktor.

Da mein Bruder es offenbar leid war, meine Fragen abzuwehren, vereinbarte er für uns einen Termin beim größten Spezialisten der Stadt. Ich vermochte nicht einzusehen, wozu wir uns die Mühe machen sollten, und sagte ihm das auch.

»Möchtest du es nicht wissen?«

»Was denn?«

»Woran wir sind. Wieviel Zeit uns noch bleibt.«

»Willst du es wissen?«

Außerdem, sagte ich, seien neurologische Untersuchungen demütigend. »Urinproben, Blutproben, Röntgenaufnahmen, CT- und PET-Aufnahmen. Herrgott, wozu brauchen wir das alles?«

Und genauso war es dann auch. Mutter wurde nackt und verständnislos in einen gekachelten Raum geführt und dort in einen Apparat gesperrt, der aussah wie eine dieser eisernen Lungen in einem Billigfilm. Ich stand hinter der Trennscheibe im Kontrollraum und sah ihre verängstigten Blicke, als man ihr ein Instrument zur Messung der Gehirntätigkeit über den Kopf stülpte. Ich winkte ihr zu wie ein Idiot, obwohl sie mich gar nicht sehen konnte. Als sie vor Angst leicht mit den Beinen zuckte, schaltete ein Techniker die Sprechanlage ein und sagte ihr, sie solle das lassen. Und ich stand da hinter der Glasscheibe und hätte meinen Bruder dafür umbringen können, daß er ihr das antat. Endlich setzte die Wirkung des Beruhigungsmittels ein, und sie lag wach, aber reglos, während die Abbilder der neurochemischen Aktivitäten ihres Hirns über die Monitore im Kontrollraum strömten. Die Techniker waren gesprächig. Sie sagten mir, worauf ich achten sollte: Hellblau für die Schädeldecke, Rot für die Gehirnhälften, Violett für den Isotopenindikator. Und da stand ich und besah mir Mutters Angst und Schrecken in bunten Bildern.

Drei Wochen später sitzen wir, mein Vater, mein Bruder, meine Mutter und ich, in der Praxis der Neurologin und lassen uns die Ergebnisse vortragen. Die Ärztin, eine elegante Frau mittleren Alters, ist doppelseitig gelähmt und sitzt in einem Rollstuhl. Hinter dem Schreibtisch kann ich ihre verkümmerten Beine sehen, sie stecken in schicken schwarzen Strümpfen und Schnallenschuhen. Mit schuldbewußtem Wohlwollen denke ich: endlich ein Mensch, der Verständnis haben wird.

Sie blickt über den Rand ihrer Lesebrille und sagt mit freundlichem Lächeln:

»Wie geht's uns heute?«

Mutter antwortet: »Es geht uns gut heute.«

»Sehr schön«, erwidert die Ärztin.

»Also, wie sieht es aus?« fragt mein Vater und blickt von seinen Händen auf.

Die Ärztin schlägt die Krankenakte auf. »Mutter«, sagt sie, »schneidet bei manchen Tests ganz gut ab, bei anderen nicht so gut.«

Es kommt mir nicht richtig vor, in der dritten Person von ihr zu reden, wenn sie selbst dabei ist. Ich sehe meinen Bruder wütend an, er steht auf und geleitet Mutter nach draußen. Während Mutter sich mühsam zur Tür bewegt, tauschen mein Bruder und die Ärztin ein Nicken aus.

Als die Tür hinter ihr zufällt, beginnt die Ärztin von neuem. »Die Aufnahmen bestätigen, was Sie bereits wissen« – sie fährt mit der Hand über die Berichte. »Erkennbare Schrumpfung des Kleinhirns, Volumen- und Größenverminderung des Hippocampus, möglicher Hinweis auf ein Hirntrauma.«

Bei dem Wort Trauma hebt mein Vater den Blick. »Das muß der Autounfall gewesen sein.«

«Erzählen Sie mir davon«, sagt die Ärztin und greift nach einem Stift. In der zertrümmerten Stille nach dem Aufprall sehe ich das blutüberströmte Gesicht meines Vaters auf dem Steuerrad liegen, daneben, zusammengesackt, Mutters gebrochenen Körper. Worte tönen mir im Kopf; mein Bruder sieht mich an, er hat die Hände an den Schläfen, Blut quillt zwischen seinen Fingern hervor.

Die Ärztin sagt, Opfer von Verkehrsunfällen und Boxer könnten durch ein Schädeltrauma Amnesien erleiden, wie sie bei Mutter zu beobachten seien. Also schreibt sie das Wort Schädeltrauma in ihre Liste der verursachenden Faktoren, neben Vererbung, Umwelt, Neurotoxikose. Sie sagt, je mehr Ursachen spezifiziert werden könnten, desto sicherer fänden wir eine Erklärung. Ich sehe das anders – ihr Zustand wird um so geheimnisvoller, je mehr Ursachen aufgedeckt werden –, will aber jetzt nicht widersprechen. »Selbstverständlich«, fährt sie fort, »ist das A und O jeder Diagnose in solchen Fällen . . .«

»Eine Autopsie«, werfe ich ein.

Ihr kommt ein Gedanke.

»Ach, Sie kennen sich in diesen Dingen aus?« sagt sie munter. Ich nicke und bin mir nicht sicher, ob sie mich nun als einen dieser lästigen neurologischen Autodidakten betrachtet oder als verständigen Kollegen, den sie ins Vertrauen ziehen kann. Was auch immer sie denken mag, sie weiß, daß ich das Gespräch führen werde. Vater hat sich in eine Höhle aus Schweigen zurückgezogen.

Ich frage sie nach der Prognose. Den Blick auf den gesenkten Kopf meines Vaters gerichtet, sagt sie mit leiserer Stimme als vorhin: »Ihre Frau wird in drei Jahren tot sein.«

Vater legt, als müsse er sich abstützen, die Hände auf die Knie.

»Es tut mir leid«, sagt sie.

Sie erläutert meinem Vater die ganze *via dolorosa*: welche Funktion wann ausfallen wird, wie bald sie uns nicht mehr erkennen wird, wie bald es aller Wahrscheinlichkeit nach zu epileptischen Anfällen kommen wird. Zweifellos ist sie der Meinung, daß sie uns mit dieser Offenheit Respekt bekundet, und ich bin ihr dankbar dafür, denke aber ständig, daß hier irgendwo ein Irrtum vorliegen muß. »Aber jeder Fall verläuft anders.«

»Es gibt typische Merkmale.«

»Ich meine, bei einem frühen Ausbruch der Krankheit kann es sein, daß man in drei Jahren stirbt, aber im Fall eines späten Ausbruchs kann der Prozeß durchaus länger . . .«

Sie sieht nach den Papieren auf ihrem Schreibtisch. »Wenn ich mir diese Aufnahmen betrachte –«

Ich versuche es anders. »Früher war ich der Ansicht, sie falle einfach auseinander. Jetzt scheint mir, sie hat ihre eigenen Strategien entwickelt, damit fertigzuwerden.«

Die Ärztin nickt. Ich sehe, wie sie sich mit einer Hand

ans Knie greift und das gelähmte Bein mitsamt dem eleganten Schuh in eine andere Stellung bringt.

»Nehmen Sie die Sache mit ihrem Sprachvermögen«, sage ich. »Sie kann keine Unterhaltung führen, aber sie hört zu, sie lacht, wenn man etwas sagt, das sie belustigt, sie nickt und gibt damit zu verstehen, daß sie einem folgen kann.«

Die Ärztin schien aufzuhorchen. »Ihre semantischen und syntaktischen Gedächtnisfunktionen sind zusammengebrochen, aber die prosodische Variation ist noch intakt.«

»Prosodische Variation?«

Sie meint Tonfall, Mienenspiel und Gestik. Manche Patienten sprechen schleppend oder stotternd mit einer Stimme, die sie vorher nicht gehabt haben. »Sie hören sich selbst sprechen«, sagt sie, »und fragen sich: Wer ist das?«

»So ist das bei Mutter nicht. Sie weiß noch, wer sie ist. Mag sein, daß sie nicht fehlerfrei redet, aber sie ist durchaus in der Lage, an einem Gespräch teilzunehmen. Sie ist noch im Besitz ihrer sozialen Fähigkeiten.«

Die Ärztin wiederholt gutmütig: »Ihre prosodische Variation ist noch intakt.«

Was mich stört, ist das Wort »noch«.

»Sie beharren auf dem, was verlorengegangen ist, und ich beharre auf dem, was noch da ist.«

»Ich sehe nur, was ich sehe. Vom klinischen Standpunkt aus«, sagt die Ärztin und sieht mich über den Rand ihrer Lesebrille an. Ihre Offenheit, ihre Weigerung, auf meine Hoffnungen einzugehen – das hat etwas Bewundernswertes. Ganz gegen meinen Willen finde ich sie sympathisch, obwohl mir bewußt ist, daß wir Mutter so verschieden sehen, daß es keine Verständigung zwischen uns geben kann.

Ich möchte sagen, daß das wahre Ich meiner Mutter noch intakt auf der Oberfläche ihres Wesens ruht, wie eine Feder, die auf der Oberflächenspannung eines Glases voll Wasser liegt, denn das spüre ich an der Art, wie sie zuhört, nickt und eine Hand an die Wange legt, wenn wir zusammen sind. Aber ich gerate ins Stolpern und höre einfach auf.

Die Ärztin versucht mir weiterzuhelfen. »Das scheint Ihnen wichtig zu sein.«

»Weil«, sage ich, »sehr viel davon abhängt, ob Leute wie Sie sie als Menschen behandeln oder nicht.«

Sie ist zu klug, dem zu widersprechen. Sie hat ständig mit besorgten und feindseligen Verwandten zu tun. »Es ist schwierig für Sie. Das weiß ich. Aber es ist meine Aufgabe, Ihnen die Tatsachen zu nennen.«

Ich frage mich, was mein Bruder ihr von mir erzählt hat und warum die beiden der Überzeugung sind, daß ich eine strenge Dosis Realitätstherapie nötig hätte. Ich versuche es noch einmal anders. »Es kommt darauf an, daß man nicht vor ihr kapituliert.«

»Ich kapituliere nie.«

»Sie muß die Gewißheit haben, daß wir sie verstehen. Sonst gibt sie auf.«

»Verstehen *Sie* sie?«

»Manchmal ja, manchmal nein.«

»Nun, ist das keine Kapitulation?« kontert sie.

»Dann verstelle ich mich eben«, antworte ich. »Sie braucht Respekt«, sage ich, ohne zu wissen warum.

»Natürlich.« Und dann sagt sie nachdenklich: »Aber wer weiß, was Respekt in diesem Fall bedeutet.«

»Im Zweifelsfall zu ihren Gunsten zu entscheiden. Davon auszugehen, daß der Wahnsinn Methode haben könnte.«

Die Ärztin lächelt. »Demnach verhalten Sie sich, ›als ob‹ sie vernünftig wäre. ›Als ob‹ sie wüßte, was sie sagt.«

»Allerdings.«

Ich erzähle ihr, daß Mutter fünfmal in der Stunde auf die Toilette geht. Weil sie sich nicht in die Hose machen will, aber nie weiß, wann sie das letztemal gegangen ist. Ihre Strategie sieht daher so aus, daß sie jedesmal, wenn ihr der Gedanke kommt, so tut, ›als ob‹ sie auf die Toilette müßte. Das hat eindeutig Methode. Das ist nicht einfach zielloses, panisches Verhalten. Hier ist Selbstachtung mit im Spiel. Es gelingt ihr auf diese Weise, sich nicht zu beschmutzen. Meine Stimme ist immer lauter geworden, und jetzt schweigen wir beide.

»Vom klinischen Standpunkt betrachtet«, nimmt die Neurologin den Faden wieder auf, »kommt es zu Enthemmung erst bei Schädigung des Frontalhirns. Das ist bei Ihrer Mutter noch nicht der Fall, was eine Erklärung für ihre Kontinenz und ihre Gutartigkeit liefern könnte.«

»Sie ist gutartig«, sage ich, »weil das ihrer Wesensart entspricht.«

»Ich weiß, wie Ihnen zumute ist.«

»Außerdem«, sage ich, »ist Enthemmung ein häßliches Wort.«

»Ich weiß«, sagt sie und nickt in Richtung der Krankenzimmer irgendwo am Ende des Korridors. Diese Zimmer sind zum Bersten voll mit Enthemmten. Diese Ärztin lebt damit.

»Enthemmung unterstellt, daß sie schon alles hinter sich hat. In Wirklichkeit aber kämpft sie noch.«

Die Neurologin sieht mich gelassen an, als überlege sie, ob sie mir auch diese Illusion nehmen solle. Dergleichen wird sie schon tausendmal von Verwandten gehört haben.

Sie beschließt, nichts zu sagen. Es spielt keine Rolle. Ich versuche es noch einmal anders.

»Sie sprechen wie mein Bruder.«

»Was ich als Kompliment auffasse«, sagt sie.

»Ich meine es ernst.« Unser Lächeln verkündet einen Waffenstillstand.

Weiterreden ist sinnlos, das wissen wir beide. Die Ärztin betrachtet Mutters PET-Aufnahmen und sieht eine Erkrankung der Gedächtnisfunktion, die einen festgelegten Namen und eine bestimmte Prognose hat. Ich dagegen sehe eine Krankheit des Ichbewußtseins, ohne Namen und ohne bestimmte Ursache.

Mein Vater wird unruhig, als wolle er uns daran erinnern, daß wir über seine Frau debattieren.

Die Ärztin greift in eine Schreibtischschublade und zieht ein Formular heraus. Sie trägt am oberen Rand etwas ein und schiebt es dann über den Schreibtisch meinem Vater zu.

»Ich möchte Ihre Frau in unsere Studie aufnehmen. Ihr Krankheitsbild ist für uns von großem Interesse.« Sie berührt das Formular mit einem roten Fingernagel. »Ich brauche dazu Ihre Zustimmung.«

»Zustimmung? Wozu?«

»Daß wir im Anschluß an die Autopsie ihr Gehirn für spezielle Studien hier in der Klinik entnehmen dürfen.«

Vater sieht kurz auf seine Hände herab, dann holt er Luft wie jemand, der eine schwere Last aufzuheben hat, und richtet sich zu voller Größe auf. Er nimmt das Papier vom Schreibtisch und wirft es ihr mit einer verächtlichen Geste zurück. Dann schreitet er aus dem Zimmer.

Ich begann mich für Bücher zu interessieren, die ich früher stets verachtet hatte: Bücher über Gesundheit und Persönlichkeitsentwicklung, die für mich immer neben Psychologie und Esoterik rangiert hatten. Ich erwarb Taschenbücher mit Titeln wie: *Krebs besiegen in sechzig Stufen*, *Diät zur Steigerung der Abwehrkräfte*, *Liebe dich selbst und dein Leben*, *Super-Immunität*, *Sag Ja zum Leben* und so weiter. Bei diesen Büchern handelt es sich um populärwissenschaftliche Darstellungen der Ergebnisse eines neuen medizinischen Fachgebietes, der »Psychoneuroimmunologie«, die sich mit der Erforschung des Verhältnisses zwischen geistigen und seelischen Zuständen einerseits und dem Immunsystem des Körpers andererseits beschäftigt. Wobei man davon ausgeht, daß die Entstehung von Krankheiten durch eine positive geistige Einstellung verzögert oder gar verhindert werden kann. Sieg des Geistes über die Materie, der Seele über den Körper, des Charakters über den Zellverfall.

Mein Bruder äußerte sich am Telefon so geringschätzig über diese Bücher, daß ich ihn fragte, ob er überhaupt welche davon gelesen habe. Er seufzte: »Das Leben ist zu kurz.«

»Eigentlich«, sagte ich, »sind sie ziemlich interessant.«

»Um Gottes willen.«

»Angenommen«, sagte ich, »du hast Krebs. Und plötzlich kommt jemand und sagt: ›Mit einer positiven geistigen Einstellung können Sie die Krankheit besiegen.‹ Dann würdest du es auch versuchen.«

»Versuchen würde ich alles. Aber Glauben ist eine andere Sache«, sagte er.

»Typisch«, sagte ich.

»Was soll das heißen?«

»Vergiß es«, sagte ich.

Nachdem uns die Ärztin in aller Deutlichkeit gesagt hatte, wie es weitergehen würde, war mir die Vorstellung, daß niemand von uns etwas dagegen unternehmen könnte, von ganzem Herzen zuwider. Gelegentlich glaubte ich zu bemerken, daß es Mutter mit großer Willensanstrengung tatsächlich gelang, mit beiden Händen einen Gedanken so zu umfassen, daß er ihr nicht durch die Finger lief. Ich wollte unbedingt glauben, daß sie der Macht der Krankheit mit der Kraft ihres Willens Widerstand leistete. Dennoch fragte ich mich, ob ich mich damit nicht selber täuschte.

Meine Frau war der Ansicht, ich sei allzu besessen von dem Wunsch, alles klar und deutlich zu sehen; worauf ich entgegnete, ich hielte es für gerechtfertigt, besessen zu sein. Als ob sie mich aus großer Entfernung taxierte, bemerkte sie: »Du hast Kinder, weißt du noch? Sie wachsen heran. Jeden Tag sind sie anders. Aber du merkst es nicht. Du hast die letzten sieben Wochenenden auf der Farm verbracht.«

Auch das konnte ich nicht bestreiten, aber die Schlußfolgerung – daß ich meine Kinder vernachlässigte – war absurd, und das sagte ich auch. Indem sie die Kinder ins Feld führte, schien sie sagen zu wollen, daß ich Mutter über die Kinder stellte, die Sterbende über die Lebenden. Vielleicht bildete ich mir das auch nur ein. Ich wußte nicht so recht, was sie dachte, und zu dem Zeitpunkt war es mir auch gleichgültig.

Sie dachte, die Krankheit nehme mich vollständig in Beschlag; ich dagegen glaubte mir Mühe zu geben, mich davon freizukämpfen. Aus welchem anderen Grund las ich diese Bücher über »positive geistige Einstellung«? Daß sie seicht waren, brauchte ich mir von meinem Bruder nicht sagen zu lassen. Eben das war es ja, was ich an ihnen so anrührend fand. Diese Bücher wollten an etwas glauben. Genau wie ich. Das Problem bestand darin, daß ich mehr wußte, als mir guttun konnte. Schließlich verdiente ich meinen Lebensunterhalt mit philosophischen Vorlesungen an der Universität. Es dauert immer eine gewisse Zeit, bis man erkennt, was der Beruf mit einem macht, wie er den naiven Optimismus aushöhlt, mit dem man sein Leben beginnt. Die Philosophie ist hierin stärker als die meisten anderen Disziplinen: sie unterzieht Naivität und Glauben einer Zerreißprobe. Ich habe meine Wissenschaft geliebt und respektiert, vielleicht zu sehr. Heute ist mir klar, ich hätte mir eher Sorgen darüber machen sollen, desillusioniert zu werden, und nicht so sehr darüber, mich naiv anzustellen. Damals habe ich meine Desillusionierung fälschlicherweise als eine Form von Weisheit betrachtet. Jedenfalls schien mir das erwachsener als bloßer Glaube, besonders als jener geschäftige Glaube, wie er in diesen Büchern propagiert wurde.

Das Vorstehende soll verständlich machen, warum ich ungeachtet dessen, was ich meinem Bruder am Telefon gesagt hatte, in einem damals verfaßten Essay über diese Selbsthilfe-Bücher so heftige Kritik geübt habe. Ich nahm die naive Leichtgläubigkeit dieser Bücher und tat damit das, wofür ein Philosoph bezahlt wird: Ich zerpflückte sie.

Mehr noch, ich hielt auch einen Vortrag zu diesem Thema. Und nicht etwa vor meinen Studenten, sondern vor den Rotariern von Alton, anläßlich einer ihrer freitagabendlichen Gesprächsrunden im Gemeindesaal. Die Gründe dafür lagen auf der Hand. Mein Vater hatte dort einen Vortrag gehalten. Mein Bruder ebenfalls. Und jetzt war ich an der Reihe. Es kamen über achtzig Zuhörer, und meine Frau hatte meine Eltern mitgebracht.

Der Vortrag hieß »Krankheit und Stoizismus«.

In *Also sprach Zarathustra* erfand Nietzsche ein künftiges Geschlecht, das er »die letzten Menschen« nannte. Nietzsche sagte von ihnen: »Man hat sein Lüstchen für den Tag und sein Lüstchen für die Nacht: aber man ehrt die Gesundheit.«

Nietzsche sah sie schon auf sich zu joggen: vergnügte Kreaturen in Trainingsanzügen, mit klopfenden Herzen und erweiterten Lungen, die Köpfe voll mit Musik aus dem Walkman. Diese letzten Männer und Frauen, sagte er voraus, würden Sex zu Sport machen; Religion zu einem Freizeitvergnügen; Selbstbeobachtung zu positivem Denken; und das menschliche Streben nach dem Guten – in all seiner tragischen Komplexität – zur Gier nach körperlichem Wohlbefinden. In den Sporthallen, Squashzentren, Schwimmbädern und Saunas der Großstädte hallt es vom Poltern und Ächzen der letzten Männer und Frauen. Befragt, was ihm am wichtigsten sei, nennt der Nordamerikaner gemeinhin an erster Stelle die Gesundheit, danach erst Liebe, Arbeit oder Geld. Die Gesundheit beschäftigt ihn von früh bis spät, und noch abends im Bett informiert er sich darüber. Bücher zum Thema Gesundheit haben Werke der Philosophie als Quelle der Erbauung verdrängt. Die amerikanische Tradition der Selbsthilfe, wie sie von Horatio Alger, Mary Baker Eddy und Norman Vincent Peale vorgelebt wurde, spricht heute die Sprache der Immunologie, des Biofeedback und des Stress-Management.

Aber wenn man den Gesundheitsbüchern glauben darf,

nimmt der Konkurrenzkampf die Sieger ebenso hart mit wie die Verlierer. Die modernen Gesundheitsbücher erteilen den Amerikanern die Warnung, ihr Wetteifer könnte tödlich enden. Das kollektive amerikanische Ideal vom wettbewerbs- und leistungsorientierten Menschen ist nichts anderes als ein drohender Herzinfarkt. Die Killerinstinkte der wirtschaftenden Klasse richten sich gegen die Täter selbst.

Moralische Skrupel als disziplinierende Ideologie eines räuberischen Erwerbslebens wurden durch Gesundheit abgelöst. Dem Kapitalismus mit Hauen und Stechen ist von Zarathustras »letzten Menschen« längst der Abschied erteilt worden. »Sie haben die Gegenden verlassen, wo es hart war zu leben: denn man braucht Wärme. Man liebt noch den Nachbar und reibt sich an ihm: denn man braucht Wärme.«

Das Allerneueste, womit man den Gesundheitsängsten der wirtschaftenden Klasse Amerikas gerecht zu werden versucht, ist die Psychoneuroimmunologie, eine Wissenschaft, die sich der Erforschung der Feedback-Mechanismen zwischen psychischen Zuständen und dem Immunsystem des Körpers verschrieben hat. Zum Beispiel veranlaßt chronischer Streß die Adrenalindrüsen, chemische Substanzen in den Blutkreislauf abzugeben, die zu Störungen der Immunfunktion führen. Umgekehrt können Abwehrreaktionen der körpereigenen Hormone auf die Neurotransmitter des Gehirns zurückwirken und gewisse psychische Veränderungen auslösen. Die Forschung auf diesem Gebiet bestätigt nur, was ganzheitliche Mediziner schon immer gepredigt haben: daß Patienten, die über einen starken Lebenswillen verfügen und in ein intaktes soziales Netz gebettet sind, traumatische Krankheiten mit größerer Wahrscheinlichkeit überstehen als solche, die fatalistisch eingestellt sind und allein leben.

Es besteht eine Wahlverwandtschaft zwischen einer Immunologie, die behauptet, daß Patienten sich selbst heilen können, und dem Credo der amerikanischen Kultur, nach welchem das Individuum sein Schicksal selbst in der Hand hat. Die neue Immunologie ist Vermittlerin eines anstrengenden Typs moralischer Himmelstürmerei. Sie sagt uns wieder einmal, daß der Wille des Menschen ihn zum Herrn seines Schicksals machen wird.

Himmelstürmerei ist eine gute Sache, aber für die Schwachen ist es die Hölle. Die optimistische Botschaft der modernen amerikanischen Psychologie der Gesundheit lautet vielleicht: Du kannst dich selbst heilen. Die pessimistische Botschaft lautet: Wenn die Behandlung fehlschlägt, bist allein du selber schuld. Der neue Weg zur Gesundheit verlangt die Mobilisierung enormer Reserven an Selbstachtung. Was aber ist mit all den normalen Seelen, denen Selbstverliebtheit etwas Fremdes ist?

Die letzten Menschen wollen nichts wissen von den heilsamen Eigenschaften der Ironie oder der Weisheit von Nietzsches Bemerkung: »Es kommt die Zeit des verächtlichsten Menschen, der sich selber nicht mehr verachten kann.« Selbstverachtung ist im neuen Glaubenssystem bloß eine negative geistige Einstellung, eine Einladung zum Herzinfarkt, ein offenes Haus für einen Tumor.

Das neue System positiver geistiger Einstellung fordert nicht nur einen unwahrscheinlichen Grad an Selbstachtung, es ist auch sonst in sich widersprüchlich. Zu behaupten, Verzweiflung oder Depressionen könnten sich – und für diese Ansicht gibt es eine solide medizinische Basis – auf die immunologische Reaktionsfähigkeit *auswirken*, ist eine Sache; etwas ganz anderes ist die Aussage, Gefühle seien die *Auslöser* von Krankheiten. Und wieder etwas anderes ist der Glaube, mit einer positiven geistigen Einstellung ließen biologische Prozesse sich umkehren. Selbstverständlich spielt die geistige Einstellung eine Rolle. Krankheiten, für die man Heilmethoden gefunden hat, werden zu bloßen Krankheiten; solche, die wir noch nicht verstehen, werden zu symbolischen Trägern alles dessen, was wir fürchten und verabscheuen.

Wir sollten versuchen, schreibt Susan Sontag, »Krebs einfach als Krankheit zu betrachten, eine sehr schwere, aber doch bloß eine Krankheit. Kein Fluch, keine Strafe, kein Grund zu Verlegenheit. Ohne ›Sinn‹. Und nicht notwendig ein Todesurteil.«

Das Leben mit einer Krankheit, ohne ihr einen ›Sinn‹ beizulegen, verlangt von uns offenbar folgendes: wir sollen so individualistisch sein wie irgend möglich, wir sollen uns nicht von der Angst anstecken lassen, die jeden von uns überkommt, wenn wir erfahren, daß wir krank sind. Ohne Symbol leben, das heißt auch, zum Arzt Vertrauen haben, denn nur die Medizin tritt unsymbolisch an die Krankheit heran.

Solchem Vertrauen liegen freilich enorme Hindernisse im Weg. Das Problem ist: Wie läßt sich zwischen Arzt und Patient eine Beziehung herstellen, in der zwischen echten Individuen so etwas wie Verständigung möglich ist und nicht bloß die symbolischen Rollen von Eltern und Kind reaktiviert werden? Entscheidend für diese Beziehung ist die beiderseitige Anerkennung der begrenzten Einwirkungsmöglichkeiten der Medizin auf das Schicksal.

Patient und Arzt müßten eine stoische Haltung einnehmen und eine Verständigung darüber erzielen, was die Medizin zu leisten vermag und was nicht. Der Stoizismus ist wenig überraschend ein Ideal, das in der modernen

Welt auf dem Rückzug ist. Heute, da so viele Krankheiten besiegt worden sind, wird das stoische Sichfügen in das biologische Schicksal mit Fatalismus gleichgesetzt. Leiden und Stillhalten gelten nicht mehr. Die »letzten Menschen« der Moderne haben die Kultur des Aushaltens zugunsten einer Kultur des Reklamierens aufgegeben. Sie treten ihre Krankheiten als Rechtsinhaber an, als überaus wachsame, aufgeklärte Individuen. Der traditionelle Stoizismus hingegen widmete sich einer Frage, die die Kultur des Reklamierens nicht beantworten kann: Wann soll ich kämpfen, und wann soll ich nachgeben?

Jedes moralische Verhalten beruht auf Symbolen. Manches davon ist schädlich, manches davon ist nützlich. Wie können wir erkennen, worum es sich jeweils handelt? Natürlich halte ich es für wünschenswert, sich Patienten als Kämpfer vorzustellen, die für ihre Reaktion auf die Erfahrung Krankheit in gewissem Ausmaß verantwortlich sind. Womöglich verbessert der Kampf sogar ihre Überlebenschancen. Wir müssen das Gefühl haben, Verantwortung zu tragen. Wir müssen das Gefühl haben, daß wir unserem Schicksal gewachsen sind, daß wir nicht für minderwertig befunden wurden.

Aber wir dürfen nicht schlecht von solchen Menschen denken, die verzweifelt sind, die angesichts ihrer Auflösung in Angst und Panik geraten. Stoischen Mut zu preisen ist einfacher, als Angst zu bewundern; Respekt sind wir dennoch beidem schuldig.

Das wahre Problem ist freilich unsere Einstellung zum Tod. Leute wie wir, denen die Herrschaft über sich selbst als Haupttugend gilt, können sich mit dem Sterben, mit dem Sichfügen in das biologische Schicksal, nicht sonderlich anfreunden. Das Problem der Moderne ist nicht der Tod ohne die Tröstungen der Religion und ohne Aussicht auf ein Leben danach. Es besteht vielmehr darin, daß der Tod die moderne weltliche Religion der Selbstentwicklung und Selbstverbesserung als sinnlos erscheinen läßt. Wir sind süchtig nach der Vorstellung, das Leben sei ein Roman, den wir selbst verfassen. Tatsächlich hatten wir mit dem Anfang der Erzählung nichts zu tun; lediglich im Mittelteil dürfen wir uns ein bißchen betätigen; das Ende ist dann wieder kaum von uns zu verantworten, sondern beruht auf Vererbung, biologischem Schicksal und Zufall. Wer den Tod akzeptieren will, muß auf die Metapher vom Leben als Roman verzichten. Wer Krankheit akzeptieren will, muß das Leben ironisch betrachten und es eben hinnehmen, daß wir den Kampf gegen das biologische Schicksal als sichere Verlierer antreten. Wir können kämpfen, aber wir werden unterliegen.

Am Ende gab es höflichen Beifall, und hinterher, als die Leute gingen, trat Al Jackman mit dem Hut in der Hand an mich heran und sagte, er fände, das sei ja ziemlich starker Tobak gewesen. Ich sah ihm an, daß mein Vortrag ihn beunruhigt hatte, und wie es für einen jungen Philosophiedozenten typisch sein mag, hielt ich es für eine gute Sache, jemanden wie Al Jackman verunsichert zu haben. Freunde und Nachbarn schoben sich durch den Mittelgang und stiegen die Treppe zum Parkplatz hinunter. Draußen knirschten Reifen auf dem Kies, Scheinwerferlicht schwenkte durch den Saal. Meine Eltern kamen Hand in Hand auf mich zu, ein altes, unbedeutendes Paar in einer sich auflösenden Menge. Ich brauchte eine Bestätigung, daß ich zu ihnen durchgedrungen war, denn nur für sie beide hatte ich gesprochen. Vater klopfte mir auf den Ellbogen und ließ dann seine Hand wieder in ihre fallen.

»Schwieriges Thema. Sehr schwierig.« Er bemühte sich, irgend etwas Freundliches zu sagen. Er wußte, daß er mich nicht enttäuschen durfte, also lächelte er unbehaglich, als sei er uneins mit sich selbst, und versuchte es mit einem Scherz: »Heute wird mancher Rotarier in Alton schlecht einschlafen können.«

Mutter stand ein wenig abseits, sie hielt den Blick gesenkt und sah auf die kahlen Dielenbretter und die Reihen leerer Alustühle hinunter. Plötzlich zog sie Vater an der Hand und sagte mit fester Stimme: »Ich möchte jetzt nach Hause.« Worauf sie, ohne mich auch nur einmal anzusehen, nach draußen schritt. Ich drehte mich zu meiner Frau um.

»Was sollte das denn?« fragte ich.

»Weißt du es nicht?« gab meine Frau zurück.

»Nein, zufällig nicht.«

»Du hast über ihren Tod gesprochen.«

»Ich habe über meinen Tod gesprochen, nicht ihren.«

»Was du dir dabei gedacht hast, ist gleichgültig. Denk mal drüber nach, wie sich das für sie angehört haben muß. Du hast zu ihr gesagt: ›Du wirst kämpfen, aber das wird auch nicht viel helfen, weil du nämlich sterben wirst, und wir alle werden uns damit abfinden müssen.‹«

»Selbst wenn ich das gesagt habe – wie kommst du darauf, sie könnte es verstanden haben?«

»Das ist eine plausible Annahme.«

»Und was soll überhaupt so falsch daran sein?«

»Nun, niemand von uns wäre sonderlich erpicht darauf, sich so etwas öffentlich vor achtzig Zuhörern sagen zu lassen. Wenn du etwas zu sagen hast, warum sagst du es ihr dann nicht ins Gesicht?« Damit drehte sie sich um und schritt den Gang hinunter zum Parkplatz. Ich ging allein nach Hause, die Main Street entlang, unter dem gelben Blinklicht an der Kreuzung Atwater Street her, wobei ich das Gefühl nicht loswurde, daß jedes Schaufenstergitter und jeder Gartenzaun nur dazu da seien, mich auszusperren.

Im Sommer nach diesem Vortrag nahm ich Jack für eine Woche auf die Farm meiner Eltern mit. Als ich es meiner Frau ankündigte, war sie so aufgebracht, daß ich mich zu der Erklärung genötigt sah, es sei schließlich meine Familie, ich müßte sie besuchen.

»Deine Familie sind wir, Dummkopf«, sagte sie.

Wir hatten es schon lange aufgegeben, uns zu streiten; also schlug ich nur die Haustür hinter mir zu und stieg ins Auto. Jack saß auf dem Rücksitz. »Ich weiß nicht, warum sie das nicht begreift«, murmelte ich. Jack sah zum Haus zurück, dann sah er mich an, sagte aber nichts. Ich sehe noch immer sein Gesicht, wie es mich damals im Rückspiegel anstarrte, an diesem Morgen, als ich mit ihm losfuhr: unbeweglich und verschlossen.

Unsere Tochter hatte für meine Mutter eine Halskette gemacht; ich hatte versprochen, sie ihr zu geben. Die bunten Perlen waren in einem Muster aufgezogen, das mir willkürlich erschien, nicht aber meiner Tochter. Als sie damit beschäftigt war, murmelte sie: »Eine Kleine, eine Große, eine Runde, eine Eckige, eine Kleine«, und so weiter, bis sie lang genug war. Dann sagte sie: »Da. Für Oma.«

Ich war nicht sicher, ob ich das meiner Mutter geben konnte. Sie hatte bereits eine Halskette zerrissen, die mein Vater ihr umzulegen versucht hatte, und eine andere, als er ihr eine Brosche ans Revers heften wollte. Sie hatte ihn weggestoßen und war, offenbar verunsichert und wütend zugleich, ans andere Ende des Zimmers stolziert. Das kränkte meinen Vater, aber er begriff auch, was sie uns übelnahm: nämlich die Anmaßung, sie nach Belieben mit Schmuck behängen zu können. »Schließlich ist sie kein Weihnachtsbaum«, sagte er.

Diesmal legte ich ihr die Kette nicht um den Hals, sondern gab sie ihr in die Hand und erklärte, wer sie gemacht hatte. Sie drehte die Kette zwischen den Fingern und betastete jede einzelne Perle, als versuchte sie zu ergründen, nach welcher Logik meine Tochter sie aufgereiht habe. Dann zog sie sich die Kette mit schüchternem Lächeln über den Kopf. Vater nahm sie in die Arme. »Mädchen, du siehst wunderbar aus.«

»Ich bin kein Mädchen«, sagte meine Mutter langsam und bedächtig.

Inzwischen bekleckerte Mutter sich ständig mit allem möglichen, und damit sie immer sauber und ordentlich aussah, hatte Vater nach und nach ihre Garderobe ausgewechselt: anstelle der teureren, empfindlicheren Sachen, die sie früher zu tragen pflegte, trug sie jetzt Nylonröcke und Blusen, die einfach zu waschen waren. Der Haken daran war der – und das konnte man Vater nicht begreiflich machen –, daß Mutter in diesen neuen Kleidern wie die Insassin eines Pflegeheims aussah. Als ich sie jetzt vor den Spiegel im Flur führte und so hinstellte, daß sie sich sehen konnte, musterte sie ihr verwittertes Gesicht, den merkwürdigen Terylen-Kittel und die Kinderkette und sagte dann leise: »Alt. Sehr alt.«

Beim Abendessen schöpfte Vater, mit einer Schürze angetan, die Suppe in vier Schalen; das Schweigen, in dem wir Suppe und Brot verzehrten, wurde nur von den Kau- und Schluckgeräuschen meiner Eltern unterbrochen. Damit irgend etwas gesagt wurde, begann ich zu reden: von Collegepolitik und Baseball und allem, was mir sonst noch einfiel, bloß um sie irgendwie zu unterhalten. Mit anderen Worten: Ich zog eine Show ab, aber mittendrin stand Mutter plötzlich vom Tisch auf und fing an, als sei ich gar nicht da, im Zimmer auf und ab zu gehen. Dabei murmelte sie etwas vor sich hin, das ich aber nicht verstehen konnte. Dann trat sie an den Tisch, nahm ihre Suppenschale, brachte sie in die Küche und ging nach oben, wo wir sie umhergehen hören konnten. Als sie wieder nach unten kam, sagte mein Vater: »Ach, setz dich doch endlich, Liebste, um Gottes willen.« Meine Mutter kam an den Tisch, und als sie sich setzte, versuchte Vater ihre Hand zu nehmen, aber sie zog sie weg und bedachte ihn mit einem starren Blick, in dem sich eine Mischung aus Schmerz und Verachtung spiegelte, wie ich es noch nie zuvor gesehen hatte.

Ich brachte sie, sobald es der Anstand zuließ, nach oben und half ihr beim Ausziehen. Ich nahm ihr die Halskette ab, und sie machte einiges Aufhebens davon, daß die Kette oben auf ihre Kleider auf dem Stuhl gelegt werden müßte. Als sie im Bett lag, setzte ich mich neben sie, strich die Decke glatt und unterhielt sie noch einige Minuten, bis die Wirkung des Beruhigungsmittels einsetzte. Um irgendwie auf sie einzugehen, zeigte ich auf ihr Gemälde von der Landspitze bei Antigonish, das ihr gegenüber an der Wand des Schlafzimmers hing. Ich wies auf die Gewitterwolken, die sie über der Landspitze gemalt hatte, und sagte: »Ein Gewitter zieht auf.« Sie sah gleichgültig nach dem Bild und sagte: »Bloß Farbe.« Dann drehte sie sich von mir weg.

Jack ging allein zu Bett; Vater und ich blieben noch eine Stunde auf und sahen, begleitet von Vaters Stöhnen und Kopfschütteln, die Spätnachrichten im Fernsehen. An diesem Abend versprach Gorbatschow, die Preise für Nahrungsmittel freizugeben, und mein Vater brummte: »Das wird sein Ende sein.«

Als er das sagte – er lehnte in Pantoffeln und einer alten Kordhose im Schaukelstuhl, das Gesicht ins Licht des Fernsehers getaucht –, betrachtete ich seine alten Hände auf dem Stuhl, die Nägel abgekaut und schmutzig von der Arbeit in den Blumenbeeten, und kurz sah ich ihn so, wie er früher war: als den Sohn eines Getreidehändlers aus Odessa, den es weit aus seiner Heimat verschlagen hatte. Er beugte sich vor und machte den Fernseher aus, und wir saßen in der Stille. Ich fragte ihn, wie er sich fühle; er rieb sich mit einer zerstreuten Geste die Brust und sagte, es gehe ihm gut, sehr gut. Er strich sich mit der Linken über den Handrücken der Rechten und sagte, ohne mich anzusehen, den Blick auf den Boden gerichtet: »Jetzt hat sie mich verlassen. Ich wünschte, ich könnte mit ihr gehen.« Er sah ganz kurz zu mir herüber, nur um mich wissen zu lassen, wie die Dinge stünden und daß er auf alles gefaßt sei, was da kommen mochte. Mir fiel keine Antwort ein, und so saßen wir noch einige Minuten im Halbdunkel.

»Gute Nacht, mein Junge.«

»Gute Nacht.«

Gegen vier Uhr morgens wurde ich von Geräuschen aus ihrem Schlafzimmer nebenan geweckt. Ein Stuhl scharrte über die nackten Dielen des Zimmers, etwas Schweres schlug an die Wand. Ich hörte eine Art Handgemenge und laute Stimmen. Dann hörte ich, wie Mutter sich auf den Flur wagte und die Treppe hinunterstieg. Vater folgte ihr, und ich hörte ihn sagen: »Ich hab's nicht so gemeint, bitte.« Und dann: »Bitte, Liebling, komm zurück ins Bett.« Ich zog den Morgenmantel an und trat aus dem Zimmer. Die beiden standen inzwischen unten im Flur neben der Haustür.

Nur die Eingangslampe draußen tauchte sie in schwaches Licht. Zuerst glaubte ich, sie hielten einander in den

Armen. Sie trug einen Regenmantel über ihrem Nachthemd und um den Hals die Kette meiner Tochter, ihre Füße waren nackt. Vater, im Pyjama, hielt sie mit beiden Armen umfaßt und drückte seinen Kopf an ihren. Sie versuchte heftig, sich von ihm loszureißen. Beide bewegten sich langsam, erschöpft und verzweifelt. Sie schlug um sich, und er machte unbeholfene Abwehrversuche. »Nicht«, stöhnte er, und sie schrie zurück: »Laß mich los!« Ich stand oben auf der Treppe, vor Entsetzen wie gelähmt. Dann riß sie sich los, griff nach der Klinke und rüttelte wütend daran herum. Die Tür ging auf, und Mutter trat hinaus. Vater stürzte ihr nach, packte sie bei der Schulter und zog sie wieder hinein. Sie wand sich in seinem Griff, hob die Arme und schlug nach ihm; er wich aus und versuchte gleichzeitig, sie festzuhalten. In diesem Augenblick – ich tat eben einen Schritt nach vorn – riß die Halskette meiner Tochter. Die Holzperlen rieselten von der zerrissenen Schnur auf den Fußboden und verteilten sich im Flur und in allen Winkeln des angrenzenden Wohnzimmers. Nur das Klappern und Rollen der Perlen auf den Dielenbrettern war zu hören. Die beiden standen reglos wie Gestalten einer Tragödie vor den Trümmern ihrer Welt und starrten ihre Hände an: Nun ging ihnen auf, was sie angerichtet hatten. Sie ließ sich ächzend auf die Knie fallen, er tat es ihr nach, und dann krochen sie herum und versuchten verzweifelt die Perlen einzusammeln, die aber nur immer vor ihnen davonrollten. Ich konnte sie nicht mehr aufhalten, ich konnte ihnen nicht mehr hochhelfen, sondern blieb dort oben stehen und sah zu, wie meine Eltern schluchzend auf allen vieren im Dunkeln tappten.

Ich weiß nicht, wie ich die Geschichte weitererzählen soll, und ich frage mich sogar, warum ich das überhaupt als Geschichte erzähle. Denn am nächsten Nachmittag ist mein Vater gestorben. Ich möchte schildern, wie es passiert ist, aber ich kann selbst nicht begreifen, was mich eigentlich dazu treibt. Warum genau möchte man eine solche Erfahrung nacherzählen? Was steckt dahinter – ein zwanghaftes Bedürfnis zu beichten? Wem zu beichten? Was zu beichten?

Ich habe eine Katharsis nicht nötig. Ich akzeptiere seinen Tod. Aber Moment mal. Akzeptieren, akzeptieren, was bedeutet dieses Wort? Welcher Lebende kann denn wissen, was es bedeutet, den Tod zu akzeptieren? Wer die Geschichte irgendeines Todes erzählt, gibt damit vor, ihn besiegt zu haben, ihn akzeptiert und sich mit ihm geeinigt zu haben. Es ist eine Lüge, die man sich selbst erzählt, um weiterleben zu können. Man sagt: »So ist es geschehen. Erst dies, dann das, dann das.« Als sei der Erzähler der Puppenspieler, während in Wahrheit, wenn das Unmögliche und Unvorstellbare sich ereignen, man selbst es ist, der von den Schnüren zum Tanzen gebracht wird.

Also Schluß mit der Heuchelei. Weder akzeptiere ich den Tod, noch habe ich mich mit ihm abgefunden. Ich bin seiner nur überdrüssig, und dies ist der triftigste Grund, die Geschichte noch einmal zu erzählen. Die Zeit hat den Schrecken jenes Tages gemildert. Mit jedem Jahr ist der Schmerz geringer geworden, so daß ich mich heute zuweilen frage, ob ich überhaupt noch fähig bin, irgend etwas für ihn zu empfinden. Also erzähl die Geschichte, um dich selbst wiederzufinden, um ihn wiederzufinden. Erzähl die Geschichte so, daß sein Tod endlich Wirklichkeit wird.

Beim Frühstück an jenem Morgen blickte Vater, eine Hand um die Kaffeetasse gelegt, auf die Felder hinaus. Die Perlen, die in einer Schüssel auf dem Tisch zwischen uns lagen, ignorierte er. Dann fuhr er sich mit der Hand über die Stirn und lachte. »Schöne Schweinerei, was, Junge? So eine Schweinerei.«

Er ging nach oben und ließ ihr das Bad einlaufen. Als ich am Schlafzimmer vorbeikam, hörte ich ihn sagen: »Na komm, Liebling, wir wollen uns waschen.«

»Ich will nicht ins Bad.«

»Jeden Morgen, so lautet die Regel. Na komm.«

Er half ihr in die Wanne, setzte sich auf den Toilettendeckel und hielt wie immer ihre Hand, während sie im Wasser vor sich hin döste. Dann hob er sie hinaus, trocknete sie ab, half ihr beim Ankleiden und überließ sie dann für den Rest des Tages mir, um in sein Arbeitszimmer zu verschwinden und eine Rezension fertigzuschreiben. Ein paarmal hörte ich ihn hinter der Tür fluchen, und einmal schlug er mit der Faust auf den Tisch. Das war normalerweise ein gutes Zeichen, fast so gut, als wenn er vor sich hin gepfiffen hätte.

An alles, was ich an diesem Tag getan habe, kann ich mich nicht mehr erinnern. Ich bin mit ihr zum Briefkasten unten an der Einfahrt gegangen, um die Post zu holen; zum Mittagessen habe ich ihr Sandwiches mit Eiern und Mayonnaise gemacht und sie anschließend zum Schlafen nach oben gebracht. Dann ging ich mit meinem Sohn auf den Hügel hinterm Haus, wo wir Blechdosen auf einen

Zaunpfosten stellten; ich zeigte ihm mit meiner Zweiundzwanziger, wie man sie herunterschießt.

Um vier Uhr nachmittags – meine Mutter schlief noch – kam Vater mit einem braunen Umschlag nach unten und bat mich, ihn in der Stadt auf die Post zu geben. Jack sagte, er wolle mitkommen, und wir beschlossen, zu Fuß zu gehen. Am Tor wandte ich mich noch einmal zum Haus zurück: mein Vater stand auf den Eingangsstufen und sah uns nach.

Nachdem ich Vaters Rezension zur Post gebracht hatte, kauften wir uns im Drugstore Eiswaffeln und gingen barfuß und hintereinander auf der Asphaltstraße nach Hause; wir leckten an unserem Ahorn-Pekan-Eis, im Schatten der Kiefern am Straßenrand war es angenehm kühl. Bei der Nixon-Farm blieben wir stehen und hielten im Graben nach Fröschen Ausschau, bekamen aber keine zu sehen.

Ich wollte eben die Einfahrt hochgehen – Jack zockelte, auf einem Straußgrashalm kauend, hinter mir her –, als ich Mutter vom Haus her mit raschen Schritten und gesenktem Kopf auf uns zukommen sah. Einige Sekunden lang sah sie uns nicht. Dann hob sie den Kopf, sah uns und blieb stehen wie ein Tier, das ein Raubtier wittert. Wir standen hundert Meter auseinander, Jack und ich neben dem Briefkasten am unteren Ende der Einfahrt, Mutter am oberen zwischen den Zwergkiefern. Plötzlich sprang sie nach rechts von der Einfahrt weg und lief mit schwerfälligen Schritten in den Obstgarten, stolperte durch das hohe Gras, bückte sich unter den Ästen durch, verlor das Gleichgewicht, erhob sich, stürzte, stand wieder auf. Ich rief ihren Namen und rannte los, aber sie lief mit vollem Tempo weiter, duckte sich unter tiefhängenden Zweigen her, versuchte mit rudernden Armen das Gleichgewicht zu bewahren, verlor einen Schuh im Gras.

Als ich sie eingeholt hatte, packte ich sie an den Schultern und versuchte ihr das kalte Starren aus den Augen zu schütteln.

»Tu mir nicht weh«, flüsterte sie mit gebrochener Stimme.

»Mutter, Mutter«, rief ich.

Mit weit offenen Augen sagte sie: »Warum passiert das alles?«

Ich schüttelte sie noch einmal. »Wovon redest du?« Ich schrie beinahe. Darauf wand sie sich in meinen Armen und zeigte auf das Haus. Ich drehte mich um, sagte Jack, er solle bei ihr bleiben, und stürzte los.

Auf der Veranda lag in einem nassen dunklen Fleck eine zerbrochene Tasse; eine Brille, die beim Sturz ein Glas verloren hatte, war auf den Kies geschleudert, und in den Blumenbeeten wehten ein paar Zeitungsseiten umher. Vom unteren Ende der Verandatreppe gingen zwei Schleifspuren durch den Kies. Er hing, halb kniend, halb zusammengesunken, auf der fußhohen Stützmauer vor den Beeten. Aus einer Wunde am Kinn lief Blut. Ich kniete mich hin, wuchtete ihn hoch und drehte ihn um, so daß ich an der Wand saß und er, den Kopf in meinem Schoß, auf dem Boden lag. Ich wischte ihm das Blut vom Kinn, riß ihm das Hemd auf und massierte ihm die Brust. Seine Augen waren geschlossen, sein Mund stand halb offen, seine Stirn war warm und leicht gefurcht, als ob ihn irgend etwas verwirrte. Ich wußte, ich würde ihn nicht transportieren können, und hielt ihn deshalb nur fest, damit er nicht wieder auf den Kies rutschte. Vater, sagte ich, Vater. Dann stand plötzlich Mutter vor uns, sie hielt meinen Sohn an der Hand und rückte vorsichtig näher, wich mit weit aufgerissenen Augen wieder zurück und machte mit der rechten Hand eine Bewegung, als wollte sie den Anblick verscheuchen. Ich sagte Jack, er solle sie ins Haus bringen. Er zog sie mit sich, dann hörte ich ihn die Tür abschließen und sah ihn durch das Panoramafenster zum Telefon neben dem Kühlschrank gehen. Er wählte, dann drehte er sich zu mir um. Ich massierte Vaters Schultern und Arme, um ihn warmzuhalten. Seine Beine waren in einem ungünstigen Winkel eingeknickt, aber es gelang mir nicht, sie geradezubiegen. Ich versuchte, ihn irgendwie besser herzurichten: strich ihm die Haare auf dem Hinterkopf glatt und tupfte noch mehr Blut von seinem stoppligen Kinn. Mutter ging hinter dem Panoramafenster auf und ab, Jack hielt sich neben ihr und versuchte sie am Arm festzuhalten. Ich bedeutete ihm mit der freien Hand, er solle sie vom Fenster wegbringen, aber sie riß sich von ihm los und ließ uns keine Sekunde aus den Augen.

Ich weiß nicht, wie lange ich so gesessen habe, aber irgendwann kniete ein Sanitäter vor mir und sprach auf mich ein; unterdessen hob ein anderer Vater von meinem Schoß und schob die Trage unter ihn. Als ich hinten in den Krankenwagen steigen wollte, nahm der Fahrer mich am Arm und führte mich ins Haus. Im Wohnzimmer stand meine Mutter noch immer mit Jack vor dem Panoramafenster und sah zu, wie das langsam kreisende Blaulicht auf dem Dach des Krankenwagens zwischen den Kiefern verschwand.

Ich brachte Mutter nach oben, entkleidete sie und legte sie ins Bett. Ich blieb eine Weile bei ihr sitzen und hielt so lange ihre Hand, bis sie sich beruhigt hatte. Ihr starrer Blick ging von der Decke zu mir und wieder an die Decke, und dann schlossen sich ihre verängstigten Augen. Jack sah uns von der Tür aus zu.

Nachdem das Krankenhaus angerufen hatte, ging ich

nach unten und legte mich aufs Sofa. Jack legte sich neben mich. Seine Haare rochen nach Heu, ich drückte ihn an mich und hatte das Gefühl, in ein tiefes dunkles Loch zu fallen.

Ich hatte mich nicht täuschen lassen, weder von Vaters warmer Haut noch von seinem verwirrten Gesichtsausdruck. Zehn Minuten früher, und ich wäre vielleicht noch rechtzeitig gekommen. Wenn ich nicht das Eis gekauft hätte, wenn ich in der Apotheke nicht noch mit Al Jackman gesprochen hätte, wenn wir uns nicht vor den Graben gekniet und nach Fröschen gesucht hätten; wenn irgend etwas davon nicht gewesen wäre, hätte ich ihn vielleicht auffangen können, bevor ihm die Tasse aus der Hand fiel, bevor er die Brille verlor und im Kies auf die Knie sank. Zehn Minuten früher, und er wäre vielleicht nicht allein gestorben. Zehn Minuten früher, und er hätte mich vielleicht noch erkannt.

Nachdem ich meinen Bruder telefonisch unterrichtet hatte, entstand ein so langes Schweigen, daß ich seinen Namen sagte. Darauf sagte er meinen. Schließlich fand er seine normale Stimme wieder und sagte, das nächste Flugzeug ginge morgen früh, dann legte er auf.

Am Abend kam meine Frau. Ich legte den Kopf an ihre Schulter und sagte, ich wüßte nicht, was ich sagen solle. »Du brauchst nichts zu sagen«, sagte sie. Ich sah ihr in die Augen und fragte mich, wie ich wohl aussähe. Warum sah sie mich so an?

Als ich dachte, daß alle anderen schliefen, ging ich, die Lichter ein- und ausschaltend, von Zimmer zu Zimmer. Im Bad hing sein Morgenmantel, darunter standen die Plastikstrandlatschen, die er im Haus zu tragen pflegte. Das Handtuch neben dem Waschbecken roch noch immer nach seinem Gesicht. Seine Schreibmaschine stand offen auf dem Schreibtisch, es war noch ein Blatt eingespannt. Aus der rechten Ecke seines Arbeitszimmers starrte mich von einer verblichenen Postkarte ein russischer Heiliger an, die einzige Ikone im Haus. Ich wollte mich nur endlich so sehen, wie er mich gesehen hatte, mit seinen nußbraunen Augen. Ich wollte glauben können, daß ich alles gesagt hatte, was ich ihm je hatte sagen wollen, und ich hoffte, er hatte verstanden, was ich am Abend zuvor empfunden hatte, als wir im dunklen Wohnzimmer nebeneinander vor dem Fernseher saßen. Aber ich wußte, jetzt war es zu spät. Es hätte noch viel mehr zu sagen gegeben.

Als ich nach unten ging, um mir in der Küche ein Glas Milch zu holen, stand sie draußen vor der Küchentür im Dunkeln und sah auf die Felder hinaus. »Na komm, Schatz. Komm rein«, sagte ich. Sie drehte sich um und ließ sich ins Haus zurückbringen, obwohl ich mir in Anbetracht der späten Stunde und des Beruhigungsmittels nicht sicher sein konnte, ob sie überhaupt wußte, wer ich war. Es spielte keine Rolle, wir waren zusammen. Ich setzte sie an den Küchentisch und schenkte uns beiden ein Glas Milch ein. Sie trug ein hellblaues kurzärmeliges Nachthemd, ihre Arme waren weiß und unbedeckt. Sie trank ihre Milch, und als sie das Glas absetzte, blieb an der Oberlippe ein Tropfen hängen. Ich wollte ihn mit einem Küchenhandtuch abwischen, aber sie zog den Kopf ein. Sie malte mit dem Finger eine Figur auf den Tisch, während ich überlegte, wie ich es ihr sagen sollte. Unnötigerweise, wie sich herausstellte. Sie sah mich an und flüsterte: »Ich habe keinen Mann mehr.« Sie senkte den Blick und zeichnete noch etwas auf den Tisch.

Der Sarg stand inmitten von Weihnachtssternen in der Leichenhalle des Bestattungsunternehmens Twomey, Orgelmusik überlagerte das Surren der Klimaanlage. Mein Bruder bat Mrs. Twomey, sie abzustellen. »Lassen Sie sich Zeit, so lange Sie wollen«, sagte sie und ging. Die Musik endete mit einem mechanischen Klicken.

Mein Bruder saß, an die Wand gelehnt, in einer Ecke, ich in einer anderen. Er blickte starr vor sich hin, die Hände auf den Knien seines blauen Anzugs.

Vater trug den Blazer und ein weißes Hemd, Sachen aus seinem Besitz, die ich ihnen vorbeigebracht hatte. Seine untere Körperhälfte wurde von dem Sarg verdeckt. Wie man es von einem Bestattungsunternehmer erwarten konnte, hatte Fred Twomey Vaters Gesicht anhand eines Fotos und seiner Erinnerung an sein Aussehen zu rekonstruieren versucht. Vor allem aber hatte ihn bei der Arbeit seine allgemeine Vorstellung von dem gelenkt, wie ein Toter auszusehen habe: er hatte die Zahnprothese aus Vaters Mund entfernt und ihm einen Gesichtsausdruck verpaßt, der vollkommen falsch wirkte, unbehaglich und verlegen, als müsse er sich irgendeine schlüpfrige Geschichte anhören. Als ich näher heranging und genauer hinsah, bemerkte ich an seiner rechten Schläfe einige rote Flecken und fragte mich, wie die dort hingekommen sein mochten. Am liebsten hätte ich die Hand ausgestreckt und sein Gesicht berührt, aber ich wollte nicht die Erinnerung an die Todeskälte behalten. Ja, im Grunde wollte ich ihn überhaupt nicht so in Erinnerung behalten. Ich ging hinaus und ließ meinen Bruder allein zurück. Auf halbem Weg aus der

Stadt holte er mich mit dem Wagen ein, aber ich winkte ihm, er solle weiterfahren. Ich wollte allein sein, wollte den Anblick aus meinem Kopf vertreiben.

Als ich ins Haus trat, machte meine Frau meinem Bruder gerade eine Tasse Kaffee. Er zog einen braunen Umschlag vom Bestattungsunternehmen aus der Anzugtasche und reichte ihn mir über den Küchentisch. Darin befanden sich zwei Vierteldollarstücke, eine Schachtel Streichhölzer, ein paar Halspastillen, die Uhr meines Vaters und sein Ehering. Ich tat die Sachen in den Umschlag zurück und schob ihn über den Tisch, so daß er nun zwischen uns lag.

Dann sagte er: »Immerhin weiß sie nicht, was passiert ist. Dafür können wir der Krankheit dankbar sein.«

Ich fühlte mein ganzes betäubtes Ich lebendig werden und sagte: »Was gibt dir das Recht, zu sagen, was sie weiß und was nicht?« Dann erzählte ich ihm, was sie mir in der vorigen Nacht an ebendiesem Tisch gesagt hatte.

»Auch ich habe meine Gefühle«, sagte er nach einigem Schweigen. Meine Frau stand zwischen uns beiden und beobachtete uns.

»Meinst du, das weiß ich nicht?«

»Das ist eine schlimme Zeit, wir alle machen eine schlimme Zeit durch.«

»Wie kommst du plötzlich dazu, ›wir‹ zu sagen? Du bist doch nie hiergewesen, und jetzt willst du mir erzählen, was ›wir‹ für Gefühle haben, verdammt noch mal.«

Ich schämte mich, daß ich aus der Haut gefahren war, und so stand ich auf und knallte die Hintertür zu. Ich erstieg den Hügel auf der hinteren Weide, und da saß ich dann und betrachtete das Haus und erinnerte mich an die Worte meiner Frau, es sehe aus wie ein Schiff, allein auf nächtlicher See, und mit einemmal hatte ich das Gefühl, wir gingen alle miteinander unter.

Nach einer Weile kam meine Frau und setzte sich neben mich. Sie stocherte im Gras zu ihren Füßen herum, und ich legte ihr einen Arm um die Schulter. Ich war sicher, daß er nicht nur an Herzversagen gestorben war. Ihre Krankheit hatte ihn umgebracht. Er hatte sich zum Sklaven der Krankheit gemacht, und als sie mit ihm fertig war, hatte sie ihn weggeworfen.

»Er hat einfach nichts mehr tun können. Wir alle hätten ihm helfen sollen, wußten aber nicht wie, auch wollte er sich nicht von uns helfen lassen, und jetzt ist er tot. Und plötzlich kommt mein Bruder daher und will mir einreden, die Krankheit habe ihr erspart, bewußt mitzubekommen, was mit ihm passiert ist. Nicht zu fassen.«

Meine Frau versuchte gar nicht erst, mir das auszureden. Sie blieb bloß neben mir sitzen, bis ich mich beruhigt hatte, und als dann Jack und seine Schwester aus der Hintertür kamen und nach uns suchten, stand sie auf, legte mir kurz eine Hand auf den Kopf und sagte: »Ich weiß nur eins: Ihr müßt euren Streit wenigstens so lange unterbrechen, daß ihr ihn beerdigen könnt.«

Wir beerdigten ihn auf dem städtischen Friedhof an der nächsten Privatstraße hinter unserer. Die Bestattung wurde von einem Geistlichen der Episkopalkirche durchgeführt, weil der russische Priester gerade in Urlaub war und niemand von uns den Wortlaut des russischen Ritus kannte; sonst hätten wir es selbst gemacht.

In unserer Kindheit hatte er uns oft zu den russischen Oster- und Weihnachtsfeiern mit in die Stadt genommen. Das waren Messen, halb in Englisch, halb in Russisch, für Leute, die im Exil lebten; manche der teilnehmenden Familien waren so nordamerikanisch, daß sie ebensogut zu den Baptisten auf der anderen Straßenseite hätten gehen können; es knieten aber auch alte Russinnen in Kopftüchern neben uns, die mit der Stirn den Boden berührten. Hinter uns auf der Empore sang der Chor: Sekretärinnen, Angestellte und Versicherungsvertreter, die immer wieder über die Worte stolperten oder eine Antwortstrophe vergaßen, wie es manchmal auch Vater passierte, während er so gut er konnte mit seiner heiseren, rauhen Baßstimme zu folgen versuchte.

Vor seinem Sarg auf dem Friedhof am Hang so nah bei unserem Haus wollte ich gern glauben, daß er schon immer gewußt habe, man werde ihn eines Tages, begleitet von fremden Gebeten, unter Fremden begraben, und daß er auch gar nichts anderes erwartet oder erhofft habe. Aber was er wirklich erwartet oder erhofft hatte, würde ich niemals erfahren. Gewiß hatte er nicht erwartet, seine Frau vor seinen Augen verfallen zu sehen. Gewiß hatte er nicht erwartet, einfach so auf der Verandatreppe tot umzufallen.

Etwas abseits, jenseits des niedrigen eisernen Friedhofszauns, stand eine kleine Gruppe von Leuten aus der Stadt. Ich erkannte das Paar von der chemischen Reinigung; auch Al Jackman war da, und Hubert Hill von der Autowerkstatt. Es war ein dunstiger Nachmittag, über den Hügel ging eine leichte Brise. Ich stand bei Mutter und meiner Frau und den Kindern; mein Bruder stand etwas entfernt und sah auf die von Kieseln durchsetzte braune Erde, die zu beiden Seiten von Vaters Sarg aufgeworfen war. Die Zeremonie wirkte nüchtern und trocken, die Worte wurden halb vom Wind verweht, das Ganze schien vorbei, noch ehe es angefangen hatte. Mutter wollte nicht an das Grab herantreten, also stellte ich mich nur mit den Kindern davor, faßte sie bei den Händen und blickte mit ihnen in das Grab, damit sie es sähen und nie vergessen würden. Der Geistliche ging zu seinem Wagen zurück und zog sich um, die Menge zerstreute sich den Hügel hinunter. Ich folgte ihnen und ließ meinen Bruder allein am Grab zurück. Er kam erst eine Stunde später nach.

Am Abend machte meine Frau den Vorschlag, Mutter mit zu uns nach Hause zu nehmen. Sie sagte, sie wolle nicht noch eine Nacht in diesem Haus verbringen, wo alles sie an meinen Vater erinnere. Außerdem hätten die Kinder jetzt genug durchgemacht. Ich war zunächst nicht einverstanden.

»Es wäre schlecht, ihren Tagesrhythmus zu stören, gerade jetzt.«

Meine Frau sah mich an und sagte ganz ruhig: »Es gibt für sie keinen Tagesrhythmus mehr.«

Nun doch überzeugt, ging ich nach oben und packte für Mutter ein paar Sachen ein. Dann scheuchte ich meine Familie die Einfahrt hinunter; Mutter saß hoch aufgerichtet auf dem Beifahrersitz und blickte nicht auf das Haus zurück, in dem sie ihr halbes Leben verbracht hatte.

Meine Frau muß sich vorgenommen haben, meinen Bruder und mich in Ruhe zu lassen. Ich machte Rühreier und stellte sie zusammen mit einem Bier auf den Küchentisch, aber er wollte sich nicht beruhigen. Er aß und setzte sich anschließend allein ins Wohnzimmer. Ich blieb in der Küche und trank.

Schließlich kam er rein, um sich noch eine Dose Coors zu holen. Und als er den Kühlschrank öffnete, sagte er plötzlich – nicht zu mir, sondern zu sich selbst: »Väter sterben jeden Tag. Jeder Sohn weiß, daß sein Vater sterben wird. So steht es auf dem Programm. Seit Anbeginn der Zeiten. Was ist das, worüber wir nicht sprechen können? Was ist das, was uns so sprachlos macht?«

Es hörte sich an, als ob er seinen Studenten mit leiser Stimme einen medizinisch-ethischen Vortrag halten würde. Dann schlug er die Kühlschranktür zu und setzte sich. »Wir sind die einzigen Tiere, die nicht wissen, wie sie sterben sollen. Kein Lebewesen außer uns hat damit irgendwelche Schwierigkeiten.«

Ich hielt das für eine sonderbare Vorstellung – Tiere, die eine Einstellung zum Tod haben –, also machte ich mir noch ein Bier auf. »Wenn man darüber nachdenkt, wird es kein bißchen besser«, sagte ich, aber er hörte nicht zu. Er weinte, lautlos, die Tränen liefen ihm übers Gesicht.

»Ach, Junge, nicht doch«, sagte ich und legte ihm eine Hand auf die Schulter, zog sie aber wieder weg, da er ganz steif wurde. Zusammengesunken saß er mir gegenüber und machte keinerlei Versuch, seine Tränen zu verbergen oder wegzuwischen; er weinte nicht wie ein Kind, sondern so, wie ein Mann nur ein- oder zweimal in seinem Leben weint.

Ich hätte nie gedacht, daß er solcher Tränen fähig wäre, und ich fragte mich, warum ich selbst solcher Tränen nicht fähig war. Schließlich hörte er auf und sagte zitternd und mit zusammengebissenen Zähnen: »Ich habe mir immer gewünscht, nur ein einziges Mal etwas zu empfinden, alles zu empfinden, das Dasein zu spüren, bis ich es nicht mehr aushalten könnte.« Er sah zu mir herüber. »Und jetzt ist es soweit.«

Ich glaubte ihn zu verstehen, wußte aber nicht, was ich sagen sollte. So saßen wir lange Zeit. Schließlich sagte er: »Ich habe ihn jedesmal untersucht, wenn ich hier war. Sein Herz war in Ordnung.«

Offen gesagt, hatte es mich nie interessiert, wenn die beiden mit dem Stethoskop in Vaters Arbeitszimmer verschwanden, um dem dumpfen Pochen seines Herzens zu lauschen.

»Es ist eben einfach stehengeblieben«, sagte ich.

»Warum?«

»Wegen Mutter. Was sonst.«

»Wovon redest du eigentlich?«

»Du bist sechs Monate lang nicht hiergewesen«, sagte ich; das sollte kein Vorwurf sein, es ging mir nur darum, die Tatsachen klarzustellen. Er schlug mit der flachen Hand auf den Tisch. »Willst du mir bis an mein Lebensende vorhalten, daß ich ›nicht hiergewesen‹ bin? Er ist tot. Es ist vorbei.«

Ich nahm ihm das nicht übel. Es änderte nichts an dem, was ich dachte, und immerhin tat er nicht so, als ob meine Worte ihm nichts anhaben könnten. Er sprach wie jemand, der wütend genug war, mich dafür schlagen zu wollen, daß ich die Dinge nicht so sah wie er, und das war mir lieber, als wenn er gesprochen hätte wie jemand, den nichts mehr verletzen konnte.

»Es ist nicht vorbei. Zwischen uns beiden wird es niemals vorbei sein«, sagte ich, nicht um ihn zu provozieren, sondern um ihm klarzumachen, woran er mit mir war.

Er beschloß, meinen letzten Satz zu ignorieren. Er nahm noch einmal den Umschlag aus der Hosentasche und schüttete den Inhalt auf den Tisch.

»Was willst du davon haben?«

»Die Halspastillen«, sagte ich.

»Sei doch mal ernst.«

»Tu das Zeug weg.«

Er zog Vaters Uhr auf, hielt sie einen Augenblick in der Hand, schob die Sachen dann in den Umschlag zurück und warf mir das halbe Päckchen Halspastillen hin. Ich ließ sie zwischen uns auf dem Tisch liegen.

»Tja, wenn du's nicht tust, dann eben ich«, und damit steckte er den Umschlag wieder ein. »Jack soll die Uhr bekommen, deine Frau den Ring – und wenn du das nicht weißt, weißt du kein verdammtes Bißchen.« – »Jack und meine Frau gehen dich überhaupt nichts an«, sagte ich, und er schoß zurück: »Er ist mein Neffe«, und darauf ich: »Ein schöner Onkel bist du«, weil ich ihn jedesmal an Jacks Geburtstag erinnern mußte. Nun hätte durchaus alles außer Kontrolle geraten können, aber wir beruhigten uns wieder und saßen uns bloß am Küchentisch gegenüber, die Pastillen und ein paar zerquetschte leere Dosen zwischen uns.

»Typischer Fall von ›Teile und herrsche‹«, sagte ich schließlich.

»Das ist bloß ein Klischee. Ohne jede Bedeutung«, sagte er und sah seiner Dose Coors auf den Grund. »Es ging überhaupt nicht um ihn. Sondern nur um uns beide.«

»Was ist denn mit uns beiden? Warum sind wir so geworden?« wollte ich wissen.

»Es gibt keinen Grund, das ihm in die Schuhe zu schieben«, sagte er sachlich.

Ich stand auf und trat ans Fenster. Jenseits des Lichts der Verandalampe sah ich den Nebel über dem Feld schweben. Es kam alles so deutlich zurück, daß ich einfach zu reden anfing. »Er geht an der Küste von Jersey am Strand entlang, und wir beide zuckeln in der Brandung hinter ihm her. Erst gibt er dir den Stein, den er aufgehoben hat, dann gibst du ihn mir, und ich werfe ihn fort. So geht es immer weiter am Strand entlang, bis Mutter in dem grellen Licht hinter uns verschwindet. Dann macht er kehrt, und wir gehen ihm nach. So war das immer. Erst gibt er dir den Stein, dann gibst du ihn mir, und ich werfe ihn fort. Was willst du damit sagen, es hätte nichts mit ihm zu tun gehabt? Das damals, das war die ganze Geschichte.« Damit er besser darüber nachdenken konnte, ging ich ins Bad.

Als ich zurückkam, sagte er: »Vergiß es«, und ich: »Sicher.« Wir waren inzwischen beide mehr als halb betrunken – für mich etwas Neues, denn ich hatte ihn noch nie betrunken erlebt, zusammengesackt, aller Energie beraubt. Was auch immer er davon gesagt haben mochte, nicht noch einmal von alldem anzufangen – mir war klar, daß er genau dies jetzt tun würde.

Ich wollte nicht mehr reden. Was zu tun war, lag auf der Hand, auch wenn ich noch immer nicht begreife, wie ich so sicher sein konnte. Ich ging zum Schrank unter der Spüle und nahm eine Packung mit zwanzig schwarzen Müllsäcken heraus. Dann ließ ich ihn in der Küche allein und ging nach oben zu Vaters Schlafzimmerschrank.

An der Stange hingen mindestens fünfzehn Anzüge meines Vaters. Seit seinem Ausscheiden aus der Firma hatte er keinen Grund mehr gesehen, sie zu tragen; er trug lieber seine alte Kordhose und einen Rollkragenpullover, bewahrte die Anzüge aber trotzdem auf. Einmal habe ich ihn gesehen, da stand er allein vor dem Schrank und betrachtete die Anzüge, als überlegte er, was für ein Mann das gewesen sein mochte, der sie einmal getragen hatte.

Ich wußte von jedem einzelnen, wo er ihn gekauft hatte, wie er darin ausgesehen hatte, und auch, warum er manche von ihnen zu tragen aufgehört und auf die weniger benutzte Seite der Stange verbannt hatte. Mir waren sie zu klein, und das galt auch für meinen Bruder. Vater mußte sich damit abfinden, daß mein Bruder größer gewachsen war als er, aber man konnte ihm anmerken, daß ihn das störte. »Was soll das heißen: das paßt dir nicht?« hat er einmal meinen Bruder gefragt, nachdem er ihn dazu gebracht hatte, einen seiner alten Anzüge anzuprobieren. »Sieh dir bloß mal die Aufschläge an!« und dann Vaters Miene, mit der er die jugendlichen Knöchel meines Bruders anstarrte, die vollständig unter den Aufschlägen zu sehen waren. »Teufel auch!« sagte Vater. »Was bist du denn so groß geworden?« An all das erinnerte ich mich, was hätte ich also mit einem dieser Anzüge anfangen sollen?

Keiner davon sagte mir irgend etwas: Seersucker, Kammgarn, Tweed, Nadelstreifen, Anzüge mit und ohne Aufschlag, mit und ohne Bügelfalte, Bloomingdales, Barneys, Harry Rosen, Stan Eley, Tip Top, der Smoking mit Skunk-Hosenträgern, den er auf dem Firmenball getragen hatte. Keiner wurde verschont. Ich steckte gerade den letzten in eine der Tüten, als mein Bruder hinter mir in der Tür auftauchte.

»Was treibst du da eigentlich?«

»Dir passen sie nicht, und mir passen sie nicht. Also geb ich sie morgen früh zur Caritas.« Ich warf ihm eine der schwarzen Tüten zu. »Hier, räum die Schubladen aus.«

Es war das erstemal, daß ich ihn herumkommandierte, und ich war mir nicht sicher, ob er gehorchen würde; aber das war mir egal, denn ich hätte ohnehin weitergemacht, ob er mir nun dabei half oder nicht.

Einige Sekunden lang stand er bloß da. Dann setzte er sich vor die Kommode aufs Bett und zog eine der Schubladen auf. Ich beobachtete, wie er Vaters Sachen zählte: sechsundzwanzig Paar Socken, vierundzwanzig Unterhemden und Unterhosen von der schlabbrigen formlosen Sorte, die er stets bevorzugt hatte. Während ich unten aus dem Anzugschrank seine Schuhe räumte, sah ich Vater in seiner ausgeleierten Unterwäsche neben uns im Zimmer stehen, er beugte sich vor, versuchte die Fußspitzen zu erreichen, schaffte es nicht, berührte seine Knie und zwinkerte uns zu; er machte diese pantomimische Gymnastik nur, wenn wir Jungen ihm zusahen; nur, wie er behauptete, seinem Herzen zuliebe.

Mein Bruder schob Vaters Unterwäsche in die schwarze Tüte und wälzte sich, das Gesicht in Vaters Kopfkissen vergraben, wie ein kranker Hund auf dem Bett herum.

Er flüsterte: »Warum kann man nicht vergessen, was man vergessen will?«

Ich stellte am Radio neben dem Bett einen Rock'n'Roll-Sender ein und ging ins Bad; dort öffnete ich das Schränkchen über dem Waschbecken und packte den Inhalt in eine schwarze Tüte: Abführmittel, Haarwasser, Seife, vier Sorten Aspirin und Schmerztabletten. Ich zählte zehn Pinzetten in allen Größen und Formen und drei verschiedene Sorten Schlaftabletten. Mein Vater, der Hypochonder.

Alles wanderte in den Sack, außer Mutters kleinen grünen Beruhigungspillen, die sie viermal täglich nehmen mußte.

Mein Bruder war inzwischen im Arbeitszimmer, und als ich dazukam, war er dabei, Zeitungen, Briefe, Abhandlungen, Rezensionen und Kopien von Rezensionen, Akten und Zeitungsausschnitte in die Tüten zu stopfen. Ich half ihm, und nach zwanzig Minuten hatten wir das Berufsleben unseres Vaters mit einer Lawine von Papier fortgeschwemmt.

In der weißen Olympia-Schreibmaschine auf seinem Schreibtisch entdeckten wir die erste Seite einer Rede, die er am nächsten Freitagabend im Rotarier-Klub von Alton hätte halten sollen. Im Gegensatz zu meinem Vortrag wäre dieser bestimmt gut angekommen. Es war nicht sein erster; schon öfter waren die Bauern in ihren Pick-ups vorgefahren, um meinen Vater über Bodenqualität und Verbesserung der Erträge reden zu hören. Er hatte mitten im Satz aufgehört, aber ich vermochte nicht zu erkennen, worauf er abzielte. Der Rest formte sich noch in seinem Kopf, seine Hände schwebten noch über den Tasten; diese großen Hände, auf denen sich eine violette Ader bis zwischen die Knöchel schlängelte, wie ein Fluß zwischen Bergen, vom Flugzeug aus gesehen. Meine Erinnerung an diese Hände begann bereits merklich nachzulassen, an Schärfe zu verlieren; es war bloß noch eine Erinnerung an irgendwelche Hände, nicht mehr die seinen, die immer nach Haarwasser und Seife rochen.

Offenbar war sie aus ihrem Mittagsschlaf aufgewacht und hatte ihn gerufen, weil sie irgend etwas brauchte. Er hatte die Arbeit unterbrochen, war mit ihr durch den Garten gegangen und wollte danach wieder an die Schreibmaschine zurück. Auf dem Weg überkam ihn plötzlich Müdigkeit, er meinte, er sollte es für heute gut sein lassen und ging deshalb wieder nach unten, um sich eine Tasse Kaffee zu machen; dann nahm er die Zeitung und wollte zum Gartenstuhl neben dem Rosenbeet, keine fünf Meter von der Verandatreppe entfernt.

Der halbe Satz, den er in der Schreibmaschine zurückgelassen hatte, begann: »Wie Sie alle wissen, hat das Roden mit dem Scheibenpflug . . .« Die beiden ›e‹ in dem Wort ›Scheibenpflug‹ waren zu hoch getippt und schwebten über der Zeile wie Pflugscheiben über einer Ackerfurche. Er hatte die Taste schon seit langem reparieren lassen wollen. Mein Bruder beugte sich vor, zog das Blatt aus der Maschine und zerriß es in kleine Stücke.

In der oberen linken Schublade seines Schreibtischs fand ich einen dicken Packen Geschäftskarten von Bodenkundlern aus aller Welt, mit denen mein Vater bekannt gewesen war, und mehrere schwarze Notizblöcke, die mit Gleichungen vollgeschrieben waren. Er hatte den Kugelschreiber so heftig aufgedrückt, daß man die Schrift auf der Rückseite der Blätter fühlen konnte.

In der oberen rechten Schublade fand ich Scheckhefte

und jede Menge unbezahlter Rechnungen: Gas, Strom, Wasser, Kreditkarten. Es überraschte mich, wie chaotisch das alles war. Aus den Kontoauszügen ging hervor, daß er einfach von einer Pensionsüberweisung zur nächsten gelebt und dabei gehofft hatte, schon irgendwie durchzukommen. Als er mir gegenüber einmal geäußert hatte, er habe die verdammten Rechnungen satt, hatte ich ihm meine Hilfe angeboten; aber davon wollte er nichts wissen: »Nicht doch, Junge. Das geht dich gar nichts an.«

»Ich kümmere mich darum«, sagte mein Bruder, aber das gefiel mir nicht; ich nahm ihm die Rechnungen aus der Hand und warf sie in die Mülltüte.

In der unteren linken Schublade lag eine Handvoll Fotos; ich sank auf einen Stuhl und sah sie mir an: ein Bild, das Mutter an der Küste von Jersey aufgenommen hatte, zeigt uns beide neben meinem Vater. Wir tragen Badehosen, und unsere Körper sehen im Vergleich zu seinem sehr weiß und schlank und schmächtig aus. Wir halten uns schützend die Hände über die Augen, und ich lehne an meinen Vater und habe ihm einen Arm um die Taille gelegt. Mein Bruder steht gerader als ich und hält sich ein klein wenig von Vater fern. Vater trägt ein geknotetes Taschentuch auf dem Kopf, was ihn, wie Mutter zu sagen pflegte, eigentümlich aussehen ließ, denn er sei der einzige Mann an der Küste von Jersey, der so etwas auf dem Kopf habe. »Aber ich *bin* eigentümlich!« brüllt mein Vater. »Deswegen hast du mich geheiratet, Frau.« Es war einer seiner besseren Momente.

Aus Fotos machte ich mir nichts. Ich hatte alles im Kopf, und so sollte es auch bleiben. Mein Bruder sammelte dergleichen in einem braunen Umschlag – Kleinigkeiten wie dieses Foto, Netties Seidenfetzen, Dads Parker-Füller –, aber ich wollte nichts von alldem.

Ein Foto aus der Schublade konnten wir beide nicht genau einordnen. Es war alt und vergilbt und zeigte einen Mann mit engem Kragen und einem Anzug, bei dem alle drei Knöpfe geschlossen waren. Er stand in einem unbekannten Garten, hinter ihm war leicht unscharf eine Kiefer zu sehen, und weder seine in die Sonne blinzelnden Augen, die einen aus dem Bild heraus anstarrten, noch der Anflug eines Lächelns auf seinen Lippen gaben irgend etwas über ihn preis. Neben ihm stand eine Frau mit Glockenhut und einem schicken dreiviertellangen Kleid. Ihre nach unten gezogenen Mundwinkel und die gereizte Miene ließen sie irgendwie boshaft und nachtragend erscheinen. Die beiden hatten ihre Hände auf den Schultern eines straff frisierten Jungen in kurzen Hosen. Vielleicht war das Vaters Zwillingsbruder, der in Konstantinopel gestorben war; vielleicht war es auch Vater selbst, aber dann hätte er uns das Bild bestimmt einmal gezeigt. Mein Bruder drehte das Foto um. Auf der Rückseite fand sich ein Stempel: »Abdullah Freres, Konstantinopel«. Mein Bruder steckte es in seine Hemdtasche.

Ich habe Vater einmal nach Odessa gefragt. Er erzählte mir, was ich wissen wollte: was sein Vater getan hatte, wie er nach Paris und dann zu Beginn der Depression in die Staaten gekommen war. Als ich ihn fragte, warum er so selten davon spreche, sagte er: »Weißt du warum? Damit die Leute keine dummen Fragen stellen.« Ich sagte, ich wolle es einfach nur wissen und sähe nicht ein, warum er mir nicht mehr davon erzählen könne, worauf er meinte: »Es ist nichts mehr übrig davon. Nichts. Glaub mir.«

Vielleicht war das der Grund, warum er nie von Odessa gesprochen hat, warum er es sich aus dem Sinn geschlagen hat. Nicht nur, um sich selbst davon zu befreien. Sondern auch, damit seine Söhne frei davon wären, ob sie es wollten oder nicht.

Dieses Foto war das letzte, wovon wir uns aufhalten ließen. Danach stellte mein Bruder das Radio lauter, und dann flog der ganze Rest in die Müllsäcke: Heftmaschinen, Kleingeld, Büroklammern, Radiergummis, Bleistiftstummel und auch die Adreßbücher mit den Namen und Telefonnummern all ihrer Freunde, das ganze Netzwerk ihres Lebens, im fortgeschrittenen Zustand der Auflösung, zusammengehalten von Gummibändern. Was bedeuteten mir diese Leute jetzt noch?

Mein Bruder nahm Vaters Schreibtischkalender und blätterte ihn durch. »Sieh mal«, sagte er, »morgen hätte er einen Termin beim Arzt gehabt. Also hat er gewußt, daß etwas nicht in Ordnung war.« Überwältigt von der Sinnlosigkeit des Arztberufs und der Tatsache, daß er nicht einmal den eigenen Vater hatte retten können, fuhr er herum und schmiß den Kalender an die Wand. Einige Blätter lösten sich und segelten auf den Fußboden. Als er sich an die Wand lehnte und die Augen schloß, ließ ich ihn allein.

Unten in der Küche räumte ich drei Schränke voll Lebensmittel, Schalen mit faulem Obst und Vasen mit welken Schnittblumen auf den Müll. Aus dem Keller holte ich Koffer, Haartrockner, Tennisschläger, Springseile, Rollschuhe, Hemden, die neben der Waschmaschine hingen, und alte Schuhe, in denen die Abdrücke seiner Fersen und Zehen zu erkennen waren. Für einen so großen Mann hatte er sehr kleine Füße gehabt.

Wenn ich gekonnt hätte, hätte ich die Bilder von den Haken gerissen, die Haken aus den Wänden, die Teppiche vom Boden, die Bezüge von den Sofas. Am liebsten hätte ich das Haus angezündet. Nach dem Motto: Du hast ihn genommen, also nimm auch den Rest, nimm alles. Nach dem Motto: Ich will mich an nichts erinnern, nicht an diesen Terminkalender, nicht an diesen Anzug, in dem noch seine Gestalt zu erkennen ist, nicht an dieses Foto von ihm, wo er in die Sonne blinzelt, nicht an diesen Schal, an dem noch der warme Geruch seines Halses haftet. Ich wollte alles vergessen. Ich wollte das alles loswerden. Flammen loderten in meinem Kopf, eine wilde Freude tobte in meinem Herzen.

Schließlich waren zwanzig schwarze Müllsäcke voll, ein neuer Tag brach an. Ich schleppte sie zum Wagen und lud sie ein, die eine Hälfte sollte zur Caritas, die andere auf den Müll. Die Blumen im Garten sahen schlapp aus, also stellte ich den Rasensprenger an, setzte mich auf die Veranda und sah dem Kreisen des Wassers zu. Dann fiel mir ein, daß es ziemlich gleichgültig sei, ob die Beete gewässert würden oder nicht.

Mein Bruder kam nach draußen und gab mir ein Bier, und dann streckten wir die Füße in die Sonne und sahen gemeinsam zu, wie der Rasensprenger sinnlos die Blumen goß. Ich hielt mir die Bierdose an die Wange und überlegte, was noch zu tun war. Mein Kopf war ganz klar. In diesem Haus, davon war ich überzeugt, hatte Krankheit gewohnt, und ich hatte es gereinigt. Auf diesem Haus hatte ein Fluch gelegen. Und ich hatte ihn gebannt.

Mein Bruder sagte kein Wort, aber ich folgte seinem Blick von der Verandatreppe zur Stützmauer fünf Meter dahinter. Zwischen den Fußabdrücken und den Reifenspuren des Krankenwagens waren noch immer die tiefen Furchen zu erkennen, die Vaters Knie hinterlassen hatten, als er sich zu der Stützmauer geschleppt hatte.

Als wir mit meinem Wagen in die Stadt fuhren, sagte ich: »Wir hätten ihm sagen sollen: ›Dad, genug ist genug.‹ Warum haben wir die Sache nicht in die Hand genommen? Was ist mit uns losgewesen?« Es war, als hätte ich, und zwar nicht bloß für eine Millisekunde, sondern ein ganzes Jahr lang, das alles heraufziehen sehen und sprachlos danebengestanden, wie gelähmt, unfähig, eine Warnung auszusprechen oder zu verhindern, was da kommen mußte: daß Vaters Herz einfach stehenbleiben und sie, genau, wie sie es sich vorstellte, hilflos in der Welt zurücklassen würde. Mein Bruder sah auf den Highway und die vorbeifahrenden Autos und meinte: »Wir haben es nicht über uns gebracht. Wir waren bloß zwei Söhne, und er war unser Vater. Und das war's auch schon.«

Ich sah kurz zu ihm hinüber und erkannte, daß ich der einzige Mensch auf der Welt war, der genau wußte, warum dieser Mann da auf dem Beifahrersitz so aussah und nicht anders: seine muskulöse Gestalt und das runde Gesicht kamen von einer Familie schottischer Farmer und Prediger, und die tiefliegenden Augen – »Die kommen von den Mongolen, Junge«, pflegte mein Vater zu sagen – waren das typische Merkmal einer Kaufmannsfamilie aus Odessa gewesen.

»Wir sind Söhne. Was soll ich sonst noch sagen?« wiederholte er.

Jetzt waren wir, wie uns beiden bewußt war, Eltern geworden.

Er dachte eine Weile nach, und als wir die Zufahrt zum Flughafen erreichten, sagte er: »Wir verkaufen es?«

Ich nickte. Vor der Abflugsperre nahm er den Umschlag aus der Tasche und stopfte mir die Uhr und den Ring in die Hemdtasche. Ich wollte etwas sagen, aber er schüttelte nur abwehrend den Kopf und entschwand raschen Schrittes durch die Glastür. Sein Gesicht war nicht mehr das eines Bruders, nicht mehr das eines Sohnes, der gerade seinen Vater begraben hatte, sondern das eines mir plötzlich wieder Unbekannten, die Maske eines Geschäftsmannes, der es eilig hat, seinen Flug zu erreichen.

Eine Freundin sagte mir, in einem Pflegeheim habe man vor allem auf die Wäschewagen zu achten. »Die Reklamesprüche von wegen Mitgefühl und Anteilnahme kannst du vergessen«, sagte sie. »Du mußt nur auf die Wäschewagen achten.« Ich sah eine Menge stinkender Wäschewagen, und ich sah viele Korridore voller Rollstühle, in die Leute geschnallt waren, deren alte zerzauste Köpfe schlaff auf vollgekleckerte Plastiklätzchen herabhingen. Der Uringestank verfolgte mich bis auf die Straße. Ich setzte mich ins Auto und rauchte und dachte an meinen Vater und was er wohl denken würde, wenn er wüßte, was ich vorhatte. Ich hatte ihm einiges versprochen, und das wollte ich ja auch halten, aber es kann Situationen geben, da ist das einfach nicht möglich, da ist nicht genug Geld vorhanden, da bleibt einem nur die Wahl, entweder sich selbst zu opfern oder jemand anderen. Ich sagte mir, wenn es mir nicht gelänge, Mutter an einem sicheren Ort mit vierundzwanzigstündiger Pflege unterzubringen, würde ich mir für den Rest meines Lebens Sorgen machen, was alles passieren könnte. Ich konnte nicht beurteilen, ob es für Mutter noch eine Chance auf Besserung gab, aber ich war nicht bereit, noch irgendein Risiko einzugehen. Sie war erst Mitte sechzig. Ich wußte, sie konnte noch lange leben in diesem Zustand, und wenn ich mich selbst um sie kümmerte, würde ich auf ein eigenes Leben vollständig verzichten müssen. Ich sagte mir das immer wieder, aber davon wurde es auch nicht besser.

Also drückte ich die Zigarette aus, ließ den Wagen an und fuhr zu meinem letzten Ziel, einem privaten Achtzig-Betten-Haus im Stadtzentrum, das von uns aus mit dem Bus zu erreichen war, so daß ich sie so oft besuchen konnte, wie ich wollte. Dort war ein Einzelzimmer frei, das wir uns, vorausgesetzt, wir verkauften die Farm, zeitlich unbegrenzt leisten konnten. Hätte es ein anständiges öffentliches Gesundheitswesen gegeben, hätten wir nicht zu verkaufen brauchen; aber es gab keins, denn dieses Land ist der Hort der Freiheit und die Heimat der Mutigen, und Vaters private Vorsorge war den Kosten nicht gewachsen. Zu diesem Zeitpunkt ließ mich der Verkauf des Hauses vollkommen kalt. Schon die Vorstellung, es noch einmal betreten zu müssen, war mir unerträglich.

Als es soweit war, daß wir Mutter in das Heim bringen konnten, sagte mein Bruder, er wolle kommen. Ich sagte, das sei nicht nötig, worauf er lachend bemerkte, wir sollten uns die Schuld lieber teilen. Und so machten wir es denn. Wir teilten uns die Schuld: ich trug Mutters Koffer, und mein Bruder nahm sie bei der Hand und trug eins ihrer Bilder von der Farm, das wir gegenüber ihrem Bett aufhängen durften. Im Foyer saßen einige alte Leute mit Lätzchen um den Hals in Rollstühlen und sahen fern. Eine Frau trug den Arm in einer Schlinge, einem alten Mann war der Kopf kahlrasiert, vom Halsansatz bis übers Ohr war eine Naht zu sehen. Das weiße Nylon des Nähfadens schimmerte durch das schwarze geronnene Blut entlang der Narbe. Mutter sah sich das an, dann sah sie uns an, und wir wußten nicht, was wir sagen sollten.

Als wir auf ihrer Etage aus dem Aufzug stiegen, versuchte ein kleiner, italienisch aussehender Mann mich bei der Hand zu nehmen. In einem Rollstuhl saß eine alte Frau mit großen schwarzen Augen, die uns mit gurrenden Lauten zuwinkte. Neben ihr in dem Flur war eine Chinesin auf einen Stuhl geschnallt, sie schlief. Daneben ein riesiger Schwarzer mit muskulösen Armen; er mochte zwischen vierzig und fünfzig sein und war auf seinem Stuhl festgebunden, damit er nicht herausfiel. Er hob und senkte unablässig den Kopf, seine Augen waren geschlossen. Ich führte Mutter hastig an alldem vorbei, als ob ich mir einbildete, ihr diesen Anblick ersparen zu können.

Ihr Zimmer, ein Eckzimmer, lag neben dem Duschraum. Das Rauschen des Wassers war durch die geschlossene Tür zu hören, und wir hörten jemanden mit gebrochener Stimme rufen: »Mary! Mary! Mary!« Dann schrie eine Pflegerin über das Rauschen des Wassers hinweg: »Mary ist nicht da!«, was aber auch nichts änderte, denn das Geschrei ging weiter. Wir versuchten das zu ignorieren und konzentrierten uns statt dessen auf den L-förmigen Raum: er war hellgelb gestrichen, der Fußboden war mit Linoleum ausgelegt, in dem wir uns undeutlich spiegelten, die Aussicht ging über ein Flachdach zur Kirche nebenan. In der Mitte stand ein Krankenhausbett mit einem Metallrahmen, der das Herausfallen des Patienten verhindern sollte; auf dem Kopfkissen lag ein Klingelknopf. Mein Bruder fing an, ihren Koffer auszupacken und die Sachen in die Kommode zu legen, aber dann machte ich damit weiter, und er setzte sich neben Mutter aufs Bett, er in seinem blauen Anzug, sie in ihrem türkisgrünen bügelfreien Nylonkleid: Seite an Seite, aber ohne sich zu berühren. Mutter starrte aus dem Fenster und strich mit der rechten Hand geistesabwesend die Tagesdecke glatt. Ich setzte mich neben sie, nahm ihre Hand in meine und zog ihr sachte den Ehering vom Finger. So verlangten es die Vorschriften in diesem Haus. Manche Patienten verletzten sich mit ihren Ringen. Manche Patienten verschluckten sie. Sie ließ mich den Ring abziehen, ohne auch nur einmal den Blick von dem Verkehr unten auf der Straße abzuwenden. Dann stand ich auf und sagte: »Bis bald, Mutter. Wir kommen nachher noch mal wieder.«

»Nein«, sagte sie plötzlich, ohne uns anzusehen. »Nein, nein, nein.«

»Mutter«, fing ich an.

»Sprich nicht so. Ich dulde das nicht«, und dann mit solchem Nachdruck, daß wir beide völlig verstummten: »Das halte ich nicht aus. Nie.«

»Was denn, Mutter? Sag's mir.« Ich ging vor ihr auf die Knie. Sie sah mir direkt in die Augen – in die Enge getrieben, wütend, hilflos.

Dann sagte sie: »Geht jetzt.«

»Mutter.«

»Verschwindet.«

Als ich sie eine Woche später besuchte, war sie weder in ihrem Zimmer noch auf dem Flur. »Versuchen Sie's mal im Fernsehraum«, sagte man mir im Schwesternzimmer. Sechs Patienten dösten vor einem hoch oben an der Wand befestigten Fernsehgerät. Ein alter Malaie in Trainingsanzug und Pantoffeln war an der Schulter seiner Frau eingeschlafen. Sie trug einen Sari und las eine Zeitung in ihrer Muttersprache. Neben ihr saß, in seinen Rollstuhl geschnallt, ein großer Schwarzer und beobachtete zähneknirschend eine Frau, die vor einer Waschmaschine stand und irgendein Bleichpulver in die Kamera hielt. Die Farben waren so schlecht eingestellt, daß die Frau auf dem Bildschirm von einer orangefarbenen Aura umgeben war, als sei sie radioaktiv, aber das schien niemandem aufzufallen. Die alte Chinesin saß zur Wand gedreht und machte Spuckgeräusche. Zwei alte Damen saßen nebeneinander und sahen, den Fernseher ignorierend, auf die befahrene Straße hinaus. Eine von ihnen war winzig klein, spatzenhaft, sie hatte schwarze Augen wie ein Spatz und auch die gleichen winzigen, zuckenden Bewegungen. Auf einem Stuhl zusammengesunken, saß neben ihr in der Ecke noch eine alte Frau, sie trug ein rosa Terylen-Kleid und starrte aus dem Fenster.

»Hallo, Mutter«, sagte ich.

»Hallo«, sagte sie, als ob sie nie woanders gewesen sei.

Ich nahm sie beim Arm, und wir gingen durch den Korridor. Als wir am Schwesternzimmer vorbeikamen, blickte die Aufseherin auf und sagte »Hallo, Schatz«. Dann gingen wir an Zimmern vorbei, in denen alte Leute mit offenen Mündern schliefen, und gelangten schließlich ans Ende des Flurs; neben der Tür zur Feuertreppe gab es dort ein Panoramafenster, von dem aus ein paar Garagen und Gärten zu sehen waren. Sie schaute hinaus auf die Grills, auf eine leere Kinderschaukel zwischen zwei Bäumen und einen Pontiac, dessen Kofferraum mit einem Seil zugebunden war.

»Wie gefällt's dir hier, Mutter?«

»Wo soll's mir gefallen?«

»Hier, wo du jetzt bist.«

Sie sagte nichts, sondern sah bloß auf das Leben hinunter, das sie hinter sich gelassen hatte – die Schaukel, den

Grill und das Auto, als seien das die Überreste einer untergegangenen Kultur.

In dem langen glänzenden Korridor summte die Klimaanlage. Ein Rollstuhl quietschte auf dem Linoleum. Der kleine Italiener, bekannt als der Friseur, spähte um die Tür seines Zimmers und schlurfte dann wieder zurück. Pillen klapperten in einer Flasche; in einem anderen Zimmer seufzte jemand. Vor den Aufzügen wartend, fühlte ich die schwerfällige, betäubte Leblosigkeit des Hauses in mich eindringen. Als die Aufzugstür aufging, stieg ich ein, ohne mich umzusehen. Ich sah auf meine Uhr. Der Besuch hatte sieben Minuten gedauert.

Die geistige Verfassung meiner Mutter war mir vollkommen rätselhaft. Die Krankheit ließ ihr noch einen kleinen Spielraum. Noch konnte sie sich Gedanken über ihre Gedanken machen. Noch konnte sie sich fragen, was sie davon hielt, in einem solchen Haus zu wohnen; und soweit ich das beurteilen konnte, machte es ihr nichts mehr aus, wo sie lebte, und sie dachte auch nicht mehr an das Leben, das sie hinter sich gelassen hatte. Das war mir unerträglich. Bei meinem nächsten Besuch fragte ich sie, ob sie sich an den Feldbrand hinterm Haus erinnern konnte – ich war damals sechzehn gewesen.

Sie sprach nur noch in einfachen Sätzen – Subjekt, Prädikat, Objekt –, wodurch alles auf das Wesentliche zusammengedrängt schien. »Ja, Dad hat es ausgemacht.«

Vaters Name tauchte im Fluß ihrer Rede auf wie ein Stöckchen oder ein Grashalm und trieb gleich weiter. Ich glaube, danach hat sie ihn nie mehr erwähnt.

Ich sehe Vater in seiner Badehose und den hohen Stiefeln, den Körper über und über mit Ruß und Schweiß beschmiert, mit dem Schlauch hin und her rennen und das Gras vor dem Feuer naßspritzen. Die gezackte, vom Augustwind vorangepeitschte Flammenlinie ist nur noch hundert Meter vom Haus entfernt, und er ruft mir über die Schulter zu: »Wir schaffen's nicht! Hol den Wagen aus der Garage!«

Ich sitze am Steuer unseres Dodge, den Kofferraum vollgepackt mit Konserven und dem Rasenmäher und Benzinkanistern, und versuche das Ding zu starten. Bitte, spring an, tu's für mich, los. Es geht nicht. Oh Gott, bitte.

Mutter ist ihm zu Hilfe geeilt und klopft mit einer Schaufel die schwelenden Stellen aus, aber jetzt, wenn man sie so auf dem Stuhl am Fenster ihres Zimmers sitzen und vage mein beunruhigtes Gesicht betrachten sieht, ist davon nichts mehr zu erkennen.

Ich möchte die Szene noch einmal mit ihr durchleben. Ich möchte sagen: »Weißt du nicht mehr, wie der Wind sich gedreht hat, wie er das Feuer zum Teich getrieben und dort ertränkt hat, und wie Vater dann zur Garage gekommen ist und mich, obwohl die Gefahr vorüber war, aus dem Wagen gezerrt hat, meinen Platz einnahm, den Motor anließ und dann rückwärts an mir vorbei so schnell die Einfahrt hinunterraste, daß der Kies unter den Reifen hervorstob, und wie er dann die Zündung abgestellt hat und ins Haus zurückgegangen ist, um zu duschen, und mit was für einem wütenden Blick er mich dabei angesehen hat, weil ich mich mal wieder als nutzloser, ängstlicher Versager erwiesen hatte.« Ich wollte sagen: »Und wie du nur zugesehen und mich nicht in Schutz genommen hast, weil ich es doch wenigstens versucht hatte?«

Aber ich sagte nichts. Ich sah in ihr tristes, ausdrucksloses Gesicht und dachte an all die Tage, Wochen, Monate, Jahre, in denen sie uns zwei Jungen geboren, mit ihm geschlafen, über ihn geweint und manchmal nur noch Haß für ihn empfunden hatte – all das war verschwunden, als wenn es nie gewesen wäre.

Sie schien geradezu erleichtert, das alles hinter sich zu haben. Sie empfand wohl eine gewisse undeutliche Freude darüber, mich zu sehen, aber ich glaube nicht, daß sie an mich gedacht hat, wenn ich weg war. An den eintönig gelben Wänden des Zimmers, in dem sie den größten Teil des Tages verbrachte, hing nur ein einziges Bild – Farm und Obstgarten in hellem Sonnenschein –, das womöglich ihre Erinnerung wecken konnte. Kein chinesisches Geschirr in der Spüle, das die Frage aufwerfen konnte: Sollte ich das nicht abwaschen? Niemand, dessen Namen sie sich mühsam ins Gedächtnis zurückrufen mußte; niemand, der zu denken schien, daß irgend etwas nicht in Ordnung sei. Nur der glänzende Korridor; nur das Bett mit dem Stahlgitter an der Seite; nur das Fenster und dahinter das Dach der koreanischen Baptistenkirche. Nur ich. Sonst nichts.

Sie ließ sich von mir an der Hand nehmen; ich durfte sie im Park gegenüber spazieren führen und ihr ein Eis kaufen, immer Schokolade, immer auf derselben Bank verzehrt, immer mit den gleichen Worten genossen: »Das beste, das ich je gegessen habe.« Dann gab sie mir den leeren Becher und den Plastiklöffel, und wenn ich die Sachen für sie weggeworfen hatte, gingen wir wieder zum Heim zurück. Vor dem Aufzug sagte ich: »Auf Wiedersehen, Mutter«, und sah noch zu, wie die Stahltüren sich vor ihr zuschoben.

Vielleicht trauerte sie auf ihre verblühte, verblaßte Weise auch um ihn, wenn sie mit starrem Blick aus dem Fenster sah und den Verkehr beobachtete. Vielleicht war das alles, was von ihrer Trauer übriggeblieben war: mit leerem Blick darauf zu warten, daß die Zeit verging, daß das Gefühl aufhörte.

Der Feldbrand ist erloschen. Ich stehe auf dem Hof in der beißenden Luft und höre durch das offene Badezimmerfenster den Gesang meines Vaters unter der Dusche. Mutter beobachtet mich schweigend von der Küche aus. Ich denke: Warum muß das so weitergehen? Wann werde ich dem entkommen?

Seine Fähigkeit, zu vergessen, was er vergessen wollte, war immer unglaublich gewesen; und so kommt er jetzt, nur mit einem Handtuch bekleidet, nach unten und schreitet an mir vorbei auf das Feld, um das Feuer zu kontrollieren, so als sei nichts geschehen, als hätte er mich nicht dort stehenlassen, wo ich am liebsten im Boden versunken wäre.

An diesem Tag habe ich ihm den Tod gewünscht. Jetzt war er tot, und ich war so traurig, daß ich es kaum noch aushalten konnte.

Nachdem ich Mutter ins Heim gebracht hatte, nahm ich zwei Wochen Urlaub; erst dann ging ich wieder zur Uni. Ich weiß nicht, wie ich dieses Jahr überstanden habe, denn es kam häufig vor, daß ich mit meinen Notizen auf dem Katheder stand und wirklich nicht wußte, wie ich das bis zum Ende der Stunde durchhalten sollte. In der Zeit tat sich ein Loch auf, und ich fiel hinein. Nicht daß ich geradezu an ihn dachte, es waren eher nebensächliche Erinnerungen, wie etwa an das nächtliche Zischen des Rasensprenklers vor meinem Schlafzimmerfenster und die undeutlichen Stimmen meiner Eltern, die draußen beim Licht der Verandalampe saßen, etwas tranken und sich flüsternd unterhielten, um uns nicht zu wecken. Es war, als erlaubte mir die Trauer zwar die Rückkehr zu solchen Augenblicken, nicht aber zu meinen Gefühlen.

Dann kam ich wieder zu mir und sah in die Gesichter meiner Studenten, die sich fragten, was mit mir los sei. Was ich für den Rest dieses Jahres unterrichtet habe, weiß ich nicht mehr. Im nachhinein betrachtet, war dies wohl die Zeit, in der ich mich von meinem Job zu lösen begann. Es schien mir so gleichgültig. Welche Gedanken, welche Pläne auch immer mir durch den Kopf gingen, sie besaßen nicht die Kraft, das taube Gefühl in meinem Innern zu beseitigen. Was ich las, konnte ich nicht behalten. Was ich sagte, schien alles bedeutungslos. Auf einer Fachschaftskonferenz wedelte mir eine Kollegin, die den zweiten Teil des Einführungskurses hielt, mitten während der Veranstaltung mit der Hand vorm Gesicht herum, um festzustellen, ob ich noch anwesend sei. Ich war es nicht.

Ich empfand so etwas wie Scham über meine Trauer, als ob ich heuchlerisch Sühne leistete für die Feindseligkeit, die ich zu seinen Lebzeiten für ihn empfunden hatte. Ich wollte ihn in Erinnerung behalten, wie er war, als wir zusammen waren, und nicht vergessen, daß unsere Streitigkeiten notwendig gewesen waren; aber allmählich konnte ich die Erinnerung an meinen und seinen Zorn nicht mehr ertragen.

Ich gebe zu, ich muß damals unausstehlich gewesen sein. Mit der Selbstgerechtigkeit des Trauernden – meiner Vorstellung, Verrat an ihm zu üben, wenn ich einfach so weitermachte wie zuvor, wenn ich wieder zur Tagesordnung zurückkehrte – habe ich einen Keil zwischen mich und meine Familie getrieben. Ich begreife noch immer nicht, aus welch einem Instinkt heraus man diejenigen flieht, die einem helfen wollen, und sich an Menschen, die keinerlei Schuld daran trifft, für sein Unglück rächen möchte. Wenn ich an diese Zeit zurückdenke, kann ich mein Verhalten kaum begreifen. Ich fühlte mich im Griff irgendeines bösen Schicksals, und dabei hätte ich mich jederzeit daraus lösen können. Nachdem ich mein bisheriges Leben doch offenbar recht vernünftig und selbstbeherrscht geführt hatte, entdeckte ich jetzt Reservoire grundloser Zerstörungswut in mir, von deren Existenz ich nie etwas geahnt hatte. In der Rückschau kommt es mir vor, als habe meine Fähigkeit, anderen weh zu tun, mich geradezu in Verzückung versetzt.

Nach etwa drei Monaten verlor meine Frau die Geduld mit mir; damit, daß ich nur noch vor dem Fernseher sitzen oder ins Pflegeheim gehen wollte, damit, daß ich mich von allen Menschen, auch ihr selbst und den Kindern, abgeschnitten fühlte. Ich konnte ihr das anmerken, aber es machte mich wütend, daß sie mich nicht einfach selbst und auf meine Weise damit fertigwerden ließ.

»Aber ich lasse dich doch allein damit fertigwerden. Ich kann ja sonst nichts tun.«

Es war eines Abends nach dem Essen; wir saßen in der Küche, und ich trachtete danach, ihr und mir weh zu tun.

»Das Ganze hängt dir zum Hals heraus, stimmt's?« sagte ich.

»Fang bitte nicht damit an.«

»Doch. Du denkst: ›Ich muß mich um die Kinder und das Haus kümmern, und er kann sich einfach nicht zusammenreißen. Dauernd rennt er bloß in dieses verdammte Pflegeheim, um mit seiner Mutter zu reden, die doch sowieso über nichts mehr reden kann.‹ Das denkst du.«

»Warum sagst du so was?« fragte sie und schmiß das Geschirrtuch so heftig auf die Anrichte, daß das Radio umkippte. »Ich weiß, was du durchmachst.«

»Aber es widert dich an«, sagte ich; überzeugt, daß ich recht hatte, fing ich an, in der Küche auf und ab zu gehen.

»Nein, es widert mich nicht an. Ich finde nur, du solltest dich allmählich ...«

»Am Riemen reißen.«

»Du brauchst mir nichts in den Mund zu legen.«

»Aber das denkst du doch.«

Sie steckte sich eine Zigarette an und blies den Rauch aus. »Na schön, das denke ich.«

Ich wollte das so weit treiben wie möglich. Ich wollte das alles loswerden. Also sagte ich:

»Weil ich nie erwachsen geworden bin. Weil ich mit meinen fünfundvierzig Jahren noch immer mit Händen und Füßen an die beiden gefesselt bin.« Sie ließ mich ausreden. Sie unterbrach mich nicht.

»Und das, obwohl der eine tot ist, und die andere auch schon mehr oder weniger. Ist es nicht das, was du denkst?«

»Du kommst sehr gut allein damit zurecht«, sagte sie.

Ich schlug mit der Faust auf den Tisch und stellte mich so dicht vor sie hin, daß sie gezwungen war, mir ins Gesicht zu sehen, und dann sagte ich sehr leise: »Ich muß da durch. Ich muß meinen Glauben bewahren. Und du solltest Verständnis dafür haben.«

Plötzlich wandte sie den Blick von mir ab, ich drehte mich um und sah Jack, der uns von der Küchentür aus beobachtete.

»Jack, verdammt«, sagte sie. »Laß uns etwas Zeit, wir müssen was besprechen, ja?«

»Nein«, sagte ich. »Bleib, wo du bist.« Ich hätte das nicht tun sollen, konnte mich aber nicht mehr bremsen. »Du hast ein Recht darauf, alles zu hören, was wir uns zu sagen haben. Du bist alt genug. Also paß auf: Deine Mutter meint, ich soll aufhören, dauernd an meinen Dad zu denken, ich soll aufhören, dauernd an meine Mutter zu denken. Ich soll endlich erwachsen werden und mich meinem Alter entsprechend benehmen. So denkt sie, oder nicht? Sag es doch wenigstens deinem eigenen Sohn, anstatt bloß immer die Überlegene zu spielen.«

Ich sah das Grau in ihrem Haar, ihr verhärmtes Gesicht und den Schmerz, den ich ihr bereitete, konnte aber der Verbitterung, die sich aus mir ergoß, nicht mehr Einhalt gebieten. Sie sah mich an wie einen Fremden, als hätten wir nicht die letzten einundzwanzig Jahre lang zusammengelebt. Jacks Gesicht war bleich und unbewegt. Er wollte nur noch weg, aber ich hatte ihm gesagt, er solle bleiben. Ich wollte ihn mit hineinziehen und ihn zwingen, gegen sie und für mich Partei zu ergreifen. Selbst damals war mir bewußt, daß ich das nicht hätte tun sollen, aber ich war einfach nicht mehr zu bremsen.

»Weil du dich schon immer überlegen gefühlt hast. Du hast von Anfang an gedacht: ›Warum zum Teufel kann er sich nicht gegen die beiden durchsetzen? Warum läßt er sich von denen auf der Nase herumtanzen? Warum muß er dauernd hinter diesen gottverdammten Leuten herräumen?‹«

»Jack«, sagte meine Frau, »geh sofort auf dein Zimmer.«

Jack sah mich an. Ich sagte nichts. Er wartete noch kurz, dann lief er die Treppe hinauf und schlug die Tür seines Zimmers hinter sich zu.

Meine Frau und ich standen uns am Küchentisch gegenüber, wir hatten die Köpfe gesenkt und hielten uns an den Stuhllehnen fest. Und in diesem Augenblick dachte etwas in meinem Innern, das noch nicht vor Wut den Verstand verloren hatte: »Sieh dir das an, sogar unsere Gesten sind die gleichen, sogar die Art, wie wir uns an diesen Stühlen festhalten.«

Schließlich sagte sie: »Weißt du was? Ich habe das alles

nicht geglaubt, bis du es gesagt hast, aber jetzt glaube ich es.«

Sie hatte Tränen in den Augen, als sie sagte: »Ich begreife es wirklich nicht.« Dann drehte sie sich von mir weg zur Spüle und stützte sich mit den Händen auf. Ich hätte dem jetzt ohne weiteres ein Ende machen können. Ich hätte zu ihr gehen, ihr meine Hände auf die Schultern legen und sie um Verzeihung bitten können. Ich sah mich bereits dabei, wußte aber, sie würde mich abschütteln, wußte, sie würde sich versteifen, wußte, sie würde mich zurückweisen – und so ließ ich es sein. Ich drehte mich um und ging durch die Tür.

Obwohl es schon spät am Abend war, sprang ich in den Wagen und fuhr zum Pflegeheim, wo ich so lange bei meiner Mutter sitzen blieb, bis ich von den Schwestern nach Hause geschickt wurde.

Damit hätte die Sache ausgestanden sein können. Wir hatten schon häufig darüber gestritten. Ich wußte, ich konnte ihre Meinung nicht ändern, aber das hatte uns nicht daran gehindert, uns jedesmal wieder zu einer gewissen Einigung zusammenzuraufen. Diesmal war es anders. Ich glaube noch immer, daß wir, wären meine Eltern dagewesen, noch rechtzeitig aufeinander hätten zugehen können. Nun könnte man annehmen, diese Diagnose meines Fehlverhaltens sei doch bloß die Ansicht meiner Frau gewesen: daß nämlich alles von der Anwesenheit meiner Eltern abhinge. Aber es stimmte. Wenn es nicht gestimmt hätte, würde ich all das an diesem Abend nie zu ihr gesagt und damit alles kaputtgemacht haben. Selbst damals war mir völlig klar, daß Vater mir Vernunft gepredigt haben würde. Und Mutter wäre mit mir in den Obstgarten gegangen, hätte mich ausreden lassen und mir dann gesagt, ich solle zu meiner Frau zurückgehen und mich entschuldigen. Aber sie waren nicht da. Ich rief sogar meinen Bruder an und versuchte mit ihm zu reden. Ich sagte ihm: »Ich kann anscheinend nicht damit aufhören. Seitdem er tot ist, schmeiße ich nur noch alles weg, und ich kann nicht damit aufhören.«

»Und du meinst, ich kann dir dabei helfen?« gab er zurück. Ich sagte, für dieses unpersönliche Wissenschaftlergeschwätz hätte ich keine Zeit, und legte auf. Jetzt sehe ich das anders. Er wollte sagen, daß man, wenn man einmal anfängt sein Leben fortzuwerfen, so lange damit weitermachen muß, bis die Zerstörungswut sich ausgetobt hat. Er hat mir nie gesagt, woher er das wußte. Es war wieder einmal eins dieser Dinge, die ich auf Treu und Glauben von ihm annehmen mußte.

Miranda war ein stilles Wesen, dunkel und zierlich; sie trug ein kleines goldenes Kreuz um den Hals. Sie kam aus Mindanao auf den Philippinen und sprach mit leichtem asiatischen Akzent. Ich habe mich oft gefragt, wie es kam, daß manche Krankenschwestern ihre Patienten mit einer intuitiven, natürlichen Zärtlichkeit zu behandeln schienen, während andere eher gleichgültig wirkten. Wenn man ihnen zusah, wie sie einem alten Mann im Duschraum das Hemd von den verschrumpelten Schultern zogen, erkannte man deutlich das Feingefühl, mit dem sie dabei vorgingen – ihnen brauchte man nicht zu erklären, was Würde ist, denn daß sie es wußten, war jeder ihrer Gesten anzumerken. Anderen hingegen, nicht unbedingt weniger anständigen Menschen, mußte man erst umständlich erklären, was anständiges Benehmen ist; sie besaßen keinerlei Instinkt dafür, was das Ehrgefühl eines Fremden verletzen könnte. Offenbar wußten die einen sich in die Schmerzen ihrer Patienten hineinzuversetzen, ohne sich davon Angst machen zu lassen, während die anderen glaubten, sie müßten einen gebührenden professionellen Abstand dazu einhalten. Am Ende vermochte ich, sobald irgendeine Schwester sich meiner Mutter näherte, auf Anhieb zu erkennen, ob sie diese geheime Fähigkeit besaß oder ob sie bloß ihre Arbeit verrichtete. Miranda gehörte zu denen, die über diese Gabe verfügen, und Gabe muß man es nennen, denn es ist eine menschliche Eigenschaft, die man nicht lehren kann. Man sah es an der Art, wie sie Mutter beim Aufstehen half, wie sie sie mit präzisem, aber sanftem Druck ihres Arms leitete, so daß Mutter nicht das Gefühl hatte, gezogen oder geführt zu werden, sondern selbständig ihren Weg zu gehen.

Mutter schien das stillschweigende Verständnis zu spüren, das von Mirandas Berührung ausging. Andere Schwestern wurden geschlagen; andere wurden angeschrien, wenn eine gewisse Grenze, die nur die Einfühlsamsten zu sehen vermochten, überschritten wurde. Miranda wußte offenbar, wo diese Grenze lag. Es war, als könnte sie die Klopfzeichen hören, die Mutter aus den Mauern ihres Gefängnisses sandte.

Miranda sagte zu mir: »Ihre Mutter ist etwas Besonderes.«

»Wie kommen Sie darauf?«

»Sie ist intelligent, versteht mehr als die anderen. Wenn ich zum Beispiel sage, es ist Zeit für Ihr Bad, antwortet sie: ›Wir müssen tun, was uns aufgetragen wird‹, als ob sie weiß, daß es eigentlich nicht so sein sollte, daß sie eigentlich allein baden sollte. Und einmal, als Sie gegangen waren, habe ich zu ihr gesagt: ›Ihr Sohn ist gut zu Ihnen.‹ Darüber hat sie nachgedacht und dann gesagt: ›Komischer Junge‹, als ob sie versucht hätte, Sie zu verstehen, als ob sie es noch immer versuchen würde.«

Miranda saß im Schwesternzimmer und füllte den abendlichen Verordnungsbogen aus; sie nickte. »Die Patienten haben uns viel zu erzählen.« Es gefiel mir, wie Miranda über meine Mutter redete, und das sagte ich ihr auch.

»Sie sehen traurig aus. Vater ist gestorben. Ich habe die Unterlagen gelesen, verzeihen Sie.«

»Schon gut.«

»Sie wollen sie so lange festhalten, wie Sie können.«

»Ja, das will ich.«

»Sie wollen, daß sie Ihnen hilft.«

»Wie kommen Sie darauf?«

»Das sehe ich Ihnen an.«

Am liebsten wäre ich auf den Flur gegangen und hätte mich im Spiegel betrachtet. War es mir denn wirklich anzusehen? Nein, es mußte wohl an Mirandas besonderer Gabe liegen. Wenn sie mir ansah, daß ich Mutters Hilfe brauchte, dann mußte es wahr sein.

»Am Anfang ist es immer so. Ich kenne das. Söhne und Töchter, am Anfang kommen sie oft zu Besuch, als ob sie irgendwelche Hoffnungen hätten.«

»Worauf?«

Sie hörte auf zu schreiben und sah mich schüchtern an. »Ich weiß es nicht. Am Anfang kommen diese Leute täglich zu Besuch. Sitzen, manchmal den ganzen Tag, neben ihrer Mutter, ihrem Vater, und warten, daß sie etwas sagen.«

»Etwas sagen«, lachte ich. »Irgend etwas.«

Sie nickte und senkte den Blick, um die Dosierungen abzuhaken, die sie gerade verordnet hatte.

»Und dann geben sie auf, richtig?«

»Und dann«, sagte sie, »überlassen sie sie uns.«

»Ich werde sie nicht Ihnen überlassen«, sagte ich.

»Mag sein«, sagte sie, was ich nicht als Provokation oder Urteilsspruch, sondern als Warnung auffaßte, als überlegte sie, ob mir bewußt sei, was die Zukunft noch alles bereithalte. Sie hatte seit Jahren in dieser Abteilung gearbeitet und wußte, was mir bevorstand. Ich beneidete sie um dieses Wissen und fragte mich, ob sie mir je davon erzählen würde.

»Ich werde bleiben«, bemühte ich mich in einem anderen Ton als all die anderen zu sagen, die Miranda ihre Eltern für immer hatte verlassen sehen.

Miranda wußte, daß meine Mutter selten sprach, daß

sie immer wegblickte, wenn ich ihr einen Kuß gab, daß sie mich nie erkennen ließ, ob meine Besuche ihr etwas bedeuteten.

»Nicht weil es meine Pflicht ist«, sagte ich. »Sondern weil ich es nötig habe.« Das schien sie verlegen zu machen, denn nun stand sie auf, legte die Mappe mit den Verordnungen in einen Ordner und wandte mir den Rücken zu. Auch ich war in Verlegenheit und fragte mich, womit sie mich eigentlich dazu brachte, ihr so rückhaltlos zu erzählen, daß die Besuche bei meiner Mutter das einzige in meinem Leben geworden waren, wofür ich mich noch achten konnte.

»Ich verstehe«, sagte Miranda und drehte sich zu mir um.

Einige Monate später begann ich Miranda nach der Schicht nach Hause zu begleiten; ihre Wohnung lag auf dem Weg zur Bushaltestelle. Eines Abends schließlich bat sie mich, mit hineinzukommen. Als wir in ihre Wohnung getreten waren, hob sie sich auf die Zehenspitzen, nahm mein Gesicht in die Hände und küßte mich.

Ich war es nicht gewohnt, mit jemandem zusammenzusein, der so wenig von mir wußte, der nichts von alldem wußte, was bei mir verkehrt gelaufen war. Es war mir so ungewohnt, mit jemandem zusammenzusein, der mich einfach so nahm, wie ich war, daß ich mir vollkommen fehl am Platz vorkam. Aber im Gegensatz zu mir wußte sie, was sie wollte, und so ließ ich es geschehen.

Da lag ich nun in ihrer Einzimmer-Parterrewohnung, betrachtete ein Poster der Bucht von Manila an der Wand, spürte den Geruch dieser schlafenden Frau neben mir, die mir so fremd war, die sich in jeder Einzelheit von der einen

Frau unterschied, an die ich gewöhnt war und die ich in- und auswendig kannte, und plötzlich brach ich in Tränen aus.

Was hatte das zu bedeuten? Erlösung vom Laster des Trauerns? Brauchte ich nun nicht mehr zu kämpfen, Ehemann zu sein und mich Tag für Tag zu fragen, wie ich meine Arbeit weitermachen sollte? Es war auch Scham dabei. Ich begriff einfach nicht, wie ein Mann, der solche Angst vor Intimitäten hatte, die Nacht mit einer Frau verbringen konnte, die allen anderen, die er zuvor gehabt hatte, derart unähnlich war. Noch heute weiß ich nicht, ob ich mich darüber freuen oder grämen soll. Vielleicht bin ich ja wirklich ein Mensch, der sein Bedürfnis nach Verständnis nicht mit irgendwelchen Begierden vermengen sollte. Denn das war es, worüber Miranda in unerklärlichem Überfluß verfügte: die Gabe stillen, aufmerksamen, wachsamen Verständnisses. Warum war ich damit nicht zufrieden? Warum verlangte ich mehr? Wozu brauchte ich diesen nackten Körper neben mir, so schutzlos und vertrauensvoll, was wollte ich mit ihrem Arm auf meiner Brust?

Nach einer Weile schwanden auch diese Gefühle, und ich lag bloß noch da, nackt und frierend, und spürte, wie lächerlich es war, daß einem erwachsenen Mann, der Kinder und Arbeit und Verpflichtungen hatte, nach dem Verlust seiner Eltern nichts anderes einfiel, als weinend neben einer fremden Frau zu liegen.

Wenn ich gewollt hätte, wäre meine Frau wohl nicht dahintergekommen. Ich hätte mir sagen können, daß es keine Rolle spielte. Ich hätte das Geheimnis wahren können. Aber ich befand mich in einem so fatalen Aufruhr von Aufrichtigkeit und Zerstörungswut, daß ich ihr drei Wochen später, mit einer monotonen Stimme, die ich kaum als meine eigene erkannte, alles erzählte.

Sie sagte: »In einer Stunde will ich dich nicht mehr hier sehen.«

Ich sagte, ich wolle derjenige sein, der es den Kindern erklärte, aber sie sah mich nur an und schüttelte den Kopf. Während ich wütend meine Sachen in den Koffer warf, dachte ich, eines Tages würden sie meine Version schon zu hören bekommen.

Man kann seine Familie verraten und mit dem Gefühl in die Nacht hinausgehen, das einzig Anständige getan zu haben. So war es bei mir. Nach weniger als einer Stunde war ich mit meinem Koffer aus dem Haus, hatte ich nicht nur die Kinder oben in ihren Betten, sondern auch meine Frau verlassen, die mit dem Rücken zu mir an der Spüle stand, eine Zigarette nach der anderen rauchte und die Asche zischend ins Becken fallen ließ.

Ich bezog ein möbliertes Apartment im fünften Stock eines Wohnhauses aus den sechziger Jahren, gegenüber dem Park des Pflegeheims; dort gab es ein ausziehbares Sofa, ein schmutziges Schiebefenster mit Blick auf den Park, einen Kühlschrank, der so laut summte, daß ich den Stecker herausziehen mußte, und ein paar Flecken auf dem Teppich, die den Eindruck erweckten, als sei der Vormieter dort verblutet. Aber inzwischen war ich soweit, daß mir dergleichen nichts mehr ausmachte. Bis zu Mirandas Wohnung waren es zwanzig Minuten, zum Pflegeheim eine. Von meinem Fenster aus konnte ich über die Bäume des Parks hinweg das Fenster meiner Mutter sehen.

Um Verständnis zu finden, ist ein Mensch zu fast allem bereit. Er reißt sogar sein Leben in Stücke, damit das, was nicht verstanden wurde, endlich sichtbar wird – wie eine Wunde. So kam es mir damals vor.

Die Tatsache, daß meine Frau nicht verstehen konnte, warum ich bei meiner Mutter sein mußte, warum ich sie täglich sehen mußte, warum ich mich um jedes einzelne ihrer Bedürfnisse kümmern mußte, war für mich der Beweis dafür, daß meine Frau mich nie wirklich verstanden hatte.

Außerdem spürte ich eine tiefe Bindung in mir, die meine Frau nie, niemals hätte akzeptieren können. Ich hatte seit dem Tod meines Vaters etwas Größeres als nur ein Leben betrauert. Nämlich unsere gesamte Existenz auf der Farm, die mir alles bedeutet hatte und jetzt von Krankheit vernichtet war. Warum meine Frau mich nicht darum trauern lassen konnte, war mir unverständlich. Wenn sie mich nicht ließ, blieb mir keine andere Wahl, als es anderswo zu tun.

An diesem ersten Abend dachte ich an die Farm und den Weg, der mich in dieses schmutzige Apartment geführt hatte. Ich sah mein Leben wie eine Feldsteinmauer – eine dieser schönen Mauern, die die westliche Grenze des Grundstücks der Farm bezeichneten. Diese Mauern waren von den ersten Farmern errichtet worden, um das Land zu säubern. Damals, als die Felder noch voller Baumstümpfe und die Ernten schlecht und mager waren, hatten sie die Steine aus dem Boden geholt und an den Grenzen ihrer Farmen aufgestapelt. Die Mauern hatten alles überlebt: die Menschen, die sie gebaut hatten, und die Farmen selbst. Sie würden Wind und Eis ewig standhalten, aber wenn dort irgend jemand nur einen oder zwei Steine herauszöge, würde ein ganzer Abschnitt einfach zusammenfallen. Das gleiche war mit meinem Leben passiert. Ich hatte die Mauer mit meinen eigenen Händen niedergerissen. Das einzige Licht, das noch zu sehen war, schien aus dem Schlafzimmerfenster meiner Mutter zu kommen.

Im Herbst bin ich mit den Kindern einmal zur Farm gefahren, sie sollten mir vor dem Verkauf beim Aufräumen helfen. Das Gras stand naß und hüfthoch auf den Feldern, durch den Kies hatte sich Unkraut geschoben. Im Haus war es kalt und feucht. Tote Insekten lagen auf dem Fußboden vor den Fenstern, Spinnweben legten sich einem im Dunkeln aufs Gesicht, und die Möbel – die Stühle, die Tische, das Sofa – wirkten so bedrückt, so bedrückend wie Menschen, die sich in einer Leichenhalle versammelt hatten, um einen Sarg zu betrachten. Ich sagte den Kindern, sie könnten sich etwas mitnehmen, irgendeine Erinnerung an das Haus. Jack weigerte sich, irgend etwas anzufassen.

»Warum nicht?«

»Ich will nicht.«

»Komm schon, Jack, sag's mir.«

Er machte mich für all das verantwortlich. Und er wollte nichts von mir annehmen. Ich sagte: »Nichts von dem ganzen Zeug hier gehört mir. Das sind die Sachen deiner Großeltern, und die hätten es bestimmt gern, wenn du was mitnehmen würdest.« Er wollte noch immer nicht, sondern ging durch die Hintertür und über die Wiese auf den Hügel, wo er sich hinsetzte und von da oben aus zusah, wie ich die Sachen aus dem Haus räumte und in den Kofferraum lud. Sally machte es nichts aus, mir zu helfen, aber ich sah ihr an, daß sie sich fragte, ob sie mir noch trauen konnte.

Als ich den Fernseher über den Kiesweg zum Wagen trug, fragte sie: »Warum müssen wir das eigentlich machen?« Ich stellte den Fernseher in den Kofferraum, ging mit ihr ins Haus und setzte mich an den Küchentisch. »Hier ist etwas zu Ende gegangen«, sagte ich. »Ich wünschte, es wäre nicht so. Aber es ist so, und jetzt müssen wir es verkaufen, und dann müssen wir weiterleben, falls wir können.« Sie hörte sich das an, war aber noch immer nicht überzeugt; und, um die Wahrheit zu sagen, ich war es auch nicht.

Ich ging in die Garage, stieg auf die Trittleiter, nahm die Waffe vom Haken, fand unter den Schrauben und Nägeln ein Päckchen Munition und begab mich damit auf die Weide. Ich lud die Waffe im Gehen, und als ich oben auf dem Hügel bei Jack angekommen war, reichte ich sie ihm hin. Er sah zu mir auf und sagte: »Du weißt genau, sie kann Gewehre nicht ausstehen.«

»Ich weiß, was deine Mutter denkt, aber ich möchte, daß du das nimmst. Es hat mir gehört, jetzt gehört es dir.«

Jack kauerte, die Arme um die Knie geschlungen, auf dem Boden und sah zum Haus hinunter.

»Was soll ich in der Stadt mit einem Gewehr?« fragte er.

Ich hatte nicht vor, meinen Sohn um etwas zu bitten, wollte aber auch nicht so tun, als ob ich nicht verletzt wäre. Also fuhr ich herum und gab rasch hintereinander ein paar Schüsse in die Bäume ab. Jack zuckte zusammen. Dann ging ich zur Garage zurück und hängte die Waffe wieder an den Haken.

Ich ging ins Haus zurück und bereitete es zum Abschließen vor. Der Wagen war vollgepackt; ich hatte alles herausgeholt, was ich unterbringen konnte, insbesondere ihr Porträt von mir und das Bild von der Landspitze von Antigonish. Meine Frau erlaubte mir einige Kisten im Keller einzulagern, den Rest wollte ich meinem Bruder schikken oder verkaufen. In meiner Einzimmerwohnung hatte ich keinen Platz. Ich ging von Zimmer zu Zimmer und machte Heizkörper und Lampen aus; dann stand ich nur noch da und hörte zu, wie das Haus sich setzte und abkühlte, wie die Heizkörper beim Erkalten knackten.

Als meine Tochter hinter mir die Verandatreppe hinunterkam, hörte ich ein leises Klingeln. Ich drehte mich um und sah in ihrer Hand die Schale mit den restlichen Perlen von Mutters Halskette.

Auf der Rückfahrt in die Stadt schlief sie mit der Schale auf dem Schoß ein, und als ich die Kinder bei meiner Frau absetzte, trug ich sie die Eingangsstufen hinauf, übergab sie meiner Frau und reichte ihr die Schale mit den Perlen. Sie nahm sie mir wortlos ab.

Wenn in diesem Winter das Telefon ging, wußte ich entweder schon vorher, wer es war, oder ich nahm gar nicht erst ab. An Donnerstagabenden war es Miranda, die von der Schicht nach Hause kam. An Sonntagvormittagen war es mein Bruder, der vom Jogging kam und sich nach mir und Mutter erkundigen wollte. In der übrigen Zeit läutete es fast nie. Es gelang mir irgendwie, meine Arbeit weiterzumachen, aber vom College meldete sich nie jemand. In schwierigen Phasen sendet man offenbar so etwas wie eine Störstrahlung aus, und wenn ich abends vom Pflegeheim nach Hause kam, blieb das Telefon immer stumm. Einmal, an einem Mittwochabend Mitte Februar, läutete es zwar, aber nur dreimal, dann war wieder Schluß. Ich wußte, wer es war. Ich ging etwa eine halbe Stunde lang in der Wohnung herum und überlegte, ob ich sie zurückrufen sollte. Die Sehnsucht blieb, und die Hälfte der Zeit fragte ich mich, warum ich ihr nicht nachgab.

Eines Tages im folgenden Frühjahr war ich in der Nähe unseres alten Hauses in einem Supermarkt; dort erblickte ich sie am Ende eines Ganges. Sie hatte eine neue Frisur, die Haare nach oben aus dem Gesicht gekämmt, und machte den Eindruck einer Frau, die mich nie gekannt und nie gebraucht hatte. Ich verdrückte mich aus dem Supermarkt, ging zum Pflegeheim zurück und saß dort eine Stunde bei meiner Mutter; ich sagte kein Wort, sondern fragte mich nur, wie ein Mann, der so verheiratet sein wollte, wie seine Eltern es gewesen waren, der auf die gleiche Weise treu sein wollte, wie sie es gewesen waren, sich dermaßen verrannt haben konnte, daß seine eigene Frau ihm eine Fremde war.

Als ich sie verließ, muß ich angenommen haben, sie würde unverändert bleiben, wie sie war und wo sie war, und auf meine Rückkehr warten. Daß sie nicht warten würde, daß sie ausgehen und das Leben führen würde, das ich ihr versagt hatte – damit hatte ich nicht gerechnet. Aber genau das tat sie nun.

Ich stand am Morgen auf, ging zur Schule, brachte den Tag hinter mich, kam gegen sechs ins Pflegeheim und half Mutter, die mit drei anderen am Tisch saß, beim Abendessen. Es tat gut, mit ihr zusammenzusein und sie mit einem Löffel zu füttern, wenn sie nicht mehr weiterwußte; die meiste Zeit sah ich nur zu, wie sie angestrengt mit Messer und Gabel zu essen versuchte, wie sie aufhörte, aufgab und ins Leere starrte, bis ich ihr Messer und Gabel aus der Hand nahm. Danach ging ich in mein Apartment und machte mir den Inhalt irgendeiner Dose warm. Freitagabends, wenn Miranda freihatte, ging ich meistens zu ihr; dann holten wir uns etwas aus einem Restaurant und sahen fern. In der Rückschau war das kein sonderlich erwähnenswertes Leben, aber einen gewissen Sinn hatte es doch. Miranda erklärte mein Verhalten auf ihre Weise; sie meinte, ich brauche Zeit. Zeit wozu, fragte ich mich. Ob ich am Ende dieser Zeit noch mit ihr zusammenwäre? Ich konnte es nicht sagen. Ich hatte so ein Leben noch nie geführt. Ich hatte mit vierundzwanzig geheiratet und seitdem immer nur innerhalb der Grenzen einer sichtbaren Zukunft gelebt, und diese bestand aus dem Aufwachsen meiner Kinder, meiner Arbeit, dem Zusammenwachsen von meiner Frau und mir, dem Altwerden meiner Eltern. Plötzlich konnte ich nicht mehr absehen, was als nächstes passieren würde. Manche Nächte bei Miranda waren von purer Heiterkeit erfüllt; in anderen fragte ich mich, wie ich die nächsten fünf Minuten überstehen sollte. Es war mir unbegreiflich, was ich mit dieser Frau machte, die so wenig sprach, die neben mir auf der Couch saß und mir beim Fernsehen den Hals streichelte, als sei dort irgendein Knoten, den sie mit ihren Händen wegmassieren zu können glaubte. Wie immer vermittelte sie dabei den Eindruck, daß sie Verständnis für mich habe, und nur meine Abhängigkeit von diesem ihren stillen, intuitiven Wissen um meinen Schmerz war es, was mich nicht von ihr weichen ließ.

Im Frühjahr bekamen wir ein Angebot für die Farm. Da es etwa dem entsprach, was wir verlangten, rief ich meinen Bruder an und bat ihn, zu kommen und mir beim Abschluß des Geschäfts zu helfen.

Als ich ihn vom Flughafen abholte und sagte, wir drei sollten gleich zum Haus fahren, führte mein Bruder mich von Miranda weg zu einer Ecke des Parkplatzes. Er sagte, er hielte es nicht für eine so gute Idee, Miranda mitzunehmen. »Familienangelegenheiten«, sagte er mit gesenktem Blick, gleichzeitig verlegen und wütend, weil ich ihn nicht verstehen wollte.

Ich sagte, ich würde mich auf keine Diskussion einlassen. »Ohne sie hätte ich den Winter nicht überlebt.« Er sah mich kopfschüttelnd an, dann gingen wir zu Miranda und zum Wagen zurück.

Wir fuhren zu dritt vom Flughafen zum Haus. Ich schloß es meinem Bruder auf, ließ ihn durch die Zimmer gehen und sich aussuchen, was er haben wollte; ich selbst blieb draußen und setzte mich auf das Mäuerchen. Die Blumenbeete waren alle überwuchert, auf dem Kiesweg wuchs Gras, und ich dachte gerade, ich sollte mich hinknien und das Unkraut herausreißen, als die Käufer in ihrem Mercedes vorfuhren.

Es war ein kinderloses Ehepaar Anfang Vierzig. Er war Sozius einer Anwaltskanzlei, sie hatte irgend etwas mit Antiquitäten zu tun; die beiden wollten das Haus zu ihrem Landsitz machen. Da ich mir nicht anhören wollte, wo der Swimmingpool hinsollte und wie die neuen Tapeten aussehen sollten, packte ich einfach die Dokumente aus und sagte ihnen, mein Anwalt habe sie durchgearbeitet; mein Bruder sei noch drinnen, um es sich ein letztesmal anzusehen, und wenn er käme, könnten wir alle unterschreiben und die Sache hinter uns bringen. Während ich das sagte, hielt ich Mirandas Hand und war froh, daß sie dabeiwar, denn sie war alles, was ich in meinem neuen Leben hatte.

Als mein Bruder auf die Veranda kam, hatte er Mutters Bild von den drei Gestalten unterm Arm. Der Käufer und seine Frau machten einiges Aufhebens um ihn, weil sie ihn in irgendeiner Fernsehsendung gesehen hatten, wo er über Gehirnfunktionen gesprochen hatte; aber für so etwas hatte er jetzt keine Zeit.

»Kommen wir zur Sache«, sagte er. Im dünnen Licht der Aprilsonne breiteten wir die Verkaufsurkunden auf der Veranda aus, und dann hatten wir – mit Miranda als Zeugin – den beiden mit unseren Unterschriften das Haus übertragen. Als ich ihnen die Schlüssel gab, sagte ich: »Sie werden hier einiges finden« – ich dachte an das Gewehr in der Garage –, »das können Sie gerne behalten.« Die Käufer luden uns auf einen Drink ins Haus ein, aber mein Bruder schüttelte den Kopf.

Als wir wegfuhren, sah keiner von uns zurück, und auf dem ganzen Rückweg in die Stadt fiel zwischen uns kein einziges Wort. Miranda saß vorne zwischen uns beiden; ich bedeckte ihre Hand mit meiner und lenkte mit der anderen, während mein Bruder bloß aus dem Fenster sah und nach den anderen Farmen und all den Grundstücken zu beiden Seiten der Straße blickte, die irgendwelchen Leuten etwas bedeuteten.

Ich hielt vor dem Pflegeheim und stellte den Motor ab; wir blieben noch kurz sitzen. Mein Bruder verlor als erster die Geduld. Unter Mirandas forschenden Blicken sagte er plötzlich: »Ich mache Ihnen keinen Vorwurf, daß Sie das nicht verstehen, wirklich nicht.« Sie sah ihn verlegen an, denn sie hatte nichts gesagt.

Wir beide konnten nicht verstehen, was wir getan hatten, obwohl es jede Menge gute Gründe dafür gab. Das Geld wurde gebraucht, damit Mutter im Heim bleiben konnte. Ich hatte zwei Haushalte zu finanzieren, und mein Bruder, der als Arzt ein Vermögen hätte machen können, war in die Forschung gegangen. Und es gab noch andere Gründe. Das Leben, das wir auf der Farm gehabt hatten, war vorbei. Meine Ehe war am Ende. Die Gründe für den Verkauf lagen auf der Hand, aber jetzt, als wir vor dem Pflegeheim in meinem Auto saßen, überzeugte uns kein einziger davon.

»Ich hab eine Idee«, sagte mein Bruder und sprang aus dem Wagen. »Wir wollen sie überraschen.« Er sagte nicht, was er vorhatte, sondern ging nach oben, um sie vorzubereiten; ich blieb solange im Auto und fragte mich, was ihn so fröhlich gestimmt haben mochte.

»Dein Bruder ist ein seltsamer Mensch«, sagte Miranda, während wir warteten.

»Auch ich komme mir seltsam vor«, sagte ich.

Sie legte ihre Hand auf meine, die noch das Steuer hielt. Aber sie dachte noch immer über ihn nach.

»Er ist zu hart.« Ich schüttelte den Kopf. »Nein, nicht hart. Er macht die Leute bloß nicht so konfus, wie ich es anscheinend tue. Ich wünschte, ich wäre ein wenig härter.«

Als wir Mutter in den Wagen halfen, sagte mein Bruder plötzlich unvermittelt: »Erinnert sich jemand von euch an *Der Hofnarr*? Wie ging das noch mal?«

Schon sehe ich uns im Broadview-Kino von Alton: bei lustigen Stellen schlägt Vater nicht sich, sondern uns auf die Schenkel, und Mutter lacht so heftig, bis sie nur noch flüstern kann: »Aufhören, aufhören.« Danny Kaye war der Lieblingsschauspieler meines Vaters, und er pflegte zu sagen, wenn er nicht schon anderweitig verpflichtet gewesen wäre, hätte er Glynis Johns geheiratet, die in dem Film ebenfalls eine Hauptrolle spielte. »Wegen ihrer Stimme, versteht mich recht«, sagte er, worauf Mutter lachend erwiderte: »So siehst du aus«, denn sie dachte an die engen Hosen und Pullover, die Glynis Johns in diesem Film getragen hatte.

An der entscheidenden Stelle der Handlung von *Der Hofnarr* ging es darum, daß Danny Kaye sich an einen bestimmten Vers erinnern sollte. Auf einem Tablett standen drei Becher, von denen zwei Gift enthielten.

»Der Bembel mit dem Stempel«, fing mein Bruder an.

»Die Vase mit der Nase«, ergänzte ich.

Der dritte wollte uns nicht einfallen. »Na los«, sagte mein Bruder, und ich vernahm echte Besorgnis in seiner Stimme – nichts darf vergessen werden, nichts. »Einer von euch muß doch den dritten wissen.«

Aus dem Fond des Wagens, so leise, daß ich anfangs nicht sicher war, ob ich es überhaupt gehört hatte, sagte meine Mutter: »Der Pokal mit dem Gral.«

Ich schrie Hurra, mein Bruder küßte sie, und Mutter wiederholte mit schüchterner Stimme: »Der Pokal mit dem Gral ist die richtige Wahl.«

In diesem Augenblick waren wir alle wieder im Broadview und lachten, bis uns die Tränen kamen, während Danny, das Tablett mit den drei Gläsern in der Hand, in seiner lächerlichen Strumpfhose an einem Seil vor der Burgmauer hin und her schwang und brüllte: »Der Bembel mit dem Stempel, die Vase mit der Nase, der Pokal mit dem Gral!« und einfach nicht mehr darauf kam, welcher davon die richtige Wahl sei.

Im Cineplex angekommen, hatten Miranda und ich Lust auf einen amerikanischen Film, aber mein Bruder wollte einen französischen sehen – aufgenommen in der Provence, mit einer Darstellerin namens Miou Miou –, wovon ich mir überhaupt nichts versprach; ich wollte aber mit meinem Bruder keinen Streit anfangen und Mutter nicht alles verderben. Wir nahmen uns Plätze ziemlich weit vorne, Mutter saß zwischen meinem Bruder und mir, ich nahm ihre Hand und hielt sie so wie immer. Der Film hieß *Die Vorleserin*; am Anfang fuhr die Kamera von oben auf ein Haus zu, näherte sich einem Fenster, dann einer Frau, die bei freundlichem Licht in einem Buch las – alles aus einem unmöglichen und unmenschlichen Blickwinkel, als sei der Betrachter Gott.

Das Bild der Frau wurde immer größer. Mutter drückte meine Hand und flüsterte: »Das gefällt mir überhaupt nicht.«

»Was ist los?« flüsterte mein Bruder, und Miranda sagte: »Ihre Mutter hat Angst.«

»Möchtest du gehen?«

»O ja«, flüsterte meine Mutter.

»Warum?«

»Ich weiß nicht warum.«

Ich half ihr hoch, und wir tasteten uns über die Beine anderer Leute zum Ausgang. Ich dachte: auch das ist nun für immer und ewig vorbei, die schönen Zeiten im Kino – Charlie Chaplin, Buster Keaton und Mack Sennett, *Begegnung*, Bette Davis, Bogart und Danny Kaye – mit deinem Mann und deinen Kindern; die ganze Geschichte endet hier im Odeon Cineplex, keine zwei Minuten, nachdem der Film angefangen hat, und nicht einmal die Tatsache, daß deine Söhne neben dir sitzen, kann dir deine Angst nehmen.

Wir traten in den hellen Tag und fuhren zum Pflegeheim zurück; es war das letztemal, daß wir sie irgendwohin ausführten.

»Fernsehen sieht sie gern«, sagte mein Bruder, als wir drei später im Chinarestaurant saßen. »Warum hat ihr dann der Film nicht gefallen?«

Ich meinte, es müsse damit zusammenhängen, daß sie den Tagesraum, wo der Fernseher lief, jederzeit verlassen konnte, während man einem Film im Kino seine ganze Aufmerksamkeit widmen müsse.

Mein Bruder sagte: »Es war diese lange, langsame Kamerafahrt vom Himmel bis in das Zimmer, in dem die Frau das Buch las. Das war es, was sie nicht ertragen konnte.«

Ich sah nicht ein, was das damit zu tun haben sollte, worauf mein Bruder mir vom Bericht eines Anthropologen erzählte, der in den zwanziger Jahren primitiven Stämmen Filme gezeigt hatte. Danach schienen Zulus oder Eskimos oder irgendwelche anderen Menschen, die noch nie einen Film gesehen hatten, etwa folgendes zu denken: Bewegt sich nun diese weiße Frau? Oder bin ich das selbst? So mochte ein Zulu denken. So mochte aber auch jemand denken, dessen Verstand nicht mehr intakt war.

»Verstehst du nicht?« fragte mein Bruder. »Sie hat die Grammatik des Kinos vergessen: daß man irgendwo hingeht und im Dunkeln sitzt und die weiße Frau immer größer werden sieht, wie mit dem Auge Gottes. Kein Wunder, daß sie Angst bekommen hat.«

»Aber«, sagte ich, »an den Pokal mit dem Gral hat sie sich erinnert.«

»Weil sie sich erinnert, wo sie mit wem gewesen ist«, sagte mein Bruder. »Zu neuen Bildern hat sie dagegen kein Verhältnis mehr. Sie kann nicht sagen: Ich sitze hier, und das ist bloß ein Film. Es hat sie vollständig aufgesogen.«

Mir fiel ein, wie meine Frau und ich mit den Kindern, als sie noch klein waren, einmal ins Kino gegangen waren, und wie sie, als sie einen Wolf über die Leinwand auf sich zuspringen sahen, aufkreischten und die Köpfe in unseren Schößen vergruben. Ich erinnerte mich, daß ich die Kinder beneidet und gedacht hatte, wie einem doch manches entgehe, wenn man sich über die Illusion so im klaren sei.

Die Krankheit hatte Mutter in den Zustand meiner Kinder zurückversetzt. Es gab zwischen ihr und der Leinwand keine Distanz mehr, keine Trennwand des Wissens. Wie die Kinder war sie dem Wolf schutzlos ausgeliefert.

»Was in dem Film geschehen ist, könnte etwa dem entsprechen, was mit ihren Erinnerungsbildern geschieht«, sagte mein Bruder. »Sie sitzt im Filmtheater ihres Kopfs und hat keine Ahnung, was diese Bilder bedeuten oder wie sie sich dazu verhalten soll. Sie sieht bloß immer ein Ding nach dem anderen.«

Ich dachte, wie verrückt es sein müßte, wenn man nicht mehr über seine Erinnerungen verfügen konnte: das Feuer auf der Weide hinterm Haus, lautes Rufen, der Geruch von Asche, ein Mann, der in einer Badehose mit einem Schlauch herumläuft – und nichts davon ergibt einen Sinn, weil es einem nicht mehr gehört, weil man gar nicht mehr da ist, weil man nicht begreifen kann, warum einem diese Bilder auf der weißen Leinwand im Kopf herumkrabbeln.

»Kein Wunder, daß sie gehen wollte«, sagte ich und stellte mir vor, wie Mutter im dunklen Kino ihres Kopfs nach dem Ausgang suchte.

»Ich finde sie faszinierend«, sagte mein Bruder plötzlich. Er nahm einen Schluck chinesischen Tee, schenkte Miranda etwas nach und sagte wie zu sich selbst: »Die einzigen Leute, die ich interessant finde, sind die, für die ich Mitleid empfinden kann.«

»Gehört Ihre Mutter auch dazu?« fragte Miranda.

Er nickte. »Sie ist wie ein Laborexperiment . . .«

»In dem es worum geht?«

»Darum, wieviel man von sich selbst verlieren kann, ohne aufzuhören, ein Mensch zu sein«, sagte er lebhaft und sah mich an, als ob ich ihn verstehen würde. Miranda hörte uns beiden zu, ohne ihr Essen anzurühren. Schließlich stand sie auf und sagte: »Sprecht euch beide ruhig aus. Wir sehen uns morgen.« Ich ging ihr nach, aber sie ließ sich nicht bewegen, zurückzukommen oder zu sagen, was sie störte.

»Sie mag mich nicht«, sagte mein Bruder, nachdem sie gegangen war.

»Sie mag es nicht, wie wir über Mutter reden.«

»Da hat sie recht.«

Sie fühlte sich zwischen uns beiden fehl am Platz, wie wir da in dem Chinarestaurant saßen und über die Trennlinie zwischen Mitgefühl und Mitleid debattierten. Sie hatte jeden Tag ihres Lebens an dieser Grenze zu leben, und sie wollte nicht darüber diskutieren.

Mir war sofort klar, daß ich ihr nicht nachgehen konnte, jedenfalls nicht an diesem Abend. Mein Bruder steckte sich eine Zigarette an und betrachtete leeren Blicks den Karpfen im Fischbassin hinter der Bar, und ich fühlte mich so einsam wie noch nie in meinem ganzen Leben. Als mein Bruder sagte, er müsse zurück, fuhr ich ihn zum Flughafen, und beim Einchecken fragte ich ihn, ob ich mitkommen und für ein paar Tage bei ihm bleiben könne.

»Jetzt gleich?«

»Jetzt gleich.«

»Ist es so schlimm?«

»Allerdings«, sagte ich.

Im Flugzeug drehte er sich zu mir um und sagte: »Weißt du, warum ich mich so gut fühle?« Ich wußte es nicht. »Weil Mutter mich noch erkennt«, sagte er und nahm einen Schluck Whiskey. »Sie kennt mich noch. Ich bin jetzt fünfzig, und das einzige, was mir etwas bedeutet, das einzige, was mich an meine Existenz glauben läßt, ist die Tatsache, daß eine alte Frau in einem Pflegeheim noch weiß, wer zum Teufel ich bin. Nicht zu fassen!« Er lächelte, schwenkte seinen Drink, nahm ein Stück Eis in den Mund und zermalmte es zwischen seinen Zähnen.

Die Eigentumswohnung meines Bruders lag im fünfzehnten Stock eines Hochhauses am Charles River, und von den Fenstern aus konnte man die lange rote Schlange der Hecklichter auf der Flußuferstraße sehen. Da es noch zu warm zum Schlafen war, setzten wir uns für ein, zwei Stunden auf den Balkon, und während wir dort saßen und Bier tranken, erzählte ich ihm, wie sehr ich mich danach sehnte, zu meiner Frau zurückzukehren, und wie sehr ich mir wünschte, daß meine Kinder mir verzeihen würden.

Da er selbst weder Frau noch Kinder hatte, waren die Reaktionen meines Bruders schwer zu durchschauen, und es schmerzte mich, seiner Gefühle nicht sicher sein zu können. Aber er ließ mich ausreden, und ich spürte, daß er mir zuhörte und mich nicht verurteilte. Ich muß stundenlang zu diesem vor den Fensterscheiben und dem Nachthimmel reglos verharrenden Schatten geredet haben.

Schließlich sagte er: »Ich muß morgen in die Klinik.« Er gähnte und streckte sich und suchte ein paar Laken und Kissen für das Sofa zusammen. Dann begab er sich ins Schlafzimmer und schloß die Tür. Es ging schon auf die Morgendämmerung zu; von den Wohnzimmerfenstern aus konnte man ganz Boston und den Fluß überblicken. Nach Schlafen war mir nicht zumute. Ich hatte einige Dinge gesagt, die ich bis dahin noch nicht einmal gedacht hatte, und fühlte mich nun etwas besser.

Ich dachte daran, wie meine Frau lachend über Mutter und die Farm gesagt hatte: »Sie hat ein gewisses Talent für Ungemütlichkeit.« Das stimmte tatsächlich. Es gab auf der Farm weder Sessel noch Sofas mit Kissen, auf denen man sich ausstrecken konnte, nur diese harten Stühle um den Kamin. Selbst mein Vater saß bei der Arbeit auf einem unbequemen Rohrstuhl, ohne sich auch nur ein Kissen unterzulegen. Das hatte mit Tugendhaftigkeit, mit Moral, nichts zu tun, sondern beruhte vor allen Dingen auf Gedankenlosigkeit.

Ich war noch nie in seiner Wohnung gewesen; also sah ich mich, um ihn nicht zu wecken, möglichst leise um und fragte mich dabei, ob ich daraus irgendwelche Rückschlüsse auf sein wahres Ich ziehen könnte. Der »öffentliche« Teil – das Wohnzimmer mit der Aussicht auf die Stadt – war sehr sauber und funktionell eingerichtet; gedankenlos ungemütlich, wie meine Frau gesagt haben würde. Der »private« Teil war ein einziges Chaos. An einer Wand seines Arbeitszimmers hing Netties roter Stofffetzen, daneben seine gerahmten Diplome; an der Wand neben dem Schreibtisch, wo er es am Abend zuvor, als wir vom Flughafen gekommen waren, abgestellt hatte, lehnte Mutters unvollendetes Gemälde von den drei dunklen Gestalten. Eine Kork-Pinwand hinter dem Schreibtisch war bis zum letzten Quadratzentimeter vollgesteckt mit Fotografien von uns beiden, die ich noch nie gesehen hatte. Es war mir rätselhaft, wie er mit all diesen Fotos im Rücken überhaupt arbeiten konnte, aber offenbar konnte er es, denn der Schreibtisch selbst war übersät mit Faxen und Computer-Ausdrucken, Geschäftskarten, Posteingangsnotizen, Zeitschriftenreprints, Aktenordnern, Büroklammern, Bleistiften und Styroporbechern.

An der Wand neben der Tür hingen zwei Leuchtkästen, und als ich sie einschaltete, wurden zwei Gehirnaufnahmen sichtbar, Schädel und Wirbel hellgelb, das Gehirn blau eingefärbt. Die unscharfen Umrisse der Kinnpartie erinnerten mich an den Blick vom Flugzeug aus auf einen Küstensockel, der langsam unter einem ins Meer absinkt.

Während ich noch die Aufnahmen betrachtete, hörte ich ihn hereinkommen.

»Irgendwelche Hinweise entdeckt?« fragte er. Ich drehte mich verlegen um. Abgesehen davon, daß er in dieser Zelle hoch über der Stadt ein sehr einsames und stilles Leben führen mußte, hatte mir seine Wohnung keine Aufschlüsse über ihn gebracht.

»Du hast die Abzüge übereinandergeblendet«, sagte ich. »Was sind das für welche?«

»Kernspinresonanz-Tomogramme. Unter Verwendung des Isotops Methionin wird damit hier die Blockade der Proteinsynthese in den rechten vorderen und seitlichen Hirnlappen dargestellt.«

Er zeigte auf einen dunklen Fleck. »Da«, sagte er und zeigte auf ein anderes Gebiet: »Da. Siehst du den Unterschied?«

Nachdem er es mir erklärt hatte, konnte ich die innere Reduktion, den Schwund, selbst erkennen und fragte mich, wie er es nur schaffen mochte, inmitten solcher Bilder des Verlusts so kühl und selbstbeherrscht sein Leben zu verbringen.

Es machte ihm offensichtlich Spaß, mir seine Arbeit zu zeigen, denn nach dem Frühstück nahm er mich mit in sein Labor im Lehrkrankenhaus. Ich erinnere mich noch, mit welchem Vergnügen er mich herumführte, als ob ich einer seiner Studenten und er mein Lehrer sei.

Ich stehe neben ihm und blicke ins Okular eines Elektronenmikroskops. Die Zellen auf dem Objektträger – sechshundertfach vergrößert – stammen aus dem Temporallappen einer fast siebzig Jahre alten Patientin. Die Zellen sind eingefärbt, damit die Neuronen, Axonen und Dendriten, die Strukturen des Gehirns, besser zu sehen sind. Mein Bruder führt mich durch diesen inneren Raum. Die unscharfen braunen Rechtecke sind normale Neuronen. Die dunklen Kleckse mit den langen geschlängelten Ausläufern heißen Neurofibrillen. In der Bildmitte befindet sich eine kompakte schwarze Masse, die ringsum entzündet ist: eine Ablagerung von Amyloid, einer Art Narbengewebe tief im Gehirn der Patientin. Unter dem Mikroskop ähnelt es einem galaktischen Sturm, einer Supernova aus einem erloschenen Universum. Auf meine Bemerkung, das sehe wunderschön aus, erwidert mein Bruder, daß jedes Ding um so schöner werde, je genauer man es betrachte.

Jetzt sieh dir das an, sagt mein Bruder und führt mich zu zwei schimmernden Abbildern des menschlichen Hirns, die vor dem Leuchtkasten an der Wand hängen. Die violette Linie ist die Schädeldecke, das Hellblaue ist der Cortex, die Stirnlappen sind rot und gelb. Dies ist ein Positronen-Emissions-Tomogramm, erklärt mein Bruder; damit kann der Neurologe die Gehirnaktivitäten in Echtzeit beobachten. Dem Patienten wird radioaktive Glukose injiziert. Das Hirn verbrennt Glukose, und je größer die Aktivität einer Hirnregion, desto mehr Glukose wird dort verbrannt. Auf dem linken Bild führt normale Stoffwechselaktivität in den Neuronen eines gesunden Hirns zu einer symmetrischen Verteilung roter Gebiete in den linken und rechten Hirnhälften. Auf dem rechten Bild sehe ich eine unregelmäßige, reduzierte Ansammlung eher dunkelroter Flecke, die eine Glut wie abgedunkelter Bernstein ausstrahlen. Ich stehe der Neurophysiologie des Verlusts von Angesicht zu Angesicht gegenüber.

Und jetzt das, sagt mein Bruder und nimmt eine DNA-

Karte, eine Art großes Dia, wie ein Röntgenbild, in dem horizontale schwarzgraue Balken spaltenweise angeordnet sind. Eine dieser Spalten enthält den genetischen Fingerabdruck derselben Patientin, gewonnen aus einer winzigen Menge Blut. Siehst du den Unterschied? fragt mein Bruder und zeigt auf Spalte sechs. Ich sehe gar nichts. Da, sagt er und zeigt auf den Defekt am mittleren Arm von Chromosom 21. Da fängt die Kaskade an, sagt er.

Für meinen Bruder bedeutet das Wort Kaskade nur die Abfolge pathologischer Effekte, aber für mich klingt es bedrohlich. Ich sehe einen Körper eine schwarze, mit Flüssigkeit gefüllte Rutsche hinunterpurzeln. Ich bemerke, daß er mich beobachtet. Er hebt die Stimme, um mich zu mir selbst zurückzubringen.

»Die Kaskade beginnt entweder, wenn die für die Proteinsynthese zuständige genetische Botschaft eine Überproduktion von Protein veranlaßt oder wenn die Enzyme das Protein nicht mehr aufspalten können. Kannst du mir folgen?«

Nein, aber ich nicke trotzdem.

»Das Protein sammelt sich zu narbenartigen Ablagerungen, die das angrenzende Hirngewebe zerstören und auf dem PET als dunkle verfilzte Flecken zu erkennen sind.« Die bedachtsame, neutrale Stimme meines Bruders – die er auch in seinen Vorlesungen verwendet – macht ihn für mich zu einem Fremden.

Ein Neuropathologe, sagt er, ist wie jemand, der zu spät in eine Partie Pool-Billard einsteigt; die Kugeln sind bereits über den ganzen Tisch verteilt, und nun soll man herausfinden, wo sie nach dem ersten Stoß gelegen haben. Er zeigt noch einmal auf den genetischen Fingerabdruck. »Damit können wir den ersten Stoß rekonstruieren.«

»Also wissen wir jetzt Bescheid«, sage ich.

»Nein, wir stehen noch ganz am Anfang.«

Es müssen noch andere genetische Defekte beteiligt sein, von denen die Ärzte bislang nur ein paar ermittelt haben. Und es kann nicht nur an den Genen liegen. »Was ist mit der Umwelt?« frage ich, verärgert über meinen respektvollen Ton. »Die Genetik«, sagt er, »zeigt uns bloß eine gewisse Veranlagung zu Krankheiten. Die DNA enthält einen Auslöser, der auf eine bestimmte Lebensführung anspricht.«

»Was für eine Lebensführung?«

»Wenn wir das wüßten«, sagt er.

Was er nicht weiß, macht ihn nicht heiß. Irgendwann werden die Antworten sich ergeben. Seine Wissenschaft hat etwas Abgeklärtes, das mich neidisch und niedergeschlagen macht. »Wenn ich nur wüßte, wie ich mein Leben ändern kann«, sage ich.

Er tut so, als habe er nichts gehört, und zählt an seinen Fingern die Dinge auf, die eines Tages von der Wissenschaft für diese Art von Patienten zur Verfügung gestellt werden können: Implantation von DNA zur Behebung des genetischen Defekts; Chemikalien zur Verlangsamung der Proteinproduktion; oder Chemikalien, die den Enzymen helfen, das Protein aufzuspalten und zu beseitigen; andere Chemikalien zur Verbesserung der Neurotransmitterfunktionen. Was bisher eine Tragödie war, wird so in einen beherrschbaren Zustand umgewandelt.

»So weit werden wir kommen«, sagt er.

»Rechtzeitig?«

Er legt mir den Arm auf den Rücken, führt mich aus dem Labor und macht hinter sich das Licht aus.

»In zwei Jahren testen wir die ersten Medikamente. In zehn bis vierzehn Jahren werden wir sie verschreiben können.« Es gibt also Hoffnung, aber nicht für diese Patientin.

Und jetzt geht mir auf, wer diese Patientin ist. Es verstieß bestimmt gegen die Vorschriften, aber schließlich stammen die Vorschriften ja von den Ärzten selbst.

»Es gefällt mir nicht, sie so zu betrachten«, sage ich; ich habe das Gefühl, wir seien zu weit gegangen, wir hätten irgendwie die Grenze des Anstands überschritten. Er möchte nicht darüber reden. Er schaltet die Leuchtkästen aus und führt mich auf die Straße.

Er sagte, er wolle mich mit jemandem bekanntmachen. »Ein Lehrer«, sagte er, als wir uns in den morgendlichen Stoßverkehr auf der Stadtautobahn einfädelten. »Wie du.«

Der Patient sei mit Symptomen von Taubheit und Schmerzen in Muskeln und Gelenken zu ihnen gekommen. Das sei jetzt fünf Jahre her. Er habe einige Tests angeordnet, aber nur, um ganz sicherzugehen. Er habe es von Anfang an gewußt.

»Klassisches Erscheinungsbild. ALS.«

Mein Bruder sprach es für mich vollständig aus: »Amyotrophische Lateralsklerose.«

»Stephen Hawkings Krankheit?«

Mein Bruder nickte. »Radikale und irreversible Degeneration der für Muskel- und Willkürmotorik zuständigen Nervenzentren.«

Ich hatte noch nie daran gedacht, daß mein Bruder den Menschen sagen mußte, daß sie sterben würden.

»Wie hast du es ihm beigebracht?«

An der Ausfahrt Charlestown setzte mein Bruder den Blinker und bog von der Schnellstraße ab. »Ich bringe den Leuten immer die gute Nachricht«, sagte er. »Der Mann heißt übrigens Moe.«

In der Eingangshalle des St. Mary's Extended Care Centre stehen an den Wänden aufgereiht die Rollstühle mit den Patienten; einige stöhnen, andere murmeln private Mantras vor sich hin, andere schlafen mit offenem Mund, und manche sehen mit leerem Blick in die über dem Rasen flimmernde Hitze. Moes Zimmer ist in der Nähe des Eingangs, die Tür steht offen.

Moe liegt auf der Seite, er blickt auf ein Computer-Terminal mit Drucker, an seinem Kopfkissen ist mit Klebestreifen ein Röhrchen befestigt. Mein Bruder tätschelt ihm zur Begrüßung den Arm, was Moe mit einem tiefen gurgelnden Geräusch erwidert. Ich sage Hallo und stelle mich so hin, daß er mich sehen kann. Moe ist ein großer Mann, sein kräftiger Brustkasten ist mit schwarzen gelockten Haaren bedeckt. Seine verkümmerten Beine liegen unter einem weißen Laken. Er stülpt die Lippen über das Röhrchen, die Anstrengung bläht ihm die Wangen auf und zieht ihm die Stirn in Falten. Langsam erscheinen die Worte auf dem Computerbildschirm: »Schön, daß Sie gekommen sind.« Die Computerabteilung von Moes Schule hat die Software zur Verfügung gestellt, die technische Abteilung des Krankenhauses den Strohhalm und die Tastatur entwickelt. Moe kann sich weder bewegen, noch kann er sprechen, aber er kann, wenn er durch den Strohhalm pustet und damit die Tastatur aktiviert, mit der Außenwelt kommunizieren.

An den Wänden hängen Bilder von seiner Frau und seinen Kindern, ein paar ihrer Zeichnungen aus der Schule, ein Poster mit einer griechisch-orthodoxen Ikone, ein Schild: Atomwaffenfreie Zone – Einlauf verboten, und ein anderes: Bei Ersticken oder Würgen bitte aufrecht lagern.

Ich frage ihn, was er von seinem Arzt hält. Moe spitzt die Lippen und bläst mir die Antwort auf den Bildschirm.

»Er tut, was ich ihm sage.«

Die beiden grinsen. »Irgendwelche Probleme?« fragt mein Bruder. Die Schwester erklärt, er habe sich wundgelegen. Moe pustet in seinen Strohhalm. Auf dem Bildschirm erscheint das Wort: »Aua!«

Mit fachmännischem, vorsichtigem Griff hebt mein Bruder das Laken und dreht Moe auf die andere Seite. Hüfte und rechte Schulter sind entzündet, wo sein Körpergewicht ihn in die Laken drückt. Seine Beine sind erschreckend dünn und ausgemergelt. Während mein Bruder den Schwestern aufträgt, die Dekubitus-Salbe zu wechseln, blinzelt Moe mir zu.

Mein Bruder geht, um nach einem anderen Patienten zu sehen; ich sage, ich würde gern noch eine Weile bleiben und mit Moe reden. Moe hält mich sicher für einen seltsamen Besucher, so schnell, wie ich mich in seine Intimsphäre dränge; denn nun setze ich mich ans Fußende des Betts und frage ihn geradeheraus, ob er Schmerzen habe. Eins nach dem anderen erscheinen die Worte auf dem Bildschirm:

»ich kann nicht aufrecht sitzen weil ich nicht den kopf oben halten kann und wenn er gestützt wird muß ich würgen. deshalb liege ich jetzt nur noch auf der seite.

ALS selbst ist nicht direkt verursacher von schmerzen aber die degeneration des organs im hirnstamm das die körpertemperatur kontrolliert und häufige erstickungsanfälle haben mich einige sehr traumatische augenblikke erleben lassen. nahrungsaufnahme ist zu einer riskanten beschäftigung geworden. auch tun mir oft die hüften weh von dieser liegerei.

ich habe viel zeit zum nachdenken gehabt und versucht zu begreifen was da eigentlich geschieht. ich schreibe fast täglich.

es ist 4 jahre her, daß ich einen bleistift halten konnte.«

Er braucht mehrere Minuten, um dies auf den Bildschirm zu bekommen, und als er fertig ist, muß er sich zurücklegen und ausruhen. Worte sind wichtig für diesen Mann. Einen Bildschirm mit Worten füllen – das strengt ihn so an wie mich ein ganzer Tag Unterrichten.

Ich möchte wissen, warum er nicht wütender ist.

Buchstabe um Buchstabe erscheinen die Worte auf dem Bildschirm:

> »wütend war ich ungefähr drei jahre lang. das hat mich völlig erschöpft. also habe ich es seingelassen. jetzt bete ich zu jesus christus.«

Ich habe kein Recht, dagegen etwas einzuwenden, tue es aber mit Nachdruck. Ich sage ihm, daß ich zu niemandem beten würde, der mich so leiden läßt. Der Humor verschwindet nicht aus seinen schelmischen Augen. Buchstabe um Buchstabe leuchten die Worte auf dem grünen Bildschirm auf.

> »ich liege hier; kann mich nicht bewegen; aber ich kann zuhören, denken, beten. wieso empfinde ich liebe? und wo kommt sie her?«

Inzwischen sitze ich auf seinem Bett, lege ihm unbeholfen eine Hand auf die Schulter und frage mich, ob er sie vielleicht dort spüren kann.

Ich sage ihm, ich sei nicht deswegen so weit gereist, um ihn zum Atheismus zu bekehren. Er lächelt, dann zeigt er mit den Augen auf seine Wasserflasche. Ich helfe ihm, mit einem Strohhalm etwas davon zu sich zu nehmen. Fast unmittelbar danach schläft er ein, mit offenem Mund und vor Erschöpfung ausdruckslosem Gesicht.

Seine Frau kommt vorbei, und während Moe weiterschläft, essen wir auf dem Flur ein Sandwich. Sie ist Krankenschwester, hat einen Vollzeitjob und ganz allein drei Kinder aufzuziehen, schafft es aber dennoch, ihn täglich in der Klinik zu besuchen. Die fünf Jahre, die sie nun mit dieser Krankheit lebt, haben ihrem hübschen Gesicht einen Ausdruck von Ernst und Würde aufgeprägt.

»Ihr Bruder ist gut zu Moe gewesen«, sagt sie. »Nicht wie einige andere Ärzte.«

»Moe sagt, mein Bruder gehorche ihm.«

»Am Anfang war das nicht so. Das kann ich Ihnen sagen. Ihr Bruder hat von Moe alles mögliche verlangt, er wollte, daß er sich mit allen Kräften dagegen wehrt, und Moe hat eine Zeitlang mitgemacht, bis ich gesagt habe: Das ist doch verrückt. Es geht hier um eine Krankheit, nicht um irgendeinen sportlichen Wettkampf, den du gewinnen könntest oder in dem du eine gute Figur machen könntest oder sowas. Ich denke, das hat Moe ein bißchen aufgerüttelt. Seitdem ist er nicht mehr so.«

»Mein Bruder auch nicht«, sage ich.

»Das dürfte er von Moe gelernt haben. Die Dinge zu akzeptieren.« Beim Gehen sagt sie, ich könne bleiben, bis er wieder aufwache. Als Moe zu sich kommt, lege ich ihm eine Hand auf die Schulter und sage, ich müßte jetzt gehen. Er gibt ein gurgelndes Geräusch von sich, was ich dahingehend interpretiere, daß er das Röhrchen in den Mund gesteckt haben möchte. Auf dem Bildschirm erscheint ein Wort.

»bleiben.«

Nachdem die Schwestern den Katheter gewechselt und Moe mit einem Schwamm gesäubert haben, frage ich ihn, was er von der Zukunft denkt. Die Frage scheint ihm nichts auszumachen. Ich schiebe ihm das Röhrchen zwischen die Lippen, stelle mich hinter ihn und sehe zu, wie die Worte nach und nach auf dem Bildschirm erscheinen.

»glaube mich sogar jetzt für das leben entscheiden zu müssen was schwierig ist für einen der so müde ist wenn ich das tue kümmert er sich um michhh mine angs und sorgen hoffe so daß ich dann bei bewußtsein bin.«

»Daß ich dann bei Bewußtsein bin.« Die Worte glühen auf dem Bildschirm, aber ich verstehe sie nicht sogleich. Moe liegt so nah an dem Bildschirm, daß sein Gesicht das blaßgrüne Leuchten widerspiegelt. Er hat die Augen zu, das Röhrchen hängt ihm zwischen den geöffneten Lippen.

Dann geht mir auf, was er damit zu sagen versucht. Er will alles sehen, alles fühlen, an seinem Bewußtsein vom Leben bis zum allerletzten Augenblick festhalten; um dieses Bewußtsein – so niederschmetternd es auch sein mag – gilt es bis zur letzten Sekunde zu kämpfen. Ich kenne keinen anderen Menschen, für den der banale Zustand des menschlichen Bewußtseins von solch hohem Wert ist.

Draußen wird es dunkel, an der Decke gehen die Neonlampen an. Eine Schwester kommt herein und setzt Moe einen Augenschirm auf; damit ist er nicht nur vor dem Licht geschützt, sondern kann auch besser den Bildschirm sehen. Ich sage ihm, er sehe aus wie der Geber einer Pokerrunde in einem Gangsterfilm. Er lächelt.

Dann frage ich ihn – wie ich vielleicht, wenn ich einen gehabt hätte, einen Priester gefragt haben würde –, wie ich mich der Krankheit meiner Mutter gegenüber verhalten sollte. Seine Augen bleiben lange geschlossen, dann schließen sich seine Lippen um das Röhrchen, und Buchstabe um Buchstabe, Pause um Pause, Leertaste um Leertaste erscheinen über die nächsten fünfundzwanzig Minuten hinweg Worte auf dem Bildschirm.

»überlegen sie einmal folgendes

1. krankheit. nicht der anfang vom ende sondern der anfang vom ANFANG. ehrlich gesagt habe ich erst vor etwa 6 monaten ein richtiges GEFÜHL dafür entwickelt. gleichwohl habe ich seit meiner diagnose jeden tag bis ins kleinste ausgelebt, trotz dem bewußtsein daß körperliche anstrengung den verlauf der krankheit beschleunigen würde. aber untätigkeit hätte mich um wertvolle augenblicke mit familie und freunden gebracht.

und so mache ich weiter. nur habe ich jetzt das gefühl daß ich, wäre ich ein stoiker oder ein kämpfer geworden, wahrscheinlich längst tot wäre. lieber begegne ich jedem tag mit einem gebet. ich versuche ganz offen zu sein für alles, was jesus für mich bereithält.«

Bei dem Wort »Stoiker« kommt mir der Gedanke, daß er meinen Vortrag gelesen haben könnte. Was durchaus möglich war. Ich hatte ihn meinem Bruder geschickt, der mir freilich nie gesagt hatte, was er davon hielt. Während Moe sich wieder ausruht, komme ich mit einer Schwester ins Gespräch; sie erzählt mir, eines Tages sei mein Bruder gekommen und habe in dem Zimmer ein paar Zettel an die Wände geklebt – Moe habe ja nichts in der Hand halten können; und dann habe mein Bruder die Schwestern angewiesen, Moe in seinem Bett von Zettel zu Zettel zu schieben, damit er den ganzen Vortrag lesen könne. Ich empfinde eine absurde Freude, als seien all die mit dem Vortrag verbundenen Schamgefühle mit einemmal ausgelöscht.

Als Moe aufwacht, erzähle ich ihm, wie wütend meine Frau auf den Vortrag reagiert habe. Auf dem Bildschirm erscheinen die Worte:

»wut ist zeitverschwendung.«

Ich erzähle ihm, ein Freund von mir habe einmal bemerkt, man werde keineswegs klüger oder weiser, wenn man älter werde. Man entwickle lediglich Verständnis für die Wahrheit von Klischees. Zum Beispiel: »Lebe von Tag zu Tag.« Oder: »Solange man seine Gesundheit hat.« Oder diese Phrase über die Wut: »Man kommt erst darüber hinweg, wenn man es durchgemacht hat.« Rasch erscheinen auf dem Bildschirm die Worte:

»dann machen sie es durch.«

Ich frage ihn, was er von dem Vortrag gehalten hat. Erst nach zwanzig Minuten steht seine Antwort auf dem Bildschirm. Er muß immer öfter absetzen und sich ausruhen.

»besser zu wissen und aus erfahrung klug zu werden als abseits zu bleiben und keine basis für weisheit zu haben. stoizismus. nicht gerade motivierend. vielleicht der heimliche grund für die erforschung der eigenen geistigen natur.«

»Nicht gerade motivierend.« Wie sich herausgestellt hatte, war auch mir der Stoizismus ziemlich fremd geblieben, was auch immer ich in diesem Vortrag gesagt haben mochte. Ich gehörte eher zu den Jähzornigen. Als ich das sage, zwinkert er.

Ich berühre seine Schulter und möchte sagen – finde

aber nicht die richtigen Worte –, was ich von ihm und Mutter gelernt habe, sei folgendes: daß wir, wenn man uns alles fortnimmt, wenn Krankheit uns bis auf unseren Kern reduziert, immer noch Wesen des Wortes bleiben. Nichts kann uns retten außer dem Wort, der Botschaft, die wir aus dem tiefen Schacht der Krankheit nach oben senden.

Sehr langsam erscheinen Buchstaben, einer nach dem anderen, auf dem Bildschirm.

»glaube an das wort.«

Ich erzähle ihm, mein Vater habe gesagt, sie befinde sich auf einer Reise, und manchmal hätten wir alle nur den Wunsch, ihr folgen zu können. Sie könne uns nicht erzählen, wie das sei, sage ich, aber Sie können es.

»eine reise, ja.«

Es dauert Minuten, bis er das geschrieben hat; die Anstrengung treibt ihm den Schweiß ins Gesicht. Ich kann den Anblick kaum ertragen.

»von meinem körper weg von der familie weg und der welt die ich kenne.«

Um ihm nicht zusehen zu müssen, gehe ich im Zimmer auf und ab; ich schäme mich der Mühelosigkeit, mit der ich sprechen und mich bewegen kann, während er in diesem abgedunkelten Zimmer unter einem Laken liegt und sich abquält, um aus unsichtbarem Gelände Nachrichten zu übermitteln:

»ins innerste des lebens.«

Ich kann ihn nichts mehr fragen. Er liegt reglos, die Augen unter dem Schirm geschlossen, schwitzend, ausgelaugt, erschöpft. Ich möchte ihm danken, aber das scheint mir eine allzu leere Geste zu sein, als wäre ich bloß gekommen, um seinen Rat einzuholen. Also sage ich nur Auf Wiedersehen, berühre noch einmal seinen unbeweglichen Arm und füge hinzu: »Wir sind noch nicht fertig miteinander«; kaum habe ich das gesagt, kommt es mir töricht vor. Aus seiner Kehle dringt ein schwaches, müdes Ächzen.

Eine Krankenschwester kommt und gibt einen Befehl für den Drucker ein, der seinen Teil unseres Gesprächs ausdruckt. Beim Gehen drehe ich mich noch einmal um. Der Computerbildschirm leuchtet grün und leer. Davor liegt eine große, spitz zulaufende Gestalt unter einem Laken, eingerahmt vom Stahlgitter eines Krankenhausbetts. Der grüne Augenschirm schützt noch immer seine Augen, aber er ist eingeschlafen.

Ich fahre mit dem Taxi zum Haus meines Bruders zurück; unterwegs falte ich das Computerpapier auseinander und entdecke, daß die Schwester im Anschluß an seine Beiträge zu unserer Unterhaltung ein Gedicht von ihm ausgedruckt hat:

– NR 5 –

was geschieht da?

was sind das für blitze die da geräuschlos in meinem
kopf hin und her zucken? es folgen verdunkelungen.
ozon stiebt den unbekannten pfad hinunter

das kind im innern ruft: wieviel weiter noch, vater?

Als ich kam, saß mein Bruder am hell erleuchteten Tisch beim Abendessen. Die Lichter der Stadt strahlten über den Horizont, darüber wölbte sich ein Himmel voller Sterne. Er trug ein T-Shirt, eine Trainingshose und einen Morgenmantel, in dem er, zumal bei dieser Beleuchtung, so einsam und imposant wirkte wie der Abt eines Bergklosters. »Ich habe dir etwas übriggelassen«, sagte er; er hatte sich Essen aus einem indischen Restaurant geholt, und wir aßen den Rest gemeinsam. Als ich ihm erzählte, daß ich den ganzen Tag bei Moe verbracht hatte, meinte er: »Das habe ich mir gedacht.« Ich fragte ihn, wie lange er noch zu leben habe.

»Drei Monate, höchstens vier.«

»Weiß er das?«

»Selbstverständlich.«

Ich machte mir Gedanken über die Freundschaft zwischen einem Arzt und seinem Patienten, zwischen einem Mann, der weiß, wie es ist, wenn man mit jeder Sekunde dem Tod näher kommt, und einem anderen, der alles über diesen Tod weiß – bis hin zur Molekularstruktur des Zellverfalls –, nur nicht, wie man sich dabei fühlt. Er kannte die Bedeutung dieser dunklen Gebiete in Mutters Gehirn, die verborgene Logik der Zahlenkolonnen ihrer Untersuchungsergebnisse. Seine Wissenschaft, so kam es mir plötzlich vor, war die Form von Liebe, auf die er sich am besten verstand.

Ich dachte noch darüber nach, als er sagte: »ALS beschleunigt sich, wenn man sich bewegt; verlangsamt sich, wenn man stillhält. Mit jeder Mitteilung, die Moe macht, beschleunigt er seinen Verfall. Auch dies ein Beweis, falls noch einer nötig wäre, für die Existenz eines barmherzigen Schöpfers – wie ich Moe immer wieder sage.«

»Und was sagt Moe dazu?«

»Er sagt, ich soll mich um meinen eigenen Scheiß kümmern.«

Mein Bruder schob seinen Stuhl zurück. »Ich verwende Moe in meinen Ethikvorlesungen. Ich frage die Studenten, ob ein gewisser Neurologe einem ALS-Patienten gestatten darf, sich mit einem Computer einzulassen, auch wenn der Arzt weiß, daß dadurch das Leben des Patienten verkürzt wird.«

»Und warum hast du es ihm gestattet?«

Er lachte kurz auf. »Meine Studenten sagen jedesmal, der Arzt sollte das nicht tun. Dann mache ich sie mit Moe bekannt. Und schon nach einer halben Stunde beurteilen sie den Fall ganz anders. Was schließen wir daraus? frage ich sie.«

»Sprechen kann wichtiger sein als das Leben selbst«, sagte ich.

»Sehr richtig«, sagte mein Bruder und steckte sich eine Zigarette an. »Das Wort. Der Glaube an das Wort.«

Mein Bruder räumte die leeren Essensschachteln weg und holte jedem von uns ein Bier aus dem Kühlschrank.

»Dann führe ich mit den Studenten ein Gedankenexperiment durch. Wenn man die Wahl hätte, wofür würde man sich entscheiden: den Verstand zu verlieren, aber den Körper zu behalten, oder den Körper zu verlieren, aber den Verstand zu behalten?«

»Ich mag solche Spielereien nicht«, sagte ich.

»Gedankenexperimente.«

»Es ist mir egal, wie man das nennt.«

Er ignorierte mich. »Mit dieser Frage kann man ermitteln, welchen Stellenwert die Menschen dem Ichbewußtsein einräumen.«

»Das hat etwas Voyeuristisches«, sagte ich.

»Ach was«, sagte er. »Auf diesem Gebiet sind wir doch

alle moralische Touristen. Krankheit ist ein fremdes Land. Keiner von uns hat eine Ahnung. Dafür gibt es ja Gedankenexperimente. Meine Studenten sind sich übrigens alle sicher. Bis sie Moe kennenlernen.«

»Und dann?«

»Er erzählt ihnen von seinen Erstickungsanfällen oder davon, wie er seine Beine verkümmern sieht, und dann«, sagte mein Bruder lächelnd, »sind sie nicht mehr so sicher. Er kommt großartig mit Studenten zurecht.«

»Ihr müßt ein tolles Team sein«, sagte ich.

Mein Bruder stand auf und setzte sich aufs Sofa. »Mutter kann nur leiden. Sie kann nichts Sinnvolles aus ihrer Erfahrung machen. Das ist für sie das schlimmste daran.«

Mir war nicht klar, wie er sich da so sicher sein konnte, aber ich ließ ihn weiterreden.

»Moe dagegen kann seine Erfahrung formulieren. Er sieht sie im Licht des Christentums – was ich nicht ausstehen kann –, aber nur das läßt ihn durchhalten. Du mußt wissen, ich habe ihn schon zweimal fast ausgezählt. Entzündungen der Atemwege. Aber er reißt sich jedesmal wieder vom Abgrund zurück.«

»Positive geistige Einstellung«, sagte ich. Ich wußte keinen Namen für dieses Schreckliche, das Moe dazu brachte, sich gegen sein Schicksal zu stemmen; aber wie auch immer es heißen mochte – selbst wenn es Verzweiflung war –, es war das Leben, und plötzlich erschien mir mein »Stoizismus« nur noch als Kapitulation.

Mein Bruder schritt durch das dunkle Zimmer und sah aus dem Fenster nach den blauen Lichtern an den Rollbahnen von Logan. »Ich habe, was Mutter betrifft, immer gedacht, Bewußtsein sei das Kostbarste von allem, und Vergessen sei das, wogegen man sich mit allen Mitteln wehren müsse. Jetzt bin ich nicht mehr so sicher. Ich sehe, was Moe durchmacht, wie er den Verfall seiner sprachlichen Fähigkeiten miterlebt, wie er seine Worte und Sätze auf dem Bildschirm zerlaufen sieht. Ich bin mir nicht sicher, ob ich das ertragen könnte.«

Ich war mir nicht sicher, warum er mir das alles erzählte, aber auf jeden Fall freute es mich. Schließlich sagte er: »Es läuft alles darauf hinaus, wieviel Bewußtsein ein Mensch überhaupt ertragen kann.« Er drehte sich vom Fenster zu mir um. »Ich weiß, was du denkst, aber glaub mir, es ist gut, daß Mutter das nicht bewußt erlebt.«

»Sie leidet noch immer. Es ist noch nicht vorbei. Sie weiß noch immer, was sich da abspielt.«

»Bist du sicher?« fragte er.

»Ja«, sagte ich. »Immerhin erkennt sie dich noch. Und solange sie dazu fähig ist, leidet sie auch.«

Ich wollte meinem Bruder von der Nacht erzählen, als ich neben meiner Mutter im Dunkeln gelegen und sie beobachtet hatte, wie sie mit offenem Mund auf dem Rükken gelegen und geschlafen hatte, wie ich mir ausgemalt hatte, das Kopfkissen zu nehmen und ihr aufs Gesicht zu drücken. Ich wollte diese Schmach jemandem beichten, mir diese Erinnerung und die Wut, die darin steckte, von der Seele reden. Aber genauso schnell, wie diese Gefühle mich wieder überkommen hatten, kam mir auch schon der Gedanke, wie absurd sie im Grunde waren. Wie hatte ich so etwas jemals wünschen können? Ihr Bewußtsein, dieses fragile und beschädigte Ding, erschien mir plötzlich als etwas unendlich Kostbares, wie ein bemaltes Ei, das ich beinahe mit eigener Hand zerdrückt hätte und nun auf einmal als das erkannte, was es war.

Ich sagte meinem Bruder nichts von alldem. Statt dessen erzählte ich ihm von einem Abend vor ein paar Tagen; da hatten Mutter und ich in ihrem Zimmer gesessen und die Leute beobachtet, die im Regen an der Bushaltestelle gegenüber ihrem Fenster warteten, und da sie mir irgendwie abwesend und versunken vorkam, erzählte ich ihr, daß ich Lust hätte, nach Boston zu fahren und ihn zu besuchen. Aus der Stille des Zimmers sagte sie: »Ich sehe ihn.«

»Was siehst du?«

Lange Pause. Sie sah mir direkt in die Augen.

»Ich sehe ihn durch das Tor der Wahrheit schreiten.«

Mein Bruder verstummte. Ich wußte, er sah sich jetzt so, wie sie ihn gesehen hatte: als kleines Kind, das zwischen zwei kaputten Säulen nach dem Himmel greift, umgeben von Flammen und Rauch irgendeiner großen Zerstörung; ein Kind, erdrückt vom Gewicht der Säulen, zu keiner Bewegung fähig, steht es im Tor der Wahrheit. Ich wußte, er sah sie – wie ich – jenseits dieses Tores stehen und uns winken, daß wir ihr folgen sollten.

Auf dem Rückflug von Boston legte ich mir zurecht, was ich meiner Frau sagen wollte, und während ich dann in der Ankunftshalle mit ihr telefonierte, versuchte ich mir auszumalen, wie sie mir zuhörte: wahrscheinlich stand sie in unserer Küche, an die Kühlschranktür gelehnt, rauchte eine Zigarette und strich sich mit einer Hand durchs Haar. Aber wir hatten seit sechs Monaten nicht mehr miteinander gesprochen, und ich konnte mir nicht vorstellen, wie es ihr ging oder was sie denken mochte.

»Hallo, ich bin's.«

Kleine Pause, dann fragte sie freundlich: »Warum rufst du an?«

Ich hatte das unheimliche Gefühl, daß ich zwar wüßte, *warum* ich anrief, aber nicht, *wen* ich anrief. Ich versuchte zu erklären, daß ich viel nachgedacht hätte, daß ich eine Zeitlang bei meinem Bruder gewesen wäre, ob wir uns mal sehen könnten.

Sie atmete Zigarettenrauch aus.

»Wo bist du? Was ist das für ein Lärm? Alles in Ordnung bei dir?«

»Ja, sicher. Ich möchte dich sehen.«

»Wozu?«

»Nur um rauszufinden, was dann passiert.«

Sie wechselte das Thema: »Ich habe deine Mutter besucht.«

Ich sagte: »Warum?«

»Weil ich sie gerngehabt habe.«

»Warum erzählst du mir das?«

»Sie hat mich nicht erkannt.«

»Das kann man nie wissen.«

»Ich schon.« Dann sagte sie: »Ich weiß, wie du dich fühlen mußt.« Vielleicht wollte sie damit zum Ausdruck bringen, daß auch sie nachgedacht hatte, vielleicht wollte sie mir damit einen Schritt entgegenkommen. Es war eins dieser Telefonate, mit denen sich alles hätte ändern können. Ich sagte, ich wolle sie jetzt auf der Stelle sehen.

»Besser nicht.«

»Warum?«

»Weiß nicht, ich denke nur.«

»Woran?«

»Wie es mit uns weitergehen soll.«

»Das hängt von uns ab.«

»Überleg doch, was passiert ist«, sagte sie. »Ich versteh das immer noch nicht.«

»Ich auch nicht«, sagte ich, um einen lustigen Tonfall bemüht.

»Wenn es überhaupt einer verstehen kann, dann du.«

»Tu ich aber nicht. Ich mußte das tun, aber ich kann nicht behaupten, daß mir in allen Einzelheiten klar ist, warum.«

»Da mußt du dir schon was Besseres einfallen lassen.«

Erst jetzt, während ich das zum fünfzigsten Mal durchgehe, fallen mir die Worte ein, die das Gespräch vielleicht auf den richtigen Weg gebracht hätten. Aber damals, am Telefon im Flughafen, fiel mir überhaupt nichts ein. Also wechselte ich das Thema. Ich sagte, ich wolle meine Tochter ins Pflegeheim mitnehmen; es könnte ja sein, daß Mutter in der Lage wäre, sie zu zeichnen. Meine Frau hörte zu und meinte dann, sie fände die Idee nicht so gut.

Ich hätte noch ein paar Minuten lang weiter versuchen können, sie zu überreden, wollte aber nicht. Also legte ich auf.

Ich wußte, aus Sicht meiner Frau bestand das Problem in meiner ganzen Existenz, in meiner irrsinnigen Anhänglichkeit, meinen täglichen Besuchen im Pflegeheim. Ich konnte das durchaus nachvollziehen. Wer möchte schon, daß seine Kinder in so etwas hineingezogen werden? Jedenfalls war meine Tochter dann nicht dabei, als Mutter und ich, umgeben von großen farbigen Papierbögen und Buntstiften, wie Schulkinder nebeneinander im Tagesraum saßen und Bilder malten. Ich zeichnete ein Haus, wie ich es anscheinend immer tue: ein Haus, aus dessen Schornstein Rauch aufsteigt; vier Leute sehen besorgt aus den Fenstern, als suchten sie den Himmel nach feindlichen Flugzeugen ab. Das Ganze war als Experiment gedacht. Seit dem Tod meines Vaters hatte ich nur eine einzige Arbeit angefangen, einen Essay über den Fall Willem de Kooning, den ich in Kunstzeitschriften verfolgt hatte. Am Ende seines Lebens litt de Kooning an Altersschwachsinn; er erkannte niemanden mehr, konnte nicht sprechen, malte aber weiter. Die Frage war: Konnte man diese Bilder noch Kunstwerke nennen?

Der Fall Willem de Kooning

... Das von de Kooning aus seiner Demenz heraus geschaffene Werk hat die Kritiker entzweit. Einige glauben im Spätwerk eine im Vergleich zu der vorangegangenen Periode, in der er häufig betrunken war, größere Sicherheit der Linienführung und Farbgebung zu erkennen. Die neuen, aus Farbstrudeln komponierten Gemälde sind so unirdisch, so fernab der Natur, so offenkundig nicht mit bewußter Absicht geschaffen, daß sie nach der Argumentation anderer Kritiker als Kunstwerke wertlos sind und allenfalls das Interesse von Neurologen und anderen Fachärzten verdienen. Dabei ist es sicher ein Fehler, die Definition von Kunst auf solche Werke zu beschränken, die ein Produkt bewußter Absicht sind. Die ganze Kunst des zwanzigsten Jahrhunderts entfernt sich von der bewußten Absicht und sucht die spontanen, infantilen und unbewußten Quellen der kreativen Energie zu erschließen ...

De Koonings Werk läßt es als möglich erscheinen, daß Kunst selbst dort noch existieren könnte, wo es keinen Künstler mehr gibt; daß ein Bild selbst dann noch gemalt werden könnte, wo es kein Ich mehr gibt, das es malt. Womöglich nimmt die Krankheit dem Gehirn nur die reflektiven, selbstbewußten und kognitiven Fähigkeiten, beläßt ihm aber die entweder genetisch ererbten oder in frühester Kindheit erworbenen Tiefenstrukturen, die dann immer noch auf die elementare Geometrie von Farbe und Linie ansprechen könnten. Wenn dies zutrifft, würde de Koonings Pinsel vielleicht nicht mehr von einem absichtsvoll handelnden Ich gesteuert, sondern von den Tiefenstrukturen seiner kreativen Inspiration. Die Debatte um de Kooning betrifft daher nicht nur das Verhältnis zwischen Inspiration und Krankheit. Sie ist auch eine Neuauflage der viel älteren Streitfrage über das Wesen der Kunst schlechthin. Auf der einen Seite die romantische Auffassung von Kreativität als dem Wirken roher, unmittelbarer Gefühle. Auf der anderen Seite die klassische Auffassung, die die künstlerische Kreativität in den reflektiven und selbstbewußten Regionen des Gehirns lokalisiert ...

Der Fall de Kooning wirft eine weitere beunruhigende Frage auf: ob der Maler, wäre er geistig gesund gewesen, womöglich gewünscht haben könnte, den

Geisteszustand des verwirrten und schwachsinnigen de Kooning anzunehmen; ob, könnte man sogar fragen, dieser de Kooning seine endgültige Leere gesucht oder zumindest willkommen geheißen habe. Diese Hypothese könnte absurd erscheinen, aber man bedenke, wie oft de Kooning auf dem Höhepunkt seines Ruhms darauf hingewiesen hat, sein kreatives Leben sei nichts als eine ewige Flucht vor seinem bewußten, absichtsvoll handelnden Ich, hin zu den ursprünglichen Impulsen der künstlerischen Inspiration. Man betrachte etwa die folgenden Sätze de Koonings, geäußert auf der Höhe seines Ruhms Mitte der fünfziger Jahre:

»Wissen Sie, die wirkliche Welt, die sogenannte wirkliche Welt, die nimmt man einfach so hin wie jeder andere auch. Ich bin erst in meinem Element, wenn ich ein bißchen außerhalb dieser Welt bin: dann bin ich in der wirklichen Welt – auf dem richtigen Kurs. Denn wenn ich falle, geht es mir gut; wenn ich ausrutsche. Ich sage: He, das ist ja interessant! Stehe ich aber aufrecht da, fühle ich mich unbehaglich: dann geht es mir nicht so gut, dann bin ich verkrampft. Eigentlich bin ich die ganze Zeit am Ausrutschen, nur dann sehe ich etwas. Ich sehe sozusagen nur im Fallen.«

Über de Kooning konnte ich damals schreiben, aber über meine Mutter kein Wort. Prosa war für mich so etwas wie ein Gerüst, mit dem man ein verfallenes Gebäude abstützt – damit es nicht auf die Straße kippt.

Mutter hatte de Koonings Bilder aus den frühen fünfziger Jahren immer bewundert. Ich erinnere mich, daß ich mit ihr eine Ausstellung seiner Werke besucht und mich dabei gefragt habe, was sie in diesen seltsamen Bildern sehen mochte, die an der Oberfläche so gewalttätig und kindisch wirkten und sich bei genauerem Hinsehen als ebenso kunstvoll komponiert erwiesen wie ein Selbstporträt von Rembrandt. Ich lernte de Koonings Bilder schätzen, indem ich zusah, wie Mutter mit tiefem, schmerzlichem Respekt um sie herumging. Sie hatte inzwischen aufgehört zu malen, und beim Betrachten dieser Gemälde schien ihr aufzugehen, was sie hätte aufgeben müssen – mit Sicherheit uns alle, vielleicht auch sich selbst –, hätte sie die wilden und erhabenen Regionen erreichen wollen, in denen de Kooning zu Hause war.

Während ich neben meiner Mutter im Tagesraum das Haus zu Ende malte, gab ich mich der Hoffnung hin, sie in den Rhythmus dessen hineinziehen zu können, was ich mit ihr vorhatte. Auch sie zeichnete ein Haus, ähnlich wie meins, nur waren die Mauern ein wenig schiefer, die Winkel ein wenig krummer; aber immerhin war es ein Haus, mit rauchendem Schornstein und zwei Blumen zu beiden Seiten der roten Tür. Als sie fertig war, musterte sie es, als sei es das Werk von jemand anderem.

»Mutter, willst du mich zeichnen?«

Ich legte ihr den Kohlestift in die linke Hand, breitete ein neues Blatt Papier vor ihr aus, nahm ihre rechte Hand und setzte mich so in Pose, daß sie eigentlich begreifen mußte, was ich von ihr wollte.

Einen Augenblick verharrte sie reglos, beachtete weder den Stift noch das Papier, sondern lächelte nur matt. Dann, als ob der Stift in ihren Fingern und mein erwartungsvolles Gesicht eine vergessene Fähigkeit und eine vergessene Szene wieder lebendig machten, begann sie zu zeichnen. Der erste Kohlestrich erschien. Sie hob den Blick, um die Linie meiner Brauen zu erfassen, meine Kinnpartie, die Form meines Kopfs. Sie hielt die freie Hand vor mein Gesicht, als wollte sie Entfernung, Proportion und Formen abschätzen. Ich saß still und stellte mir vor, wie das Licht durch ihre Augen ins Sehzentrum strömte und dort in chemische Signale umgewandelt wurde, die dann auf neurochemischen Bahnen in die für die Koordination von Hand und Auge zuständigen Hirnregionen wanderten, um schließlich in die Muskeln ihrer linken Hand zu gelangen, die mein Gesicht aus der weißen Fläche des Papiers hervorzauberte. Ich war unmittelbarer Zeuge des Mysteriums des Sehens, dem nachgespürt wurde, seitdem Männer und Frauen zum erstenmal die Frage nach ihren Fähigkeiten gestellt hatten, eines Mysteriums, das noch immer nicht verstanden wurde und das sich jetzt und hier vor meinen Augen vollzog. Es war, als sei sie plötzlich durchsichtig geworden, als könnte ich in ihrem Innern die geheime Chemie der Kunst beobachten, die neurologischen Impulse, die sie einst befähigt hatten, das wahre Abbild meiner selbst zu malen, wie es nie jemand anderem gelungen war. Als wir im Tagesraum des Pflegeheims an den Malpulten saßen – unsere Knie berührten sich –, war ich plötzlich überzeugt, daß es Verluste gäbe, die sich wiedergutmachen ließen, daß man, bei hinreichend festem Willen, mit einiger Aussicht auf Erfolg den Versuch unternehmen könnte, gewisse Dinge aus den Tiefen der Zeit zurückzuholen.

Dann aber hörte Mutter ebenso still auf, wie sie angefangen hatte. Der Kohlestift in ihrer Hand verharrte über dem letzten Strich, bewegte sich aber nicht mehr weiter. Die Schaltkreise waren aufs neue unterbrochen, Mutter starrte wieder ins Leere. Ich nahm ihr den Stift aus der Hand und sagte: »Danke.« Sie antwortete nicht.

Ich war recht gut getroffen. Ein langes schmales Gesicht mit großen Ohren und unentschlossenen Augen blickte mich an. Sichere, präzise und anmutige Striche. Das ursprüngliche Talent, ihre erste Sprache, hatte allen Schaden überstanden.

Aber die Hand, die das gezeichnet hatte, war von Intentionen und Gefühlen losgelöst. Die Zeichnung hätte von einer Maschine stammen können. Es war ihr nicht anzusehen, daß die abgebildete Person ein Sohn und die Künstlerin seine Mutter war. Zwischen ihr und mir gab es keine Verbindung, sowenig wie zwischen ihrer Hand und ihr selbst. Ihre ursprüngliche Sprache, die Sprache ihrer Hand und ihrer Augen, war noch intakt, trieb aber frei in ihrem Kopf herum wie das Bruchstück eines Satelliten im Weltraum. Sie legte den Kohlestift weg und faltete die Hände im Schoß.

»Geh jetzt nach Hause«, sagte sie.

> Wo entsteht Kunst? Im bewußt handelnden Ich oder im ursprünglichen Ich? Willem de Kooning hat weitergemalt, nachdem er die Fähigkeit, zu sprechen, zu denken und seine Nächsten zu erkennen, verloren hatte. Nach der romantischen Auffassung von Kunst wird der Pinsel des Malers vom ursprünglichen Ich gelenkt; nach der klassischen Auffassung vom bewußt handelnden Ich. Was geschieht, wenn das eine vom anderen abgetrennt wird?

Ich sagte Miranda, es sei nicht ihre Schuld, aber ich empfände Scham darüber, mit ihr zusammengewesen zu sein. Nicht ihretwegen, sondern meinetwegen. Ich sollte mich schämen, überhaupt mit jemandem zusammenzusein. Ich sei ein Ertrinkender gewesen, den sie aus dem Wasser gezogen habe; dafür wäre ich ihr ewig dankbar, aber es sei nicht richtig, die Sache fortzuführen. Sie sei gut zu mir gewesen, aber das nehme mir weder mein Schamgefühl noch das Bewußtsein, diese Sache nicht mit eigener Kraft durchgestanden zu haben. Sie könne mir nicht helfen, und das habe sie auch immer gewußt – was überhaupt das beste an ihr sei –, aber nun müsse ich selbständig, ohne sie, meinen Weg weiterfinden.

»Ich habe dir nicht geholfen«, sagte sie. »Ich habe nicht einmal versucht, dir zu helfen.«

»Ich weiß.«

»Ich bin einfach bei dir gewesen. Sonst nichts.«

»Ich weiß.«

»Warum verstehst du mich nicht?«

Ich stand auf, um meine Sachen aus dem Schrank zu holen. Wie ein Kind wollte ich einfach verschwinden und jede Spur von mir aus dieser Wohnung entfernen, als ob ich nie dagewesen sei.

Sie sagte, sie habe gespürt, daß ich ihr entglitt, habe aber nichts dagegen tun können. Und als ich dann nach Boston zu meinem Bruder geflogen sei, sei ihr klargewesen, daß sie mich für immer verloren habe.

»Also warum?«

Ich sagte, ich wisse nicht warum. Da hatte sich nun etwas geklärt, aber ich war in der absurden Situation, es nicht artikulieren zu können, mein Gesicht war ganz taub, meine Stimme farblos. Sie sagte, sie werde sich in ein anderes Heim derselben Betreibergesellschaft versetzen lassen; ich stimmte ihr zu, das sei eine gute Idee.

Und dann bekam ich zum erstenmal ihren ganzen Zorn zu spüren, ihren ganzen Unmut darüber, mir geholfen und so wenig dafür bekommen zu haben, so wenig von dem Verständnis, das ich an ihr so zu schätzen wußte, aber selbst so selten an den Tag gelegt hatte. Sie wandte mir den Rücken zu, trat ans Fenster und sagte über die Schulter: »In Mindanao nennt man einen Mann wie dich einen . . .«

»Was?« fragte ich.

»Nichts.« Sie verschränkte die Arme und blieb so stehen, bis ich die Tür hinter mir zugemacht hatte. Wie man einen Mann wie mich in Mindanao nennt, habe ich nie erfahren.

Ich verbrachte jetzt nicht nur die Abende, sondern auch jeden Morgen, bevor ich zum College ging, bei meiner Mutter; inzwischen saß sie im Rollstuhl, und ich war der einzige, der noch verstehen konnte, was sie sagte.

»Sie in Angenhaus gangen.«

»Ach ja? Das habe ich nicht gewußt. Wer ist ins Krankenhaus gegangen?«

»Shirley Angenhaus.«

»Aber Shirley hast du das letztemal gesehen, als du ein kleines Mädchen warst.«

Sie lacht, listig, verschlagen. »Shirley Hemd verloren.«

»Das glaube ich nicht.«

»Doch, Shirley . . .«

»Was hat Shirley getan?«

Lange Pause. »Wer?«

Dann sah sie aus dem Fenster und sagte:

»Ist das . . . Boskon . . .«

»Was für ein Boss?«

»Boskon«, wiederholte sie, als ob ich aber auch gar nichts verstünde.

»Boston. Mein Bruder lebt in Boston.«

Sie schüttelte den Kopf, als wollte sie sagen:

»Du hörst mir nicht zu.«

»Na schön. Also Boskon, nicht Boston. Welcher Boskon?«

»Nein, nein, nein . . .« Sie schüttelt den Kopf. »Er ist inimmel.«

Mach einfach mit, denkst du. Laß dich einfach von ihr mitnehmen.

»Meinst du wirklich?«

»Ja«, sagt sie, und du bist sicher, daß sie von Vater redet.

»Vater ist tot.«

Sie nickt. »Kiesel«, sagte sie dann.

Ja, da waren Kieselsteine. Runde Feuersteine und feuchte braune Erde, hoch um den Sarg gehäuft. Ja, Mutter, Kiesel.

Sie schüttelt den Kopf. Nein, nein, nicht so.

»Ich will mein Jungen.«

»Ich bin dein Junge.«

»Warum ist ein Junge weg?«

»Er ist nicht weg, er ist hier.«

»Junge weg, weg, weg. Ex . . .«

»Und hopp.« Lachen.

»Ich ertrage das nicht.« Sie lächelt, lacht beinahe.

»Mutter?«

»Ich ertrage das . . . nicht.«

»Ich ertrage das auch nicht.« Ich lege meinen Kopf an ihre Schulter und höre ihr Herz in den Halsschlagadern klopfen.

Stundenlange wahnwitzige Gespräche: wobei sie mich ansieht, als wolle sie sagen: »Rede ich vernünftig?« Und ich ermutige sie, weiterzusprechen, auch wenn ich überhaupt nicht weiß, wovon sie redet. Ihre Redeweise erinnert mich an einen Film, den ich einmal im Fernsehen gesehen habe; ein paar Reisende hatten sich in der Wüste verirrt und versuchten irgendwelche Flugzeuge auf sich aufmerksam zu machen, indem sie mit einem zerbrochenen Spiegel das Licht der Sonne nach oben reflektierten.

»Ich bin Fangene.«

»Gefangene?«

»Fangene.«

»Aber nein, das bist du nicht.«

»Ich will weglaufen.«

»Aber nein, laß das.«

»Auf die Straße.«

»Nein.«

»Auf das Feld.«

»Nein.«

»Auf das ...«

»Was?«

»In den Boden.« Eine hartes, strahlendes Lächeln huscht über ihr Gesicht.

Erst schwinden Syntax und Wortstellung, dann die Worte selbst – die Serifen, die Buchstaben, die Endungen –, alles bröckelt weg wie die Sandsteinverzierungen an einem alten, Wind und Wetter ausgesetzten Gebäude.

»Gehen wir spazieren.«

»Wohin?«

»Ans Ende des Flurs.«

»Wer tut das?«

»Wir.«

»Warum wir?«

»Wer denn sonst?«

Einmal kam mein Bruder übers Wochenende zu Besuch; er sah mir zu, wie ich sie beim Abendessen fütterte, eine Gabel Hühnchen à la King nach der anderen, anschließend Götterspeise Löffel für Löffel, dann hielt ich ihr das Glas, damit sie sich nicht das grüne Lätzchen bekleckerte. Inzwischen war sie so zusammengekrümmt, daß es einige Mühe machte, ihr den Löffel in den Mund zu schieben; zudem konnte sie nur weiche Nahrung zu sich nehmen, denn man hatte ihr das Gebiß weggenommen, damit sie es nicht versehentlich verschluckte. Sie ließ es zu, daß man sie küßte oder ihre Hand hielt, aber sie war so gebeugt, daß sie einem nur ins Gesicht sehen konnte, wenn man sich neben ihrem Stuhl auf den Boden kniete. Mein Bruder sah uns beiden zu und sagte kein Wort.

Nachdem die Schwestern sie nach oben gebracht hatten, wollte ich ihn nicht mit zu mir nehmen; statt dessen gingen wir in die Kapelle, wo Gedächtnisgottesdienste für ehemalige Patienten abgehalten wurden. Plötzlich sagte er: »Hat das noch einen Sinn?«

»Was?«

»Sie zu besuchen.«

»Warum nicht?«

»Ist denn noch was übrig von ihr?«

»Wieviel brauchst du, damit es sich für dich lohnt?«

»Wenigstens ein bißchen.«

»OK. Fassen wir mal zusammen. Du fragst dich: ›Ist das ein Mensch oder eine Pflanze?‹«

»Laß das, so habe ich das nicht gemeint.«

»Ich würde sagen: ein Mensch. Absolut. Sie hat Persönlichkeit. Sie gebärdet sich wie ein Mensch. Wenn man das Wort Kaffee sagt, sagt sie ›Kah-fee‹, mit der gleichen Aussprache wie Peg Lawson in Alton. So etwas tut nur ein Mensch. Wie sie das nachahmt, ist vollkommen typisch und unverwechselbar. Das wäre Punkt eins. Persönlichkeit.«

»Hören wir auf damit.«

»Nein, die Frage ist wirklich interessant: Was genau tun wir hier eigentlich? Wir sollten versuchen, eine Antwort zu finden. Miranda hat immer gesagt: ›Die Frau hat eine ausgeprägte Persönlichkeit.‹ Weißt du, was das heißt? Es heißt, daß sie einen geschlagen hat, wenn man ihr ohne ihre Erlaubnis den Pullover ausziehen wollte.«

Mein Bruder setzte sich und hörte mit so mitleidiger Miene zu, daß ich mich vor Wut von ihm abwenden mußte.

»Hast du dir in letzter Zeit mal ihre Hände angesehen? Natürlich nicht. Sie hat Schwielen an der Innenseite des linken Daumens und an der rechten Seite des Zeigefingers. Weißt du warum? Bis zu ihrem Sturz, bis sie in den Rollstuhl mußte, ist sie täglich sechs Stunden umhergegangen, immer hin und her zwischen der Pflegestation und dem Panoramafenster mit Blick auf den Garten, immer hin und her, bis das Geländer ihr eine breite Furche in die Hand gegraben hatte. Stell dir vor, was für eine Entschlossenheit dazu gehört, so lange hin und her zu gehen. Stell es dir genau vor. Für mich ist das ein Mensch. Für mich ist das eine Persönlichkeit. Was meinst du, Doktor? Wie nennen wir das? Sich die Trauer von der Seele latschen?«

Mein Bruder schwieg beharrlich.

»Du könntest sagen, das hat etwas zu bedeuten. Du könntest sagen, dieses Hin und Her zwischen Pflegestation und Feuertreppentür, hundertmal am Tag, war planvolles Handeln. Andererseits könntest du auch sagen, es hat überhaupt nichts zu bedeuten. Mache ich mir nur was vor? Lüge ich mir bloß in die Tasche? Komm, sag es mir.«

»Wir sollten damit aufhören«, sagte mein Bruder.

Aber nichts konnte mich jetzt noch bremsen. »Vielleicht ist das lediglich Enthemmung. Vielleicht ist sie ja nur enthemmt. Vielleicht fliegen wir ja mit Autopilot.«

»Das habe ich nie gesagt.«

Ich ignorierte das. »Manchmal lacht sie. Manchmal fliegen die Pillen herum, oder der Kartoffelbrei landet in Jackie Tathams Gesicht, die ihr am Eßtisch gegenübersitzt, oder Mrs. Yang pinkelt unter der Dusche – und sie sieht das alles und fängt einfach an zu lachen. Und ich lache auch. Weil es hier drin ungeheuer lustig zugeht. Wirklich ungeheuer.«

Er starrte mich an, wollte mich zum Schweigen bringen, aber ich war nicht zu stoppen. »Hat sie ein Ich? Interessiert dich das nicht? Meine Studenten interessiert so etwas. Ich könnte ein Buch darüber schreiben. Hat sie Gedanken über ihre Gedanken? Hat sie sekundäre Bedürfnisse?«

»Hör um Gottes willen auf, so zu reden. Ich mach bloß eine Bemerkung, und du mußt gleich durchdrehen.«

»O nein, keineswegs. Bleib sitzen und sei still, bis ich fertig bin.« Er sah auf seine Hände.

»Mit was für einem Ich haben wir es hier zu tun? Vor ein paar Monaten habe ich in ihrem Zimmer neben ihr auf dem Bett gelegen und sie gefragt: ›Bist du manchmal traurig?‹ Worauf sie, den Blick an die Decke gerichtet, prompt geantwortet hat: ›O ja.‹«

»Das ist ein sekundärer Gedanke. Man sieht sich in dem gelben Zimmer um – die Wände, die Decke, der Linoleumboden – und stellt sich die Frage: ›Was ist das für ein Leben?‹«

»Aber die Schaltkreise brechen zusammen. Jedesmal, wenn ich hier hinkomme, fehlt wieder ein Stück. Vor drei Monaten konnte sie noch gehen. Vor drei Monaten konnte sie noch selber essen. Sie konnte sprechen. Jetzt versiegt ihr die Sprache, und was sie noch sagt, ist so undeutlich wie die Schrift in einem Schulschreibheft, das im Regen lag.

Vorige Woche saß sie einmal auf dem Boden, als ich kam; sie hatte Blut im Gesicht und einen Zahn in der Hand, und sie wußte nicht einmal, daß es ihr eigener Zahn war. Ein Bein war völlig verdreht, sie hat es nicht mal gemerkt. So sieht die Sache aus. Ist das nicht interessant?«

Mein Bruder stand auf und kam auf mich zu.

»Sie hat ihr Ich hinter sich gelassen. Ich sitze neben ihr

und sehe aus dem Fenster auf die Koreanische Kirche nebenan, die Minuten verrinnen, und ich denke: Was ist so gut daran, ein Ich zu haben? Wozu braucht man das? Wie weit weg diese Straßenbahnen sind. Schau, Mutter, der Mann da auf der Parkbank, er lebt auf einem anderen Planeten. Schau, Mutter, schau, da auf dem Dach ist ein Star, er trinkt aus der Pfütze. Schau . . .«

Aber jetzt hatte ich den Faden verloren. Ich wußte nur noch, daß ich mitten in dieser Kapelle stand und daß mein Bruder mich in den Armen hielt, fest, aber unbeholfen, wie Männer es tun, die dergleichen nicht gewöhnt sind; er hielt mich, damit ich aufhörte, damit ich nicht noch weiterredete, damit ich wieder zu mir käme.

Etwa um diese Zeit hielt ich einen Kurs zum Thema »Philosophie und Shakespeare«, in dem es aber hauptsächlich um *König Lear* ging. Zur Überraschung meiner Studenten ging ich den Text erst einmal Zeile für Zeile mit ihnen durch, bevor wir uns an einzelne Themen und philosophische Fragen machten. Ich ließ sie sogar wie in der Schule die großen Reden auswendig lernen. Im nachhinein betrachtet, habe ich den ganzen Kurs in einem Zustand größter Wut auf ihre, aber auch auf meine eigene Seichtheit und Substanzlosigkeit gehalten. Ich dachte: Einmal in eurem Leben wird euch etwas gezeigt, das euch sprachlos macht, etwas, das euch Respekt vor dem Wort einflößt, als sei es etwas Heiliges. Wir werden diese Szenen Satz für Satz auseinandernehmen, und am Ende werdet ihr immer noch nicht wissen, wie er das gemacht hat. Ich versprach mir sehr viel von dieser Erfahrung. Ich würde es Erlösung nennen, nur daß ich nicht an Erlösung glaube.

Im vierten Akt wacht der wahnsinnige König, der unter der Aufsicht des Arztes in Cordelias Zelt geschlafen hat, langsam auf und erblickt seine Tochter und den getreuen Kent. In der gesamten Literatur, sagte ich meinen Studenten, gibt es nichts, das die komplexen Vorgänge im Zusammenhang mit dem scheinbar so simplen Akt des Erkennens eines Gesichts so präzise darstellt wie diese Szene. Der erwachende König flüstert:

Spottet meiner nicht! –
Ich bin ein schwacher, kindscher alter Mann,
Achtzig und drüber: keine Stunde mehr

Noch weniger, und grad heraus,
Ich fürchte fast, ich bin nicht recht bei Sinnen.
Mich dünkt, ich kenn Euch, kenn auch diesen Mann,
Doch zweifl ich noch, denn ich begreif es nicht,
An welchem Ort ich bin; all mein Verstand
Entsinnt sich dieser Kleider nicht, noch weiß ich,
Wo ich die Nacht schlief. Lacht nicht über mich,
Denn so gewiß ich lebe,
Die Dame halt ich für mein Kind . . .

Mich dünkt, ich kenn Euch . . .

Die Leute fragten mich ständig: Erkennt sie dich noch? Als ob Erkennen nur Entweder-Oder wäre, Ja oder Nein. Im Grunde war ihr beides gleichzeitig bewußt: daß sie mich eigentlich erkennen sollte, aber manchmal nicht in der Lage dazu war. Das beweist, erklärte ich meinen Studenten, daß vom Sehzentrum Botschaften weitergegeben werden, die die verarbeitenden Zentren nicht zu erkennen vermögen. Sehen und Erkennen sind offenbar verschiedene Fähigkeiten, ebenso wie Denken und Wissen.

In diesem Stadium existierte ich für sie nur noch stückweise; Name, Gesicht, Hautbeschaffenheit, die Form meiner Augen, das alles purzelte im Dunkel ihres Kopfs durcheinander. Gelegentlich erwischte sie ein Stück des zerbrochenen Spiegels und konnte es lange genug festhalten, um mich darin zu erkennen. Dann entglitt ihr die Scherbe und sank in die Schatten zurück, und sie wußte nicht mehr, wer ich war.

Manchmal hatte sie einen verschlagenen und wissenden Blick, was mich auf den Gedanken brachte: Sie vergißt nichts; sie stößt mich weg. Sie hat mich ausgesperrt. Sie macht das mit Absicht. Dann kam ich mir vor, als stünde ich unter den hellen Fenstern draußen vorm Haus meiner Frau und wünschte nur, daß sie kommen und mich hineinholen möge.

Es war so, wie mein Bruder gesagt hatte: Wenn sie einen nicht mehr erkannte, hörte man auf zu existieren. Man war nicht mehr ihr Sohn, man war niemand mehr. Bestätige meine Existenz. Bestätige deinen Sohn.

Und schließlich war es soweit. Zwischen Sehen und Erkennen trat eine Verzögerung ein. Als ich meinem Bruder davon erzählte, meinte er, die verarbeitenden Zentren würden jetzt immer länger brauchen, um uns zu finden. Sie wisse, daß wir existierten, wisse aber nicht wo. Das Gehirn, sagte er, scheint die Fähigkeit zu besitzen, sich selbst neu zu verkabeln, gewisse Funktionen aus vernarbten Regionen in gesunde umzuleiten. Nicht alle Hirnregionen sind aktiv: Für Notfälle werden offenbar leere Räume bereitgehalten. In diesen Räumen hat sie ihre Erinnerungen an mich versteckt, in der Hoffnung, daß die Krankheit sie nicht finden möge: meinen Namen in einem Raum, die Erinnerung an mein Gesicht in einem anderen, den Klang meiner Stimme in einem Verschlag am Ende des Korridors. Aber die Krankheit war gründlich. Sie hat einen Raum nach dem anderen ihre Erinnerungen ausgeräumt und jeden synaptischen Funken aufgespürt.

Nun erkannte sie nicht nur ihre Söhne nicht mehr, sie erkannte auch sich selbst nicht mehr. Oder anders gesagt: Sie vermochte ihre Söhne nur noch zu erkennen, wenn sie sich selbst zuvor als deren Mutter erkannt hatte.

Sehen Sie, erklärte ich meinen Studenten, zunächst erkennt der wahnsinnige König seine Tochter nicht. Warum? Weil er sich selbst nicht erkennt. Ich habe noch nie eine Aufführung dieses Stücks gesehen, der es gelungen wäre, das Verhältnis zwischen dem Verlust des eigenen Ich und dem aller anderen zum Ausdruck zu bringen. Ich mußte ihnen das im Seminarraum selbst vorführen: wie der König seinen Körper betastet, wie er mit der Hand über das Krankenhemd streicht, in das man ihn gesteckt hat. Da stand ich vor meinen versammelten Studenten, betastete mein Tweedjackett und strich mir über die Arme; und sie sahen mich fragend an, wie meine Kinder mich nach dem Scheitern meiner Ehe angesehen hatten: Wer ist das? Warum macht er das?

Wer bin ich? fragt er sich. Alles, was von seinem Gang über die Heide übriggeblieben ist, ist ein virtuelles Ich, ein Nach-Bild von der Art, wie es einem nach dem Aufleuchten eines Blitzlichts vor den Augen stehenbleibt.

All mein Verstand entsinnt sich dieser Kleider nicht.

In den Kleidern steckt das Ich, erklärte ich meinen Studenten, im Gewand eines Königs, in der Krone, deren erinnerten Abdruck er noch schwach auf seiner Stirn fühlen kann.

Langsam findet er zu sich selbst zurück. Jetzt erinnert er sich. Er ist ein König. Sie ist seine Tochter.

Sie hätte weder meinen Namen nennen können noch sagen, daß ich ihr Sohn sei, wußte aber, wer ich bin. Da war ich mir sicher. Nimm meine Hand. Dreh sie um. Sieh dir die Linien an. Sieh dir an, wie sie zusammenpassen. Wie ähnlich unsere Hände einander geworden sind. Eine Männerhand, eine Frauenhand, mit der Zeit werden sie einander gleich. Keine Ringe, kein Ehering mehr, nur was wir gemeinsam haben. Das Alter verlangt jetzt beide Hände von uns, ihre und meine. Sie sieht sie sich an. Sie denkt: Wessen Hände sind das?

Der König streckt die Hand nach seiner Tochter aus. Denken Sie daran, sage ich meinen Studenten, wie der Säugling nach einem Finger greift, den man ihm hinhält.

Wir haben es hier mit dem ursprünglichen Identifikationsprozeß zu tun: mit dem elementaren Bewußtsein von einem anderen, das man greifen und festhalten kann.

Am Ende erkannte sie mich so, wie ein Säugling seine Mutter erkennt. Sie war ans Bett gefesselt und konnte nicht mehr sprechen, aber wenn ich einen Finger nah an ihre Hand hielt, griff sie danach und hielt ihn fest.

Dann, wie schon tausende Male zuvor, trat ich eines Abends in ihr Zimmer; sie lag im Bett, die Hände auf der Decke, das uralte Gesicht von der Nachttischlampe beleuchtet, und beim Geräusch meiner Schritte drehte sie sich langsam um und sah mich an. Ich blieb stehen, sie sah mich weiter an: klar, konzentriert und vollkommen gleichgültig. Dann sah sie weg. Diesmal war ich sicher, daß sie weder wußte noch wissen wollte, wer ich war. Während sie woanders hinblickte, stand ich in der Tür und erinnerte mich an die Nacht, als ich mit meiner Frau auf dem Hügel gesessen hatte und wie die Farm in der Ferne wie die *Andrea Doria* ausgesehen hatte, jenes Schiff, das in voller Festbeleuchtung im Ozean versinkt und durch das Dunkel leuchtet. Augen, die nicht sehen; Augen, die kein Gedächtnis haben; Augen, die tot sind. Nun war er da, der lange prophezeite Moment, auf den ich mich verzweifelt vorbereitet hatte, der Moment, in dem Mutter aus ihrem Ich hinaus und mit offenen Augen in die Welt des Todes eintrat.

Im Leben war es ihr gelungen, uns auf dieses Reich jenseits der Sprache vorzubereiten. Sie hatte ihr Möglichstes getan, uns die Angst davor zu nehmen, die Angst auf sich zu nehmen, damit wir uns nicht fürchteten, wenn wir an der Reihe wären. Sie schien uns ständig zu sagen: Seht doch, es ist ja weiter nichts, nur das. Ich bin dagewesen. Es ist weiter nichts.

Es gab keinen einzigen Augenblick, in dem die Krankheit Erbarmen mit ihr hatte, keinen einzigen Augenblick, in dem sie ihr Ruhe gönnte. Denn am Ende peinigte sie Mutter auch noch mit epileptischen Anfällen: ihr ausgemergelter Leib krümmte sich unter gewaltigem Beben, sie biß sich die Zunge blutig, und hinterher lag sie erschöpft und ausgelaugt und atmete in langen qualvollen Zügen, die aus den tiefsten Tiefen ihres Wesens zu kommen schienen. Bis heute läßt mich dieses Geräusch nicht los.

Wenn sie schlief, standen mein Bruder und ich an ihrem Bett und sprachen miteinander, betrachteten ihr altes Gesicht und fragten uns, ob sie aufwachen würde. Er sah sie an, wie sie mit offenem Mund auf dem Rücken lag, und einmal bemerkte er: »Ich habe mich immer gefragt, warum sie das Malen aufgegeben hat. Das hätte sie nicht tun sollen. Vielleicht wäre das ihre Rettung gewesen.«

Jetzt war es kein Verrat mehr, ihm unser Geheimnis anzuvertrauen. Er war damals auf dem College, Vater war auf einer Konferenz, und ich war mit ihr allein auf der Farm.

Sie trägt ihre Malsachen; darin sieht sie immer viel jünger aus, als sei sie wieder auf der Kunstakademie, noch sicher vor dem, was das Leben für sie bereithält. Sie hat im Atelier gemalt, jetzt geht sie in die Küche und holt sich eine Tasse Kaffee, die sie mit auf die Veranda nimmt. Sie setzt sich zum Trinken auf einen der grünen Segeltuchstühle und blickt nach der dunstigen Linie niedriger Hügel in der Ferne. Dann steht sie auf und sagt: »Komm mit ins Atelier.«

An den Wänden lehnen, mit den Rücken zum Betrachter, etwa fünfzehn ihrer Ölbilder und mehrere marmorierte Mappen mit ihren Zeichnungen. Sie mischt Farbe an und fordert mich auf mitzumachen. Eine Tube Windsor & Newton wird auf die Palette gedrückt, dann noch eine und noch eine.

»Willst du wirklich, daß ich das mache?« frage ich mit einer Stimme, die möglichst nicht ängstlich klingen soll.

Sie nickt, summt vor sich hin und sieht mir zu, bis sämtliche Farbtuben ausgedrückt sind und der Fußboden mit den grauen Hülsen leerer Tuben übersät ist.

»Jetzt rühr alles zusammen«, sagt sie und reicht mir ihren dicksten Pinsel. Blau und Grün, Rot, Orange, Ocker, Gelb, Weiß, Kobaltblau, Preußisch Blau und Tiefschwarz – alles verläuft ineinander, verliert sich in einem klebrigen Brei von der Farbe der Verzweiflung.

In aller Ruhe dreht sie die Bilder um, eins nach dem anderen.

»Fang an«, sagt sie.

Ich halte den dicken, mit Farbe gesättigten Pinsel und bin unschlüssig, ob ich es wirklich tun soll.

»Na los«, sagt sie. Sie bleibt nicht, um mir zuzusehen, sondern geht in den Obstgarten und läßt mich allein. Ich weiß, es bleibt mir keine Wahl.

Erst eine Landschaft. Dann eine Haustür in Alton. Den Japanischen Ahorn vor düsterem Himmel. Vier verschiedene Studien vom Haus. Eine unfertige Skizze von Bergen. Ein unfertiges Porträt meines Vaters. Drei Studien von Disteln.

Die Bilder an der Wand sind rasch übermalt. Binnen einer halben Stunde habe ich ihr Lebenswerk ausgelöscht.

»Na also«, sagt sie, denn als ich mit dem letzten fertig war, ist sie wieder hereingekommen. »Das hätten wir.«

Nur ein einziges Bild, das auf der Staffelei, war aus der Gefahrenzone gebracht worden: die Studie von den zwei Gestalten, die der dritten im Vordergrund zu winken scheinen.

Sie schließt die Tür hinter mir ab, säubert sich die Hände mit Terpentin, wirft ihre Malsachen fort und malt kein einziges Bild mehr.

»Wie konntest du nur?« fragte mein Bruder, als ich zu Ende erzählt hatte.

Ich nahm die Hand meiner Mutter: unter der welken Haut zeichneten sich Knochen und schwarze Adern ab.

Ich hatte mich an einer Verstümmelung beteiligt, an einer Szene ähnlich den Trauerritualen gewisser Länder, bei denen sich Witwen die Kleider zerreißen und beschmieren und sich wehklagend an die Stirne schlagen.

Nur daß sie es nicht fertigbrachte, die Verstümmelung selbst durchzuführen, und daher mich damit beauftragt hatte. Ich war zuverlässig. Ich war loyal. Ich tat, was man mir sagte.

»Warum?« flüsterte mein Bruder.

Sie war so ruhig, so heiter. Keine Wut, kein Zorn, nichts; nur dieses seltsame falsche Summen, dieses Lied in ihrem Kopf, das nur sie allein hören konnte.

Wenn es ein Akt der Verstümmelung war – was mochte sie dann nur dazu getrieben haben? Etwa das Bewußtsein, versagt zu haben, jener Augenblick, in dem eine stolze Frau ihr Werk betrachtet und plötzlich weiß, daß ihr das letzte Quentchen Mut fehlt, ihr eigentliches Ziel zu erreichen? Sie haßte alles Zweitklassige, alle Ausreden.

»Weißt du noch, wie sie zu uns war? Nachsichtig, gewiß, wenn wir bei irgend etwas versagt hatten, aber sie hat unser Versagen immer beim Namen genannt.«

»Ich fasse es nicht, daß sie aufgegeben hat. Ich fasse es nicht.«

»Nicht ›aufgegeben‹. Nur »eingelassen«, sagte ich. »Wie Moe es ausgedrückt hat.«

»Aber sie hat es gehabt. Sie hatte es selbst in der Hand und soviel Spaß dabei. Und sie war gut. Warum hat sie nicht gewußt, daß es da war?« Er sagte das, als ob alles, was er jemals noch in seinem Leben tun würde, von der Frage abhinge, warum sie mit dem Malen aufgehört hatte, als ob er fürchtete, daß diese ihre letzte Geste ein Schicksal sei, das auch ihn eines Tages treffen könnte.

Ich sah das nicht so. Für mich hatte sie einen tiefen Blick in ihr Inneres geworfen und plötzlich, eines Sommermorgens, erkannt, daß sie niemals bekommen würde, was sie wirklich brauchte. Heute, da ich so alt bin wie sie damals, ist mir klar, daß es Mut erfordert, zu kapitulieren und den Unterschied zwischen Aufgeben und Nachgeben zu erkennen.

Mein Bruder sagte: »Ich war immer der Meinung, sie habe mit diesem letzten Bild zum Ausdruck gebracht, wie sie das sieht, also das, was da auf sie zukam. Daß sie es nicht ertragen konnte und eben deshalb aufgehört hat. Zwei Gestalten, die ihr bedeuten, daß sie ihnen folgen soll.«

Vielleicht war es die Kapitulation vor dem Sterben, das uns von Anfang an in allen Zellen steckt. Vielleicht wollte sie lieber frühzeitig damit Frieden schließen – vorausgesetzt, sie wußte nicht nur, wie sie sterben würde, sondern auch, daß sie die Erinnerung daran verlieren würde, daß sie jemals irgendwelche Bilder gemalt hatte.

Ich sehe sie vor mir: sie schreitet barfuß in ihren Jeans im Atelier auf und ab, das weiße Hemd um die Hüfte geknotet, eine Flasche Bier in der Hand, lässig um den Hals gepackt. Sie summt leise vor sich hin:

It's still the same old story.
The fight for love and glory
A case of do or die . . .

Wir saßen jetzt auf beiden Seiten des Betts neben ihr und hielten ihre Hände; sie hatte die Augen geschlossen und atmete langsam, mit qualvoll ächzenden Zügen und tief eingefallenen Wangen.

Wenn ich überhaupt etwas denken konnte, dann dies: daß wir niemals auch nur die schlichtesten Fakten wissen würden – wann ihre Krankheit ausgebrochen war, wann sie es zum erstenmal gemerkt hatte, ob ihre Art, dagegen anzukämpfen, den Verlauf auf irgendeine Weise verzögert oder beeinflußt hatte; ob unser Verhalten, unsere Fürsorge, unser Bemühen, ihr Bewußtsein für ihre Umgebung aufrechtzuerhalten, dazu beigetragen hatte, das Vordringen der Krankheit in ihrem Gehirn zu verlangsamen; ob es eine Krankheit des Gedächtnisses oder eine Krankheit der Persönlichkeit war. Simple Erklärungen reichen nicht aus. Damit versagt man ihr den nötigen Respekt.

An jedem Neujahrsabend machten wir auf der kleinen Böschung am Rand des Kirschgartens ein Feuer an. Ich sehe sie vor mir: sie hat ein Glas Rotwein in der Hand, nimmt einen Schluck, stützt sich auf den Rechen und sieht in die Flammen. Im Rücken ist uns kalt. Die niedrigen Hügel verschwinden hinter uns in der Dunkelheit. Unsere

Gesichter glühen. Mutter starrt ins malvenfarbene Zentrum des Feuers.

Mehr noch als das Feuer hat Mutter die Schönheit der Asche geliebt, wie da alles – Strauchwerk, Dornenzweige, Bäume, Blätter, Ranken, Gras –, all diese verschiedenen Dinge in eine einzige hellgraue Substanz verwandelt wurden, die erst aufschwebte und sich dann im Leder ihrer Schuhe festsetzte. Sie fand es schön, wie die Asche die Wärme der letzten Glut bewahrte.

Heutzutage weiß niemand mehr, was man sagen und was man nicht sagen soll, was man respektieren und mit dem Mantel des Schweigens bedecken soll. Niemand kennt mehr irgendwelche Pietät im Umgang mit Sterbenden. Was mit Sicherheit auf das Haus zutraf, in dem sie starb. Schwestern, deren Nachtschicht gerade zu Ende ging, liefen Zigaretten rauchend hin und her. Im Nachbarbett, nur durch einen grünen Vorhang abgetrennt, lag hustend und stöhnend ein anderer Patient. Es gab sogar eine geradezu lustige Szene, als nämlich ein eifriger junger Assistenzarzt ins Zimmer kam und uns fragte, ob er ihr ein wenig Morphium verabreichen sollte, worauf mein Bruder trocken auflachte und sagte: »Ich glaube, meine Mutter ist soeben gestorben.«

Ich weiß wirklich nicht, erfülle ich nur meine Pflicht an ihr, oder übe ich Verrat an der Würde, die sie nie verloren hat, wenn ich sage, daß sie sich in die Zunge biß, wenn ich sage, daß ihr das Blut aus dem Mund rann und daß mein Bruder es immer wieder abwischte. Ich weiß wirklich nicht, ob ich sagen darf – dabei tue ich es ja schon –, daß ihr Körper von epileptischen Krämpfen erschüttert wurde, und daß sie ungeheure, entsetzliche Atemzüge machte, immer und immer wieder, bis man nicht mehr glauben konnte, woher sie die Kraft dazu nahm. Ich weiß wirklich nicht, weder ob sie, wie wir damals dachten, unsere Hände auf ihrer Stirn und ihrer Wange fühlen konnte, noch ob sie mit dem Sterben gewartet hatte, bis wir beide bei ihr waren.

Ich habe nicht gesagt: »Ich bin hier.« Ich habe gar nichts gesagt. Ihr Mund stand weit offen, wie auf jenen Porträts, die Francis Bacon von verzweifelt hinter Gitterstäben schreienden Menschen gemalt hat. Ich hörte diese entsetzlichen, rasselnden, heiseren Atemzüge und staunte über die Energie, die noch in ihrem alten Körper steckte, über die Kraft, die sie immer noch aufbrachte. Ich sah meinen Bruder an, als wüßte er eine Antwort, als könnte er mir sagen, wie weit ihre Kraft noch reichte. Er streichelte ihre Stirn, sprach tonlos auf sie ein, versuchte selbst noch in diesem Augenblick, den Schleier fortzuziehen und sie zu finden.

Mag sein, daß sie unsere Anwesenheit gespürt hat; mag sein – sicher bin ich mir nicht –, daß sie gewußt hat, was ihre Söhne in diesem Moment nötig hatten, jedenfalls gingen ihre Augen, die bis dahin geschlossen waren und sie vollkommen außer Reichweite hatten erscheinen lassen, plötzlich auf. Blaugraue Augen, mit einem Anflug von Gelb in der Iris, Augen, die längst nichts mehr sahen, die an den Köpfen ihrer Söhne vorbei auf die Decke gerichtet waren, nach oben, immer nach oben: der Blick einer erschöpften Schwimmerin, die nur noch die Küste sieht. Dann fielen diese Augen zu, und sie holte so tief und heftig Luft wie nie zuvor, und wir standen wartend daneben und sahen uns an, fühlten nach ihrem Puls, und langsam, während Sekunden sich zu Minuten dehnten, überkam uns die Gewißheit, daß dies ihr letzter Atemzug gewesen war.

Es gibt nur einen Grund, warum ich Ihnen das alles erzähle, warum ich Ihnen das vor Augen führe. Nämlich um klarzumachen, daß man kein einziges Ereignis vorhersehen kann. Jedes Ereignis entzieht sich allem, was man je darüber sagen kann. Kein Ereignis läßt sich rückgängig machen. Etwas geschieht, und das ist alles. Wir erzählen Geschichten, als ob wir diese Wahrheit ablehnten, als ob wir behaupten wollten, daß wir unser Schicksal nicht erdulden, sondern selbst in der Hand haben. Aber in Wahrheit tun wir nichts. Wir leben, aber wir können das Leben nicht gestalten. Es ist viel zu groß für uns, viel zu groß für irgendwelche Worte. Ein Schriftsteller darf das natürlich nicht glauben, er muß glauben, daß es nichts gibt, das sich nicht irgendwie ausdrücken läßt. Aber da, in Mutters Gegenwart, in diesem endlos sich ausbreitenden Schweigen, das noch immer anhält, auf dessen Ende durch einen weiteren Atemzug ich noch immer hoffe, wurde mir klar, daß all meine Worte nur vergeblich sein konnten, daß all meine Ängste und Ahnungen nur gelebt werden konnten – daß weder die Worte noch meine Mutter mir dabei helfen konnten.

Ich kannte einmal jemanden bei mir im Wohnheim am College, der zum Abschluß seines Studiums ein Stipendium für Oxford bekam. Er trat die Reise an, landete auch offenbar in England, hat sich aber nie in Oxford blicken lassen. Nach sechs Wochen schickte er eine Postkarte nach Hause: er sei in Italien. Dann nichts mehr. Das war im Oktober. Um Weihnachten hatte die Polizei dreier Staaten die Suche nach ihm eingestellt. Seine Eltern setzten in englische und italienische Zeitungen eine Anzeige, in der sie ihn baten, an einem bestimmten Tag in einem römischen Café zu erscheinen. Dann flogen sie nach Rom.

Ein kalter Tag im Januar. Sie sitzen in dem Café, endlos ticken die Sekunden eines ganzen Tages an ihnen vorüber. Seine Mutter trägt eine Sonnenbrille. Ebenso seine Schwester. Sein Vater sieht ständig auf die Uhr. Sie können es nicht ertragen, einander anzusehen. Als am Ende des Tages die Kellner die Stühle auf die Tische stellen, sitzt die Familie immer noch da und wartet. Niemand will als erster gehen. Das Café muß schließen. Der Inhaber bittet um Entschuldigung, aber ...

Für den Rest ihres Lebens denken seine Eltern darüber nach: was ist uns lieber, tot oder lebendig? Naturgemäß ziehen sie das erstere vor. Die Vorstellung, ihr Sohn könnte noch irgendwo am Leben sein, ist viel schlimmer.

Einige seiner Freunde vom College meinten, er müsse den Verstand verloren haben. Andere meinten, er sei ermordet worden. Welcher Ansicht ich damals zuneigte, weiß ich nicht mehr. Heute nehme ich an, er hat einfach verschwinden wollen.

Zugegeben, das ist für seine Eltern und seine Schwester eine unerträgliche Vorstellung, aber mich kostet es nichts, mir auszumalen, daß er noch irgendwo in Rom oder London leben könnte, mit neuem Namen und neuer Existenz, womöglich beladen mit Erinnerungen, aber doch auch so radikal frei davon, wie das Leben es nur zuläßt. Natürlich ist das ein grausamer Gedanke. Aber andererseits begeht jemand, der einfach so verschwindet – wie ein Selbstmörder –, ja selbst eine außerordentliche Grausamkeit.

In den Monaten nach dem Tod meiner Mutter mußte ich immer wieder an diesen Bekannten denken. Nach und nach sammelte ich auch andere Fälle von Verschwinden, erst in den Zeitungen, dann in der Literatur.

Das Thema faszinierte mich: Menschen, die aus ihrem Leben hinausspazierten und verschwanden. Ich begann ein Buch darüber zu schreiben, und dies nahm ich als Zeichen, daß ich allmählich ins Leben zurückkehrte. Ich gab dem Manuskript den Titel

Selbst-Losigkeit

An einem eiskalten Morgen im Oktober 1910 verläßt ein 82jähriger Mann, gekleidet wie ein Bauer, aber mit 39 Rubeln in der Tasche, seine 48jährige Frau; er stiehlt sich aus dem Haus, in dem er seit seiner Kindheit gelebt hat, und wird bei Fackelschein zu einem Zug mit geheimem Ziel gebracht. Unterstützt von seinen Töchtern und Schülern, verfolgt von seiner Frau und seinen Söhnen, kommt er 150 Meilen weit bis zu dem Provinzbahnhof Astapowo. Dort, im Haus des Bahnhofsvorstehers, bricht Leo Tolstoj zusammen und stirbt. Bevor er das Bewußtsein verliert, sagt er zu seinem Sohn Sergej: »Ich kann nicht schlafen. Immer muß ich dichten. Ich schreibe, und alles verwebt sich wie Musik.«

Ich glaube kaum, daß sein Flüstern besonders heiter oder glücklich geklungen hat. Eher höre ich aus diesen Sätzen so etwas wie die verzweifelte Qual eines an Schlaflosigkeit Leidenden, der seine Gedanken anfleht, endlich einmal Schluß zu machen und ihn schlafen zu lassen.

Astapowo und seine Bedeutung haben die Biographen in zwei Lager gespalten. Die einen behaupten, Tolstoj habe seiner Familie und seinem privilegierten Leben entfliehen wollen. Die anderen nehmen an, er sei weggelaufen, um einen Platz zum Schreiben zu finden.

Mich können diese Erklärungen nicht überzeugen. Er ist nicht vor seiner Familie weggelaufen, sondern vor dem, was seine Familie aus ihm gemacht hatte. Er ist nicht weggelaufen, um zu schreiben, sondern um nicht mehr schreiben zu müssen.

Er ist vor sich selbst weggelaufen. Das ist keine so widersprüchliche oder unmögliche Tat, wie man meinen könnte. Wenn man vor seiner Frau, seinen Kindern, seinem Haus weglaufen kann – und all dies macht mindestens die Hälfte dessen aus, was man ist –, kann man auch vor sich selbst weglaufen.

Man stelle sich vor, wie gewaltig die Wut sein muß, die einen alten Mann aus dem Haus treibt, in dem er sein Leben lang gewohnt hat; die Wut, die ihn aus seinem kontinuierlichen Dasein zu einer Flucht im Morgengrauen veranlaßt. Vielleicht konnte nur Tolstoj so heftig den Wunsch verspürt haben, jemand anders als Tolstoj zu sein. Das ihm vom Schreiben abverlangte

Selbstbewußtsein hatte ihm das Leben unerträglich gemacht.

Die Lektüre von Tolstojs Briefen und Tagebüchern hat mir klargemacht, wie sehr ihm seine übermäßige Weltkenntnis zuwider war. Er hat die Bauern beneidet, weil sie nicht vom Dasein abgetrennt waren. Sie konnten leben, sie konnten sterben; ihn hatte das Schreiben weder das eine noch das andere gelehrt. Er hat die Flucht nach Astapowo nicht angetreten, um zu schreiben, sondern weil er sich an einem Ort, wo niemand ihn sehen konnte, in einen Schafsfellmantel gehüllt niederlegen und zu existieren aufhören wollte.

Aber die Pathè-Wochenschau war da. Seine Frau war da und klopfte weinend ans Fenster. Seine Schüler waren da und notierten seine letzten Worte. Und das Schlimmste: auch er selbst war da; bis zum letzten Augenblick bei Bewußtsein, sah und fühlte er alles.

Es war eine seltsame Erfahrung, von einer schriftstellerischen Arbeit so besessen zu sein, ohne auch nur das geringste Motiv dafür zu sehen. Gewiß, in einer Hinsicht war mir schon bewußt, daß ich damit die leeren Stunden in meinen Tagen ausfüllte, die ich bis dahin im Pflegeheim verbracht hatte. Aber ich dachte keineswegs, daß ich schriebe, um irgend etwas zu kompensieren oder ungelöste Probleme zu bewältigen. Immerhin empfand ich mit allen Fasern meines Bewußtseins eine ungeheure Erleichterung, daß die lange Qual vorüber war. Es erfüllte mich mit eigenartiger Freude, vollkommen allein zu sein. Ich schrieb fieberhaft, sammelte immer mehr Beispiele von Leuten, die von dem Wunsch besessen waren, sich selbst zu fliehen, dem urteilenden, bedürftigen, schmerzenden

Ich zu entkommen: Kafka, der an Tuberkulose stirbt und einer geliebten Frau erklärt, anstatt Schriftsteller zu sein, wäre er lieber Kellner gewesen und hätte am Strand von Tel Aviv Essen serviert; Rimbaud, der die Dichtkunst aufgibt und am Horn von Afrika verschwindet, um Sklaven- und Waffenhandel zu treiben. Rimbaud, in dessen Briefen sich der Satz findet: »Je est un autre« , Ich ist ein anderer. Harry Dean Stanton, der in *Paris, Texas* in die Wüste hinausgeht; Malcolm Lowry, der in seiner Hütte in Burrard Inlet bei Vancouver unvorstellbare Mengen Alkohol trinkt und sich abmüht, *Unter dem Vulkan* zu vollenden, eine Chronik eben des Prozesses der Selbstzerstörung, der ihn dazu veranlaßt hat. War Selbstzerstörung das richtige Wort? Sein Trinken kam mir wie eine religiöse Handlung vor: das mahnende Bewußtsein zu beschwichtigen, das Ich zum Schweigen zu bringen – und wenn es ihn die Leber und notfalls auch die geistige Gesundheit kostete –, auf daß er wenigstens, wenn er zusammengesunken dalag und in die Hose machte, die Fülle des reinen Daseins erleben konnte.

Nach einem Leben abstumpfender Rechtschaffenheit identifizierte ich mich jetzt also mit Alkoholikern und Phantasten. Ich schrieb und schrieb, rasierte mich nicht, ging nicht aus, ging nicht ans Telefon. Ich glaubte endlich gelernt zu haben, was Leben heißt. Und jeden Tag fand ich mehr Beispiele für den Wunsch, sich selbst zu verlieren.

Man denke an Augustinus, als er noch kein Heiliger war, sondern bloß ein spät-römischer Sünder aus Karthago: ausgestattet mit einer außerordentlichen Sehnsucht nach Gott und einer nicht minder außerordentlichen Ich-Zentriertheit (was für eine Kombination!), schlägt er sich in einem Mailänder Garten mit den Fäusten auf die Knie. Über die Zeiten hinweg, die ihn von uns trennen, kann man ihn schreien hören: Laßt mich hier raus! Nämlich aus diesem in seiner Intensität zermürbenden Konflikt zwischen seinem Narzißmus und seiner Sehnsucht nach Seligkeit. Und was war das Ergebnis? Der großartigste Bericht über Selbstsucht, der je geschrieben wurde: *Die Bekenntnisse*.

Was bekennt er? Daß wir diesseits des Todes dem Ich nicht entrinnen können. Wir können uns in Unterwürfigkeit üben, uns demütigen, Buße tun, härene Gewänder tragen; aber nichts von alldem bringt uns hier heraus. Nichts davon bringt uns *weg*.

Nur die Gnade Gottes hat Augustinus von sich selbst befreit und in das Reich reinen Gehorsams geführt: jenseits von Wünschen und Wollen, Leiden und Verlangen. Aber wie sieht es mit Sündern aus, mit Ungläubigen, mit Leuten wie mir? In einem, wie es mir heute vorkommt, Zustand komischer Wut über meinen Mangel an Glauben habe ich zwei Wochen mit der Lektüre von Augustinus' *Bekenntnissen* verbracht.

Ihr Tod hatte mir jedes religiöse Empfinden genommen, das ich einmal gehabt haben mochte. Es schien nur noch eins zu geben, vor dem man Ehrfurcht haben sollte, und das war der Tod.

Mir wurde bewußt, daß ich zu jenen unglücklichen Menschen zählte, die zwar eine religiöse Veranlagung haben, aber nicht die Spur von Glauben. Religiöse Doktrinen erschienen mir lächerlich, zugleich aber zogen mich extreme Formen religiösen Lebens magnetisch an. Je mehr ich las, desto stärker wurde meine Überzeugung, daß die Fasten-, Demütigungs- und Reinigungsrituale, die alle Religionen den Gläubigen abverlangen, bevor sie sich Gott unterwerfen, eine Vorstellung zum Ausdruck bringen, an die auch ich aus tiefster Seele glaubte: Daß ein Ich verloren werden muß, bevor es wieder zu sich selbst gelangen kann.

Es liegt nicht in der Natur des Menschen, sich mit der Anwesenheit eines Ich im Körper abzufinden. Das Ich zählt nicht zu den Gegebenheiten des Menschenlebens, die unangefochten hingenommen werden. Manche Leute sehnen sich unentwegt danach, es loszuwerden, und Religionen sind dazu da, dieses Bedürfnis zu befriedigen. Ob sich ein solches Bedürfnis tatsächlich befriedigen läßt oder nicht, ist nebensächlich. Allein die Tatsache, daß Leute überhaupt den Gedanken haben, sich selbst, wenn auch nicht ihr Sein loszuwerden, weist schon darauf hin, daß es in uns ein ursprüngliches Streben nach einem Zustand geben könnte, in dem wir die Kluft zwischen Ich und Sein, zwischen uns und der Außenwelt überwunden haben.

In diesem Streben nach Selbst-Losigkeit ist *die* revolutionäre Gegentradition zum westlichen Individualismus zu sehen. Neben der großen Geschichte des westlichen Selbstbewußtseins, diesem unendlich komplizierten Projekt zur Selbsterkenntnis und Selbstentwicklung, das mit Sokrates beginnt und über Boethius, Montaigne, Pascal, Rousseau, Goethe und Nietzsche führt und bei der Apotheose des modernen Ich, dem modernen Rockstar mit seinem ganzen extravaganten und »artistischen« Exhibitionismus, endet; neben diesem mächtigen Strom westlicher Selbsterforschung und Selbstdarstellung aber fließt der Fluß Lethe, der Fluß der Selbstaufgabe und Selbstüberschreitung, die Pilgerstraße der Trinker und der Heiligen und all derer, die nichts anderes wollen, als ihr Ich wegwerfen. Um schlicht und einfach nur zu SEIN.

Selbst-Losigkeit ist, mit anderen Worten, die Gegentradition zum westlichen Individualismus und seinem Ich! Ich! Ich!

Dieses verrückte Traktat wiederzulesen ist mir peinlich; es entstand in einer Zeit, als ich mir trotz meines defekten Zustands einbildete, endlich aus dem Käfig der Krankheit befreit zu sein. Aber es wäre ein Fehler, das alles fortzuwerfen. Denn es ist so aufschlußreich wie eins dieser peinlichen verwackelten Partyfotos, auf denen man, betrunken, die Augen gerötet von Alkohol und Blitzlicht, irgendeinen Fremden im Arm hält.

Ich, der bis dahin nie ohne Schlaf ausgekommen war, schrieb jetzt ganze Nächte durch: ich lag auf dem Bett, und plötzlich sprang ich auf, lief an den Schreibtisch und machte mich über das Manuskript her – es wuchs wie ein Tumor. Sogar meine Schlaflosigkeit analysierte ich. Ich hatte den Eindruck, Schlafmangel mache die Leute deshalb psychotisch, weil der Mensch nicht imstande ist, eine längere, ununterbrochene Phase des Bewußtseins seiner selbst zu ertragen. Ich ging nicht aus, ich wusch mich nicht, ich betrachtete die Welt durch die abwechselnd von Staub und Regen verschleierten Fenster dieses Apartments und empfand die irrsinnige Bewußtheit und Hochstimmung derer, die keinen Schlaf finden.

Ich dachte unablässig an Sex und all meine quälend befangenen Versuche, auch nur für eine Sekunde aufrichtig zu vergessen. Allmählich ging mir auf, daß mein Sexualleben in seiner ganzen Dürftigkeit ebenfalls Teil dieser verzweifelten Bemühungen gewesen war, vor mir und aus mir selbst zu fliehen, im Körper eines anderen Menschen Urlaub zu machen.

Jetzt gab es überhaupt keinen Sex, mit niemandem. Ich konnte nur über erinnerten Augenblicken des Vergessens brüten und irgendwie versuchen, mein heftiges Verlangen zu begreifen.

Was das Vergessen selbst angeht, so habe ich die Tage von morgens bis abends vor dem Fernseher verbracht. Nichts als Seifenopern und Werbung. Nur so etwas kann das Denken auslöschen und das überwache Gehirn einschläfern. Die Nachrichten habe ich nie gesehen. Da hätte ich womöglich denken müssen. Die Wettervorhersage hätte einen unwillkommenen Bewußtseinsanfall auslösen können. Selbst die Sportmeldungen hätten mich zu unsinnigen Reflexionen veranlassen können. Ich weiß noch, wie ich einen ganzen Nachmittag lang mit der hirnrissigen Konzentration eines Irren eine Übertragung aus Coral Gables, Florida, vom Finale des Virginia Slims Grand Slam gesehen habe. Sieh dir diese junge Tennisspielerin an, sagte ich mir. Ihr junges Gesicht, diese Augen, die den Ball anvisieren wie ein raubgieriger Hai, der seine Beute verfolgt. Keine Pikasekunde Überlegung paßt mehr zwischen sie und den Ball. Was habe ich sie um diesen ich-losen Zustand reinen Raubtierverhaltens beneidet.

Die Anmut ihrer Bewegungen, wie schnell sie für den nächsten Schlag in Stellung geht. Ich saß hingerissen, nur Zentimeter entfernt, vor dem Bildschirm. Gibt es ein Wort für diese skrupellose Eleganz? Anmut. Und sind Anmut und Selbstvergessenheit nicht das gleiche?

Wie meine Frau zu sagen pflegte, wenn sie meine Arme nahm und sich an mich schmiegte: Tanzen, einfach tanzen. Ich habe das nie gekonnt, . . . einfach . . . tanzen.

Natürlich hatte ich Depressionen. Das war mir durchaus bewußt. Natürlich nahm ich Medikamente, den Rest von Mutters grünen Pillen, was sonst? Es war erstaunlich, wie sie einen verlangsamten, wie alles von einem abfiel, wenn man sie genommen hatte, wie man nur noch vor sich hin starrte und nichts mehr fühlte, nicht einmal, daß man nichts mehr fühlte. Ich habe den ganzen Rest aufgebraucht.

Und ich habe weitergeschrieben und dabei diese wahnsinnigen Augenblicke der Selbstbewußtheit auf die Depression selbst gerichtet. Ich staunte über mein seltsames Hochgefühl, über den grimmigen Stolz, mit dem mein Geisteszustand mich erfüllte, über die Zähigkeit, mit der ich an meiner Depression festhielt und mich durch nichts davon losreißen ließ. In der tiefsten Depression las ich Bücher darüber, schrieb ich darüber – nicht, um sie zu überwinden, sondern um noch tiefer einzudringen, bis in ihre untersten Stockwerke, ihre Höhlen und Verliese, die feuchtesten, finstersten Winkel.

Melanie Klein möchte uns glauben machen, Depression sei die Sehnsucht nach der verlorenen Einheit mit der Mutterbrust. Die Individuation des Erwachsenen gerät demnach in Konflikt mit einer vorbewußten Erinnerung an eine Zeit, in der wir noch kein Ich besessen haben. Das Ich mag nichts Natürliches sein, es mag von Natur aus nicht mit sich selbst zufrieden sein; aber in der Depression führt irgendeine Zurückweisung durch die Welt, irgendein Erfolg oder Fehlschlag, zu einer geradezu elementaren Enttäuschung, als ob das Projekt der Individuation als solches gescheitert sei, und man sehnt sich nur noch danach, noch einmal zum Anfang zurückkehren zu können. Der Depressive ist so etwas wie ein Mystiker, und Depression ist das Meditieren über ein verlorenes Paradies jenseits der Gitterstäbe des Ich.

Als ich mit dem Manuskript soweit gekommen war, beschloß ich, es meinem Bruder zu schicken. Nach einer Woche rief ich ihn an und fragte, was er davon hielte.

»Ich finde, Harry Dean Stanton hätte weitergehen sollen. Daß er stehenblieb, hat den ganzen Film verdorben.«

»Sei bitte ernst.«

»Also bitte: Du versuchst, dich da herauszuschreiben.«

»Wir haben nichts zu fürchten außer der Furcht.«

»Halt keine Roosevelt-Reden. Was willst du? Daß ich kommen soll? Oder willst du für eine Weile zu mir?«

»Weder noch, bleib, wo du bist.«

»Ich versteh dich schon.« Und in der Annahme, ein wenig Sarkasmus würde mir guttun, fügte er hinzu: »Eine wahrlich erlesene Gesellschaft. Kafka, Rimbaud, Tolstoj.«

»Laß den Quatsch«, sagte ich.

»Na, du hast eben deine Meinung dazu, und ich bleibe bei meiner«, gab er zurück. Er sagte, er wolle jetzt joggen gehen. »Viel Glück«, sagte ich; und er: »Du weißt, wir haben immer geöffnet. Vierundzwanzig Stunden im Dienst. Ruf mich an, und ich nehme den nächsten Flug. Aber tu dir einen Gefallen. Wirf das Manuskript in den Ofen.«

Der Unterschied zwischen uns war der, daß ich es für möglich hielt, mich mit dem Schicksal anzufreunden, das, wie ich glaubte, meiner harrte. Er dagegen glaubte nichts anderes tun zu können, als es wissenschaftlich zu untersuchen, sich damit vertraut zu machen wie ein Guerillaführer, der den übermächtigen Gegner mit List und Wissen zu besiegen sucht.

In unseren ersten Ehejahren sind meine Frau und ich einmal ganz allein eine Woche nach Mexiko gefahren; unterwegs kamen wir an einer Kapelle vorbei – ich weiß nicht mehr wo –, und als wir aus dem Sonnenlicht ins Dunkel des Bauwerks traten, gewahrten wir zu unserer Verblüffung ein Fresko von goldenen Schwingen, die über uns in der Kuppel flatterten. Es wirkte beängstigend, als hätten wir im Dunkeln einen Schwarm Fledermäuse aufgeschreckt. Nachdem wir uns blinzelnd orientiert hatten, stellten wir fest, daß es doch bloß Bilder waren, vom Wasser und vom Lauf der Zeit arg mitgenommene Bilder.

Nun dachte ich also an meine Frau und diese Fahrt nach Mexiko, vor allem jedoch an Engel, das heißt an einen ganz bestimmten Engel: ich meine den, der Maria erscheint und ihr verkündet, daß sie ein Kind bekommen wird. Mir kam der Gedanke, daß man die Verkündigung, was auch immer sie sonst noch bedeutete, als eine Fabel über die erste Reaktion des Menschen auf die Verheißung von Glück betrachten könnte.

Fürchte dich nicht.

Mit diesen Worten spricht der Engel Maria an. Ich verkündige dir große Freude. Freude und Furcht. Furcht und Freude, alles gemischt. Wir sind so wenig an das Glück gewöhnt, daß uns jedwede Glücksverheißung in Schrecken versetzt. Selbst vor einem glücklichen Schicksal haben wir Angst. Der Engel versteht das. Fürchte dich nicht, sagt er.

Moe hatte zu mir gesagt:

»Es ist ein feiner, aber grundlegender Unterschied, ob man etwas aufgibt oder etwas seinläßt.«

Laß es einfach. Sieh mich an, scheint Moe zu sagen. Ich kann nicht sprechen, ich kann mich nicht bewegen, aber im Herzen weiß ich, wozu dieses Leben da ist. Ich habe meine Heimsuchung gehabt. Auch du wirst es erleben.

Du bist in der Nähe ihrer Staffelei und suchst Krabben zwischen den Felsen, während sie die Landspitze von Antigonish malt. Und zum erstenmal hebt sich der Schleier von der Erinnerung, und du siehst alles ganz deutlich: das blaue Band, mit dem sie sich das Haar zurückgebunden hat, ihre roten Schuhe, die lackierten Zehennägel, die schwarzen Härchen auf ihren Schienbeinen und wie sie, mit skeptisch vorgeschobenen Lippen, die Farben auswählt, wie sie sich, die Palette in der Rechten, auf dem Campinghocker nach vorne beugt, wie sie den Blick zwischen der Landspitze und der Leinwand hin und her wandern läßt und mit kleinen präzisen Strichen die Farbe aufträgt. Manchmal summt sie dabei. Sie hält inne und greift nach der Bierflasche, die in einem Priel zwischen Steinen steht, und nimmt einen Schluck. Sie lächelt dir zu und richtet den Blick dann wieder auf die Leinwand. Und langsam nimmt das Bild Gestalt an, der Tag neigt sich dem Ende zu, bis ihr beide vom Meer her die Kälte spürt; sie packt die Staffelei in den Tragekoffer, dann nimmt sie dich bei der Hand, und du kletterst mit einem Eimer voll Krabben in der Hand von den Felsen hinunter. Der Engel wird euch wieder dort hinführen, wo ihr immer habt sein wollen, und dort, Hand in Hand an der Küste, wird er euch alleinlassen. Der Engel führt euch an den Anfang zurück. Wenn er euch durch das Tor der Wahrheit auf die andere Seite geleitet, *verliert* ihr euer Gedächtnis nicht. Ihr *werdet* zu eurem Gedächtnis – zum letztenmal.

Nimm an, sie hat uns gewinkt, ihr durch das Tor der Wahrheit zu folgen. Stell es dir als Erlösung vor. Vergiß die erlesene Gesellschaft nicht: Kafka, Rimbaud, Tolstoj. Meine eigene Mutter. Mein eigenes Astapowo.

Wenn ich das glauben würde, würde ich es dann fürchten?

Ich habe viele Monate gebraucht, aber nach und nach wurde mir bei meinem unaufhörlichen Schreiben klar, was ich eigentlich zu glauben trachtete. Und als ich es wußte, gab ich die Arbeit an »Selbstlosigkeit« auf. Ich kam mir vor wie mein Sohn Jack, der mit vier Jahren immer aufs neue seinen Namen auf die Tafel geschrieben und wieder ausgewischt und so mit seinem eigenen Verschwinden experimentiert hatte.

Jetzt waren nur noch mein Bruder und ich übrig. Ich hatte gehofft, zu meiner Frau und den Kindern zurückkehren zu können; aber dazu meinte sie nur auf ihre ruhige Art: »Ich bin nicht so sentimental wie du.«

Ich sagte, auch ich sei nicht sentimental. Mein Wunsch, wieder mit ihr zusammenzuleben, habe nichts mit der Vergangenheit zu tun oder mit dem, was wir uns früher einmal bedeutet hätten.

»Womit denn?« fragte sie freundlich, als sei sie aufrichtig gespannt, die Antwort zu erfahren.

»Es geht mir besser« , sagte ich. »Ich habe mich wieder gefangen.«

Ich wußte, daß sie mich verstand; aber so, wie sie die Dinge sah, war es ehrlicher, zuzugeben, daß etwas zwischen uns zerbrochen und verraten worden war und niemals mehr in Ordnung gebracht werden konnte.

»Ich finde es nicht richtig, sich etwas vorzumachen«, sagte sie, worauf ich erwiderte: »Wer macht sich etwas vor?«

Ich sagte, sie sei mal wieder so streng und rechtschaffen.

»Es ist mehr als nur Stolz« , sagte sie. »Die Wahrheit ist die, daß es nicht besonders toll mit uns war, und daß es aus ist.«

Ich sagte, ich hätte durchaus Respekt vor ihrer Strenge und Rechtschaffenheit, doch neige sie dazu, diese Seite zu übertreiben. Darüber lachte sie, aber am Ende des Tages war sie noch immer bei ihrer Meinung. Ich mußte mich damit zufriedengeben, einmal im Monat mit ihr zu Abend zu essen und alle paar Tage mit ihr zu telefonieren. Immerhin konnte ich ihr so, wenn auch nicht alles, so doch das meiste von dem erzählen, was mir durch den Kopf ging. Sie hat mir nie mehr ihr ganzes Vertrauen geschenkt. Von dem, was sie nach unserer Trennung erlebt hatte, wollte sie mir noch immer nichts erzählen.

Etwa um diese Zeit stieß ich in der Zeitung auf einen kleinen Artikel über den Fall Adkins.

Auch das kommt in die Zeitkapsel, ein abgegriffener, vergilbter Ausschnitt aus der *New York Times*.

> Dr. Kevorkians Selbstmord-Apparatur bestand aus drei Phiolen, die über einem Metallgehäuse mit einem Elektromotor aufgehängt waren. Nachdem sie an das Gerät angeschlossen war, konnte Mrs. Adkins auf einen Knopf drücken, worauf ihr zunächst eine harmlose Salzlösung in die Venen gespritzt wurde, dann Thiopental, das Bewußtlosigkeit herbeiführte, und schließlich Kaliumchlorid, das zum Herzstillstand führte.
>
> Dr. Kevorkian erklärt, er habe bei mehreren Motelbesitzern und Bestattungsunternehmern angefragt, ob er ihre Räumlichkeiten benutzen dürfe, aber nur Absagen erhalten. Mrs. Adkins mußte daher auf einer Pritsche in Dr. Kevorkians rostigem 68er VW-Bus sterben. Der pensionierte Pathologe will die Polizei gerufen und

den Todesfall gemeldet haben, sobald der Elektrokardiograph ihren Herzstillstand angezeigt habe.

Seiner Aussage zufolge war Mrs. Adkins die erste, die dieses Gerät benutzt hat.

Dr. Kevorkian hat die Vorrichtung vergangenes Jahr in einer Reihe von Zeitungsinterviews im ganzen Land vorgestellt. Durch diese Artikel aufmerksam gemacht, nahm Mrs. Adkins, eine ehemalige Englischlehrerin aus Portland, Oregon, Kontakt mit Dr. Kevorkian auf und flog schließlich nach Michigan, wo sie sich zwei Tage vor ihrem Tod in einem Restaurant unweit seiner Wohnung mit ihm traf.

Ihr Mann Ronald und ihre drei Söhne haben ausgesagt, daß sie den Entschluß, zu sterben, etwa ein Jahr zuvor gefaßt habe. Sie war infolge ihrer Erkrankung nicht mehr fähig, zu schreiben oder etwa die Noten zu finden, die sie zum Klavier- oder Flötespielen brauchte, konnte aber zum Zeitpunkt ihres Todes noch ihren Mann erkennen, Tennis spielen und einer Unterhaltung folgen.

Mrs. Adkins erschien mir wie eine Frau, die nachts allein auf einer winterlichen Straße fährt; sie ahnt die schwarzen Äste oben und sieht vor sich im schneegedämpften Licht der Scheinwerfer nur einen unscharfen Tunnel. Sie spürt die ersten Anzeichen von Glatteis unter den Reifen und beschließt, von der Straße abzubiegen. Sie würgt den Motor ab. Sie betrachtet ihre Hände. Sie sind weiß und reglos.

Philosophen bekunden ihr Interesse am Fall Adkins. An dieser Frau läßt sich beispielhaft untersuchen, welche Grenzen dem vorausschauenden Urteilen über alternatives Leben im Verhältnis zu seinem eigenen gesetzt sind. Sie werfen die Frage auf, ob Mrs. Adkins das vor ihr liegende

Leben überhaupt rational beurteilen kann. Ich bin davon überzeugt, sie kann es. Sie spielt etwas auf der Flöte und weiß, sie hat dieses Stück einmal richtig spielen hören. Sie weiß noch, wie es sich anhören sollte, und sie weiß, daß sie niemals mehr fähig sein wird, es so hervorzubringen. Sie sagt sich: entweder spiele ich richtig, oder ich spiele gar nicht mehr.

Wie auch immer man sich entscheidet – ob so wie Mrs. Adkins oder nicht –, man muß sich nur im klaren darüber sein, daß man die Wahl hat. Man kann sich für den Tod entscheiden oder für jenes Leben jenseits vom Ich, das Leben hinter dem Tor der Wahrheit. Wie man entscheidet, hat Moe mich gelehrt, hängt von dem Wert ab, den man dem Selbstbewußtsein beimißt. Niemand kann einem diese Entscheidung abnehmen. Man hat die Wahl zwischen Leben und Bewußtsein, aber, wie Mrs. Adkins wußte, beides zugleich gestattet einem die Krankheit nicht. Wer nicht, wie Mrs. Adkins, bei den ersten Anzeichen handelt, dem wird die Krankheit nicht einmal mehr die Würde der Wahl lassen.

Mein Bruder und ich begruben Mutter an einem Nachmittag im November; sie wurde neben unserem Vater in die Erde gelegt, diese sandige, mit Kieselsteinen durchsetzte Erde, die jetzt fest und hartgefroren war. Als ich zu Fred Twomey, dem Bestattungsunternehmer, sagte, ich käme mir alleingelassen vor, tippte er an seinen Hut und drückte mir, wobei er bewußt gegen die Vorschriften verstieß, sein Beileid aus und fügte hinzu, er habe unsere Eltern sein ganzes Leben lang gekannt; dann gingen er und seine Leute zu ihren Autos zurück und ließen uns zwei unter dem blutroten Himmel auf dem Hügel allein.

Ich schob mit dem Fuß etwas Erde in das Loch und hörte sie auf den Sargdeckel fallen. Und noch etwas. Dann kniete ich mich hin und schob mit beiden Händen nach. Mein Bruder kam dazu und machte mit, und irgendwann hatten wir beide, im Dunkeln auf den Knien, es geschafft, sie vollständig zuzudecken. Als wir uns keuchend erhoben, sah ich von meinem Bruder nur die bleiche Scheibe seines Gesichts und die glänzenden Flecken feuchten braunen Schlamms an den Knien seines schwarzen Anzugs.

Ich hatte gar nicht daran gedacht, daß wir auf dem Rückweg vom Friedhof an unserem alten Haus vorbeikommen würden. Aber dann fuhren wir daran vorbei, und als ich mich umdrehte und die dunklen Fenster hinter uns verschwinden sah, fühlte ich nichts als die feuchte Erde an meinen Knien und Händen.

Plötzlich hielt mein Bruder an, setzte zurück und bog in die Einfahrt ein. Wir stiegen aus, ich nahm einen Schraubenzieher und eine Taschenlampe, deren Licht von den Kiefern, die meine Eltern gepflanzt hatten, reflektiert wurde, und ging die Einfahrt hoch. Es war bitterkalt, die Reifenspuren waren weiß überfroren, unser Atem strömte in Wolken. Ein matter Mond hing über den Bäumen.

Ich überlegte, daß die neuen Eigentümer bestimmt irgendwelche Alarmanlagen installiert hatten; mein Bruder muß das gleiche gedacht haben, denn plötzlich lachte er auf und sagte: »Na und. Schlimmstenfalls wird Fern Dunton mit seinem Streifenwagen hier auftauchen.« Wir waren beide mit Fern zusammen zur Schule gegangen, und wir würden ihm schon irgendwie erklären können, was wir nachts bei unserem alten Haus zu suchen hatten, obwohl wir es uns in diesem Augenblick selbst nicht hätten erklären können.

Auf alle Fälle war den neuen Besitzern entgangen, daß dem Doppelfenster links neben der Küchentür der Riegel fehlte. Vater hatte diese Ausnahme von der strengen Hausordnung – alle Fenster in Topzustand, die Riegel geölt und leicht beweglich, die Fensterbänke sauber gestrichen – zugelassen, damit wir, falls wir einmal den Schlüssel vergessen hatten, ins Haus kommen konnten; die Schlüssel dort zu hinterlegen, wo andere Leute es gewöhnlich tun – im Blumenbeet neben der Tür, unter der Fußmatte oder auf dem Türrahmen –, hatte er uns nicht erlaubt. Als ich im Schein der Taschenlampe sah, daß der Riegel noch immer fehlte, erfüllte mich ein Glücksgefühl wie schon lange nicht mehr. Das Haus hatte unser Geheimnis bewahrt. Es gehörte immer noch uns.

Wir mußten nicht einmal eine Scheibe einschlagen, nur das äußere Doppelfenster aufziehen und beim inneren den Schraubenzieher zwischen Scheibe und Rahmen stecken und den Riegel zur Seite stemmen. Ich wartete kurz, ob eine Alarmsirene losging, was mir aber nichts ausgemacht hätte. Nach einigen Sekunden Stille machte ich das Fenster auf, und mein Bruder folgte mir hindurch in die Küche. Wie Einbrecher in einem billigen Film schlichen wir auf Zehenspitzen in den Flur. Wozu auf Zehenspitzen? Es gab keinen Grund dafür, außer Aberglauben und Dunkelheit.

In der Küche stand ein neuer deutscher Kühlschrank mit einem kalten blauen Licht an der Tür, aber der Tisch war noch da, wo wir ihn gelassen hatten, jener Tisch, an dem ich mit meiner Mutter gesessen hatte; ich hatte ihr zugesehen, wie sie mit einem Finger darauf herumfuhr, und mich gefragt, wie ich es ihr sagen sollte. Dabei wußte sie es bereits.

Die neuen Eigentümer hatten den grün marmorierten

Linoleumbelag, den Vater im Flur verlegt hatte, herausgenommen, aber ich sah ihn noch vor mir, wie er, Leim- und Schweißgeruch verströmend, in seiner kurzen Hose auf den Knien lag, mit einem Teppichmesser fachmännisch die Ecken ausschnitt und sie mit sanftem Druck seiner Finger einpaßte und wie er sich dann, als er fertig war, in der Hocke zurücklehnte und schweigend die nahtlosen Fugen begutachtete.

Der Schaukelstuhl im Wohnzimmer, der runde Läufer vorm Kamin, das verschlissene graue Sofa, die Regale mit Vaters agronomischen und chemischen Lehrbüchern und Mutters Taschenbüchern, das alles war nicht mehr da und durch unpersönlich elegantes Kunstgewerbe ersetzt. Aber das neue Sofa war ebenso nebensächlich wie der Florteppich unter unseren Füßen. Unverändert war freilich die Stimmung dieses Raums, die Dichte der Erinnerungen, die uns in der Dunkelheit umschwebten. Wir standen nebeneinander vor dem Panoramafenster und sahen in den Garten. Etwas ging mir durch den Kopf.

»Was habe ich bei dem Autounfall noch mal gesagt?« fragte ich. »Ich sage etwas, und du siehst mich an; aber ich weiß nicht mehr was.«

Mein Bruder dachte kurz nach. »Du hast mehrmals gesagt: ›Das ist alles meine Schuld.‹«

»Aber warum?«

»Vater hatte dir gesagt, du solltest aufhören, auf dem Rücksitz herumzuhüpfen. Aber du hast nicht gehorcht. Eine Minute später ist der Unfall passiert. Du dachtest, das Ganze wäre allein deine Schuld. Das denkst du noch immer. Du hast dir das nie verziehen, auch wenn du dich an nichts mehr erinnern kannst.« Zum erstenmal sehe und höre ich es so, wie es passiert ist: von der Verwünschung, die mein Vater ausstößt, bis zu Mutters spitzem Schrei;

von dem langsam rasenden Schlittern des Wagens bis zu dem Aufprall: die Frontscheibe splittert, Vater knallt aufs Steuer, Mutter aufs Armaturenbrett, mein Bruder fliegt auf die Kühlerhaube. Ich höre die Stille nach dem Aufprall, ich sehe meine Eltern reglos auf den Vordersitzen, ich sehe, wie mein Bruder sich von der Kühlerhaube wälzt und sich die Hände, zwischen denen Blut hervorzuströmen beginnt, an den Kopf preßt, und ich höre mich immer wieder sagen: Das ist alles meine Schuld. Als mir diese Worte wiedergegeben sind, kehre ich dorthin zurück, wo ich jetzt bin: ins Wohnzimmer der Farm, die einmal uns gehört hat. Ich sehe auf die Kiesfläche hinaus, auf der mein Vater gestorben ist. Mein Bruder hat sich zu mir umgedreht und sieht mich seltsam an, denn jetzt lache ich plötzlich – wofür ich beim besten Willen keinen Grund angeben könnte, außer vielleicht den, wie verrückt es mir vorkommt, daß ein erwachsener Mann so lange Zeit unter einer längst vergessenen Bagatelle gelitten haben soll.

Ich sitze in einem dunklen Zimmer. Mein Herz pocht laut. Ich habe keine Ahnung, wo ich bin. Ich bin nackt, das sollte nicht sein. Hastig beginne ich mich anzukleiden. Ich laufe in dem Zimmer umher, stoße an einen Schuh, ziehe ihn an, stoße an einen Stuhl, ertaste eine Hose, ziehe sie an, dann ein Hemd, dann Socken, und gerade als ich, mit einer Socke in der Hand, ein Bein hochziehe, erfüllt plötzlich blendendes Licht das Zimmer.

Eine Frau sitzt mir gegenüber in einem Bett, sie hat die Hand an der Nachttischlampe und sieht mich durch die Haare vor ihrem Gesicht an.

Ich habe keine Ahnung, warum ich so dort stehe: auf einem Bein, eine Socke in der Hand, einen Fuß im Schuh, den anderen nackt. Ich beobachte sie genau. Sie kann jederzeit nach dem Hörer greifen und die Polizei rufen. Ich habe keine Ahnung, wer sie ist. Ich möchte schreien. Ich möchte das erklären. Aber es kommt kein Wort über meine Lippen.

Dann sagt sie: »Komm wieder ins Bett.« Es ist meine Frau. Das war vor zwei Wochen, und ich erzähle es so, wie sie es mir erzählt hat. Denn ich habe keinerlei Erinnerung an diese Szene. Sie sagt, ich habe sie gefragt, ob ich bei ihr bleiben könne. Die Kinder schliefen oben, und sie habe gesagt: »Dies eine Mal.«

Ich ging ins Bett zurück und legte mich auf die Decken; sie streichelte mir den Unterarm. Aber ich merkte, daß ich von ihr wegglitt. Das spürte ich deutlich, ich wollte es nicht, konnte aber nichts dagegen machen, wie ein Tier, das im Scheinwerferlicht eines herannahenden Autos erstarrt.

Am nächsten Morgen vereinbarte ich einen Termin bei Dr. L. Er kennt meinen Bruder, wir sind seit der Highschool miteinander befreundet. Er arrangierte eine gründliche Untersuchung. Als ich zwei Wochen später wiederkam, um das Ergebnis der PET-Aufnahmen zu erfahren, fand ich es auf einmal ziemlich komisch, bei ihm im Sprechzimmer zu sitzen und bei der Farce mit dem Titel »Die schlechte Nachricht« mitzuwirken. Welche Rolle wurde mir in dieser Farce abverlangt? Sollte ich aufstehen und Dr. L. die Hand schütteln, wie es angeblich der Schriftsteller Raymond Carver getan hatte, als sein Arzt ihm eröffnete, er sei inoperabel an Krebs erkrankt? Oder sollte ich so reden wie dieser großartige Filmgangster, der, während er sich nach der Untersuchung das Hemd wieder zuknöpft, den Arzt fragt:

»Raus mit der Sprache, Doc, wie lange habe ich noch?«

Und schon sagte ich lächelnd: »Helfen Sie mir. Dieser Gangster, im Kino. Wie heißt er noch mal?«

Dr. L. mußte annehmen, ich hätte vorübergehend den Verstand verloren, denn auf einmal rief ich, ein wenig lauter als nötig: »Edgar G. Robinson!«, als wollte ich den Arzt wissen lassen, daß ich von jetzt an um jeden Punkt, um jeden Ball kämpfen würde.

Er sah mich über den Rand seiner Lesebrille an. »Es ist nicht das, was Sie erwartet haben.«

Ich bat ihn, mir den Bericht vorzulesen und mir nichts vorzuenthalten. Als er fertig war, fragte ich: »Es ist also noch zu früh, um Genaues zu sagen?« Er nickte und meinte dann: »Mir scheint fast, Sie sind enttäuscht.«

Ich stehe in meinem Einzimmer-Apartment vor dem Fenster und blicke über den Park. Jenseits der Bäume sind das

Pflegeheim und das jetzt dunkle Zimmer meiner Mutter zu erkennen. Das Fenster steht offen. Es ist sehr spät, die Stadt ist endlich eingeschlafen. Vom Park her ruft eine Eule. Aus der Tiefe meiner Kindheit schallt die Warnglokke der Güterzüge. Ich fühle das kalte Linoleum im Schlafzimmer der Farm unter meinen Füßen, die Kanten der Heizung, an der ich lehne, drücken sich heiß durch die Hosenbeine meines Schlafanzugs, während ich die nach Chatham rollenden Güterzüge beobachte.

Im Fenster spiegelt sich das glänzende Gestell meiner Lesebrille. Meine Augen sind verschwunden. Meine Wangenknochen reflektieren das Licht der Lampe. Ich hatte schon immer das Gefühl, nicht zu wissen, wie ich eigentlich aussehe: wie alle anderen aussehen, das ja, aber nicht, wie ich selbst aussehe. Doch nun sehe ich unter der glatten Fläche meines Spiegelbilds, hinter den Umrissen meiner Kinnpartie, meiner Augen und meiner Stirn, die Schatten zweier früherer Gesichter. Und endlich, während ich die nächtlichen Reflexionen auf dem Glas betrachte, erblicke ich Mutter und Vater, die Gesichter der Toten.

Welches davon gehörte mir? Was davon ging über das Ererbte hinaus? Meine Frau ist der Ansicht, daß ich mein Leben mit dem Nachdenken über diese Fragen vergeudet habe. Ich hätte nicht so sehr mein Leben gelebt, als vielmehr ständig darüber nachgegrübelt, ob es denn überhaupt mein Leben wäre. Leb doch einfach, pflegte sie zu sagen, leb doch einfach, als sei dies die natürlichste Sache der Welt. Freilich, sie konnte das, mit der Anmut der geborenen Tänzerin. Jetzt, da die Narkose zu wirken beginnt, jetzt, da ich sowenig empfinde, kann ich mir schmerzlos noch einmal anhören, was sie in jener Augustnacht, den Blick nach den Sternen gerichtet, gesagt hat: »Wozu mußt du ihnen Namen geben?«

Die Spiegelung meines Gesichts im Fenster überlagert das Flechtwerk der Äste vor dem Nachthimmel. Zerschneidet man die graue Masse in sehr feine Scheiben und legt diese unter ein Elektronenmikroskop, sieht das Gehirn so ähnlich aus wie das dichte Muster der Zweige eines Baums vor dem Himmel. Aber die Analogie zwischen Hirn und Baum führt nur in die Irre. Werden dem Baum ein paar Zweige abgehackt, tut es ihm gut. Wird die graue Masse mit dem Skalpell auch nur angeritzt, hält man seine Frau plötzlich für einen Hut oder umgekehrt.

Die Identität des Menschen beruht auf neurochemischen Vorgängen. Die Identität des Menschen wird in Pika-Litern gemessen. Unendlich winzige Mengen von Neurotransmitter-Flüssigkeit, verschwindend kleine elektrische Ladungsschwankungen stehen für den Unterschied zwischen Ich und Ich-Verlust.

Geistige Gesundheit ist ein fein ausbalanciertes Gleichgewicht. Schicksal wird in Pika-Litern zugeteilt. Andererseits ist Schicksal etwas Schönes. Spüre den langsamen Schlag seiner schwarzen Flügel.

Ich will keine Metaphern mehr. Ich will das Ding selbst sehen. Ich will tief in den Hippocampus blicken, tief in die vorderen und hinteren Regionen des Hirns, bis in den Hirnstamm hinein, wo die Proteinablagerungen von Millisekunde zu Millisekunde größer werden, wo Plaque und Fibrillen entstehen und die Neurotransmitter blockieren und dafür sorgen, daß die Schaltkreise zusammenbrechen und ich Tag für Tag ein wenig mehr vergesse.

Nichts kann schöner sein, als dies zu beobachten: die

molekulare Entwicklung deines Sterbens. Sich im Untersuchungsraum zurücklegen und beobachten, wie die eigenen Neuronen dich beobachten, deine Gedanken denken – das bist du, das ist dein Vergessen: digitale Kästchen auf einem Monitor. Da, genau da! Mein Bruder konnte es mir auf dem Bildschirm zeigen. Dort würden wir funktionieren, wenn wir es könnten.

Damit erreichten zweitausendfünfhundert Jahre heftigsten Wissensdranges der westlichen Welt ihren Höhepunkt: Man konnte die Molekularchemie des eigenen Sterbens live im Fernsehen verfolgen. Apropos Erkenne dich selbst. Was die Menschen immer erstrebt haben – hier ist es: die Kenntnis der letzten Dinge, die verschwommene Vorstellung vom tödlichen Pfeil der Zeit als exaktes Abbild auf einem Monitor in einem weißen Zimmer. He, Doktor, könnten Sie das Bild etwas schärfer einstellen?

Man denke an Leonardo da Vincis anatomische Zeichnungen vom Fötus im Mutterleib. Man denke an jenen französischen Anatomen des achtzehnten Jahrhunderts, der Wachsmodelle von Frauen herstellte, die man zum Studium der inneren Organe öffnen konnte. Der Traum vom durchsichtigen Körper, vom Einblick in sich selbst, ist stets die phantastische andere Seite der offiziellen Geschichte des Ich gewesen.

In den fünfziger Jahren, in denen ich aufgewachsen bin, wurden von der Firma Revell zwei etwa einen Meter große Plastikmodelle des Menschen verkauft; das eine hieß »Der Sichtbare Mann«, das andere »Die Sichtbare Frau«. Beide hatten eine durchsichtige Plastikhaut, unter der man alles sehen konnte – Nieren, Lungen, Rippenkorb, Arterien und das Gewirr der Eingeweide und Därme. Man konnte jedes Organ herausnehmen und lernen, es wieder an die richtige Stelle zu setzen. Die Modelle waren vollkommen lebensecht, bis auf die Sexualorgane. Man bedenke, ich rede von den fünfziger Jahren, da trugen Mädchen noch Hüfthalter. Der Sichtbare Mann war Sokrates' Satz gewidmet: Erkenne dich selbst. Gleichzeitig bestand aber damals auch das Gebot: Nimm deine Hände da weg.

Man stelle sich vor, sein eigener Sichtbarer Mann zu werden. Dazuliegen und sich selbst ins tiefste Innere zu blicken.

Als vor dreißig Jahren einmal meine linke Niere versagte, wurde ich unter örtlicher Betäubung auf den Operationstisch gelegt und mit Kabeln an einen Monitor angeschlossen, so daß der Chirurg den Eingriff in meinen Unterleib auf dem Bildschirm beobachten konnte. Ich spürte den Druck seines Zeigefingers und bekam irgendwie schmerzlos mit, wie die Klinge das Fleisch zerteilte. Ich war hellwach und verfolgte auf dem Bildschirm, wie der Chirurg einen dünnen Schlauch in den Einschnitt einführte und durch meine Aorta zu der kranken Niere hochschob. Ich sah die Wand der Arterie pulsieren, ich sah, als ich ein wenig die Lage veränderte, die wellenförmige Bewegung meiner Wirbelsäule. Dann bog er mit der Geschicklichkeit eines Autodiebs, der eine verschlossene Wagentür aufhebelt, um eine Kurve der Aorta, gelangte an den Eingang zu meiner Niere und pumpte irgendeine Flüssigkeit durch den Schlauch. Einige unglaubliche Augenblicke lang hatte es den Anschein, als sei mein Blut zum Kochen gebracht worden.

Als ich die Augen aufschlug, sah ich wieder auf den Monitor, und wie durch Wasser erblickte ich mattgraue Schatten in meinem Körper: das waren meine Wirbel, das waren meine Lungen, die sich da hoben und senkten wie eine Seeanemone in der Meeresströmung. Ich dachte, alles, was ich jemals von mir geglaubt hatte, sei falsch gewesen; und das hier sei ich wirklich, dieser wogende Puls, diese Knochenschemen und eben das Schicksal, das meine Niere hatte versagen lassen. All das, und live im Fernsehen! Narzißmus in höchster Potenz. Ich war der Sichtbare Mann geworden.

Ich möchte wissen, Gewißheit haben, dem Ding als solchem von Angesicht zu Angesicht gegenüberstehen. Ich möchte die Bahnen meines Gehirns mit eigenen Augen sehen. Mein Bruder hat recht. Es gibt kein besseres Mittel gegen die Angst als das Wissen.

Der erlösende Trank brodelt im Pokal mit dem Gral. Bald schon wird man ihn zulassen und verschreiben, man wird die pathologische Kaskade zum Stillstand bringen und auf klassisch wissenschaftliche Art ein Schicksal in einen Zustand verwandeln und Tragödie zu etwas Gewöhnlichem und Bedeutungslosem machen. Wie Kafka sagt, es gibt Hoffnung, aber nicht für uns. Für mich wird es zu spät kommen.

Ich will es in allen Einzelheiten vorhersagen. Ich will es mir soweit wie möglich vorstellen. Wozu sonst ist das erforschte Leben da? Wird das Verständnis, das ich dafür entwickelt habe, etwas daran ändern, wie die Krankheit mich überkommt? Wird der Verlauf einer beobachteten Krankheit durch den Vorgang der Beobachtung geändert?

Der Gedanke ist nicht so weit hergeholt, wie es scheinen könnte. Jeder durchlebt die Krankheit auf andere Weise. Niemand ist bloß irgendein Fall, ein unverfälschtes Lehrbeispiel. Ein gewisser Spielraum von Individualität wird jedem von uns zugestanden: einer reibt ständig an seinem Körper herum, als versuche er sich seiner Existenz zu vergewissern; eine andere erzählt den ganzen Tag, es hätten sich alle gegen sie verschworen; eine dritte – meine Mutter – blickt ruhig aus dem Fenster nach den Staren, die in den Pfützen auf dem Dach der Koreanischen Baptistenkirche Regenwasser trinken. Jeder findet seinen eigenen Weg in den Untergang.

Irgendwo las ich, Sir Walter Scott habe seine letzten Stunden in einem Zustand reiner Graphomanie verbracht und soll dabei zahllose Seiten mit sinnlosen, aber flüssigen und ununterbrochenen Zeilen bedeckt haben. Er konnte einfach nicht aufhören, er ließ sich durch nichts davon abbringen, und mit dem Kopf auf dem Papier und der Feder in der Hand ist er gestorben. Sehen Sie dort, in der Ecke des Tagesraums. Versuchen Sie nicht, ihn von diesem schmierigen Stapel bekritzelten Papiers zu trennen. Lassen Sie ihn in Ruhe. Stunde um Stunde, Tag um Tag bedeckt er die Seite, nimmt sie aufs neue, beschreibt sie aufwärts, abwärts, diagonal und schließlich quer, bis jedes Blatt von einer Million rasender sinnloser Wörter geschwärzt ist.

Hat Verstehen *irgendeinen* Sinn, wenn es nichts gibt, womit man die Sache aufhalten kann? Eine ausgezeichnete Frage, auf die ich auch nach einem ganzen Leben der Selbstbeobachtung keine Antwort weiß.

Werde ich sie schlagen? Werde ich aufspringen und aus dem Zimmer laufen, wenn ich sie kommen sehe? Ein Teil von mir will sie schlagen; der andere Teil will sagen: Tut mir schrecklich leid, er ist nicht ganz bei Trost. Komm morgen wieder. Ich bitte sie im voraus um Verzeihung. Falls so etwas möglich ist. Ich werde rührselig. Laß die Gefühlsduselei, wie meine liebe Frau, meine einzig wahre Liebe, sagen würde.

Sie hat wieder angerufen. Der Anrufbeantworter verzerrt ihre Stimme, verleiht ihr einen fremden, geisterhaften Klang. Sie sagt, sie habe mit Dr. L. gesprochen. Sie sagt, sie koche gerade das Abendessen, ob ich kommen wolle. Meine Kinder haben angerufen. Mein Bruder hat angerufen. Miranda hat angerufen. Ich komme nicht dahinter, wer es ihr verraten hat. »Ich möchte nur, daß du weißt«, fängt sie mit sanfter Stimme an, dann ist das Band zu Ende.

Sie alle argwöhnen beim Reden, daß ich zuhöre. Ihre Stimmen sind überaus ergreifend, aber für mich klingen sie, als kämen sie aus dem Weltraum.

Ich habe ein Stück Hemdpappe in der Hand, darauf steht ein Wort geschrieben. Das Wort fällt nach rechts ab. Die Buchstaben sind entsetzlich krumm und schief, und dort, wo der Federhalter ausgeruht hat, sind Tintenflecke, so daß der ganze Name den Eindruck erweckt, als habe sie ihn während eines erderschütternden Vulkanausbruchs geschrieben. Dennoch, ohne des Donners der Explosion und der umherfliegenden Trümmer zu achten, hat Mutter meinen Namen mühsam zu Ende geschrieben. Es ist das letzte Wort, das sie geschrieben hat.

Und hier ist ein Foto von mir, im Alter von sechs Jahren: barfuß, gestreiftes T-Shirt und Jeans mit Hosenträgern. Meine Haare flattern im Wind, ich stehe auf einem grob gezimmerten Pier, hinter mir sind Fischerboote vertäut. Ich weiß weder, wo ich da bin, noch wer diese Aufnahme gemacht haben könnte. Arglos sehe ich meinem älteren Ich ins Gesicht.

Ich wollte dieses Bild an die Pinwand neben Mutters Bett heften. Ich hatte schon die Nadel durch den oberen Rand gesteckt, als ich ihr das Foto in die Hand legte. Sie hielt es eine Sekunde lang fest und sah sich das Bild eines Kindes, das einmal ihr Sohn gewesen war, sorgfältig an. Dann zog sie mit jäher, ungestümer Entschlossenheit die Nadel heraus und stach damit nach dem Bild, wobei sie mir beide Augen durchbohrte.

Was sie damit wollte, unterlag nicht dem leisesten Zweifel. Es war als Akt der Blendung gemeint. Heute verstehe ich das natürlich. Wenn man das Bild ans Licht hält, strömt durch die Augen strahlende Helligkeit. Es ist das Licht, das vom Gelände hinter dem Tor der Wahrheit kommt.

Was ich jetzt weiß, was ich von ihr gelernt habe, ist folgendes: Es gibt zwei Arten von Tod, nicht eine. Bei der ersten kann alles, was uns an diese Welt bindet, alles, was wir lieben, uns bis zum letzten Atemzug kostbar bleiben. Alles bleibt, wie und was es ist. Gesichter bedeuten, was sie uns immer bedeutet haben. Bei dieser Art von Tod behält das Leben bis zur letzten Sekunde seine ganze Schönheit.

Bei der anderen Art des Sterbens wird alles Vertraute fremd, wird alles Bekannte unbekannt, wird alles Wahre falsch, wird alles Geliebte gleichgültig, wird alles Barmherzige unbarmherzig, wird alles Teilnehmende hart wie Stein. Dies Zimmer wird bald ein Gefängnis sein. Die Türen werden verschlossen sein. Ich werde an den Klinken rütteln. Ich werde nicht fliehen können. Die Gesichter meiner Frau, meiner Kinder und meines Bruders werden verschwimmen, sich auflösen und schließlich zu denen von Gefängniswärtern werden. Meine eigenen Hände, mein eigenes Gesicht, meine eigenen Gedanken, das alles wird mir fremd sein. Was ich sage, wird sinnlos erscheinen, sogar mir selbst. Ich werde sterben, aber mit offenen Augen.

Aber ich weiß, es gibt ein Leben nach diesem Tod, eine Zeit nach dieser Zeit. Ich weiß, im allerletzten Augenblick, wenn alles, was ich je gewußt habe, in mir ausgelöscht ist, wenn absolutes Nichts von mir Besitz ergriffen hat, wird Licht vom reinsten Weiß durch meine Augen auf die strahlend leere Fläche meines Geistes einfallen. Dann endlich werde ich der reinen und herzlosen Wirklichkeit jenseits von allem, was ein Lebender sich nur vorstellen kann, von Angesicht zu Angesicht gegenüberstehen.

Von den Bäumen her schallt der Ruf der Eule. Gleich beginnt die Jagd. Der Mond schwebt über der Stadt, weißes Licht strömt auf den efeubewachsenen Boden des Parks. Ich fühle, wie das Leben mich von diesem Schreibtisch fortruft, ich fühle, wie es mich aufstehen und auf die Straße gehen heißt. Die Nacht ist warm. Ich trage keine Schuhe, trocken und warm werden die Bürgersteige unter meinen Zehen sein. Ich werde bis ans Ende der Eisenbahnstrecke gehen. Ich werde den Güterzügen von Chatham lauschen. Ich werde in meinem Gesicht den Nachtwind spüren. Ich werde die Straße hinter dem Obstgarten hören. Ich werde die Lichter von Alton sehen und lockende Stimmen hören. Ich werde die Scheinwerfer von Autos durch die Nacht strömen sehen. Niemand wird mich jetzt aufhalten. Der gute Dr. L. hat sich geirrt. Die Aufnahmen sind unscharf gewesen. Die Zellen sind zu klein, man kann sie nicht sehen. Aber ich weiß Bescheid. Ich fühle sie in meinem Innern. Mein Schicksal hat mich eingeholt. Meine Reise hat begonnen.

Danksagung

Die Erörterungen über Positronenemissionstomografie und DNA wären ohne die hilfreichen Hinweise von Dr. John Hardy und Dr. Mike Mullin vom Middlesex Hospital in London nicht möglich gewesen.

Der Familie von Maurice des Mazes in Kamloops, British Columbia, danke ich herzlich für die Erlaubnis, aus seinen privaten Briefen an mich zu zitieren. Ich bin Maurice des Mazes und seiner Familie zu tiefer Dankbarkeit verpflichtet.

Biographien
in den suhrkamp taschenbüchern

Amrain, Susanne: So geheim und vertraut. Virginia Woolf und Vita Sackville-West. Erstausgabe. st 2292

Ball, Hugo: Hermann Hesse. Sein Leben und sein Werk. st 385

Bell, Quentin: Virginia Woolf. Eine Biographie. Aus dem Englischen von Arnold Fernberg. st 753

Bertaux, Pierre: Friedrich Hölderlin. st 686

Bjørnstad, Ketil: Ballade in g-Moll. Edvard Grieg und Nina Hagerup. Roman. Aus dem Norwegischen von Lothar Schneider. st 2814

Bjørnvig, Thorkild: Meine Freundschaft mit Tania Blixen. Aus dem Dänischen von Gabriele Gerecke. st 2714 und st 2815

Boveri, Margret: Verzweigungen. Eine Autobiographie. Herausgegeben und mit einem Nachwort versehen von Uwe Johnson. st 2576

Brinnin, John Malcolm: Die dritte Rose. Gertrude Stein und ihre Welt. Mit einem Vorwort von John Ashbery. Aus dem Amerikanischen von Maria Wolff. st 1820

Carossa, Hans: Ungleiche Welten. Ein Lebensbericht. st 521

Chalfen, Israel: Paul Celan. Eine Biographie seiner Jugend. Mit Fotografien. st 913

Cousse, Raymond / Jean-Luc Bitton: Emmanuel Bove. Eine Biographie. Mit einem Vorwort von Peter Handke und verstreuten Texten von Emmanuel Bove. Aus dem Französischen von Thomas Laux. st 2824

Einblicke und Ausbrüche. Lebensskizzen berühmter Frauen. Herausgegeben von Susanne Gretter. st 2347

Elias, Norbert: Mozart. Zur Soziologie eines Genies. Herausgegeben von Michael Schröter. st 2198

Ellmann, Richard: James Joyce. Revidierte und ergänzte Ausgabe. st 2577

– Vier Dubliner - Wilde, Yeats, Joyce und Beckett. Aus dem Englischen von Wolfgang Held. Mit Abbildungen. st 2684

Eribon, Didier: Michel Foucault. Eine Biographie. Aus dem Französischen von Hans-Horst Henschen. st 2226

Feyerabend, Paul: Zeitverschwendung. Übersetzt von Joachim Jung. st 2722

Fischer, Jens Malte: Große Stimmen. Von Enrico Caruso bis Jessye Norman. st 2484

Fölsing, Albrecht: Albert Einstein. Eine Biographie. Mit zahlreichen Abbildungen. st 2490

Freedman, Ralph: Hermann Hesse. Eine Biographie von Ralph Freedman. Aus dem Amerikanischen von Ursula Michels-Wenz. st 1827

260/1/7.97

Biographien
in den suhrkamp taschenbüchern

Gandhi, Mahatma: Mein Leben. Herausgegeben von C. F. Andrews mit einem Nachwort von Curt Ullerich. Aus dem Englischen übertragen von Hans Reisiger. st 953

Gespräche mit Marx und Engels. Herausgegeben von Hans Magnus Enzensberger. st 716

Gibson, Ian: Federico García Lorca. Eine Biographie. Aus dem Englischen von Bernhard Straub. Mit zahlreichen Abbildungen. st 2286

Haslinger, Adolf: Peter Handke. Jugend eines Schriftstellers. Mit zahlreichen Abbildungen. st 2470

Hensel, Georg: Glück gehabt. Szenen aus einem Leben. st 2495

Hesse, Hermann: Kindheit und Jugend vor Neunzehnhundert. Hermann Hesse in Briefen und Lebenszeugnissen. 1. Band: 1877-1895. Ausgewählt und herausgegeben von Ninon Hesse. st 1002

– Kindheit und Jugend vor Neunzehnhundert. Hermann Hesse in Briefen und Lebenszeugnissen. 2. Band: 1895-1900. Herausgegeben von Ninon Hesse. Fortgesetzt und erweitert von Gerhard Kirchhoff. st 1150

Hermann Hesse in Augenzeugenberichten. Herausgegeben von Volker Michels. st 1865

Hildesheimer, Wolfgang: Marbot. Eine Biographie. st 1009 und st 2617

– Mozart. st 598

Hörner, Unda: Die realen Frauen der Surrealisten. Simone Breton, Gala Éluard, Elsa Triolet. st 2816

Kleine, Gisela: Gabriele Münter und Wassily Kandinsky. Biographie eines Paares. Mit farbigen Abbildungen. st 2807

– Zwischen Welt und Zaubergarten. Ninon und Hermann Hesse: Leben im Dialog. st 1384

Lützeler, Paul Michael: Hermann Broch. Eine Biographie. st 1578

Tomalin, Claire: Katherine Mansfield. Eine Lebensgeschichte. Aus dem Englischen von Eike Schönfeld. st 2336

Mayer, Hans: Ein Deutscher auf Widerruf. Erinnerungen. Band I. st 1500

– Ein Deutscher auf Widerruf. Erinnerungen. Band II. st 1501

Muschg, Adolf: Gottfried Keller. st 617

Paz, Octavio: Sor Juana Inés de la Cruz oder Die Fallstricke des Glaubens. Aus dem Spanischen von Maria Bamberg. Versübertragungen von Fritz Vogelgsang. Mit zahlreichen Abbildungen. st 2294

Sauvat, Catherine: Vergessene Weiten. Eine Biographie zu Robert Walser. Aus dem Französischen von Helmut Kossodo. st 2465

Schmidt, Werner: Leben an Grenzen. Autobiographischer Bericht eines Mediziners aus dunkler Zeit. st 2162

260/2/7.97

Biographien
in den suhrkamp taschenbüchern

Souhami, Diana: Gertrude Stein und Alice B. Toklas. Zwei Leben - eine Biographie. st 2813

Stein, Gertrude: Jedermanns Autobiographie. Aus dem Amerikanischen von Marie-Anne Stiebel. st 2598

– Paris Frankreich. Persönliche Erinnerungen. Aus dem Amerikanischen von Marie-Anne Stiebel. st 2594

Theodorakis, Mikis: Die Wege des Erzengels. Autobiographie (1925-1949). Herausgegeben und aus dem Griechischen übersetzt von Asteris Kutulas. Mit Abbildungen. st 2797

Unseld, Siegfried: Begegnungen mit Hermann Hesse. st 218

WahnsinnsFrauen I. Erster Band. Herausgegeben von Sibylle Duda und Luise F. Pusch. Erstausgabe. st 1876

WahnsinnsFrauen II. Zweiter Band. Herausgegeben von Sibylle Duda und Luise F. Pusch. st 2493

WahnsinnsFrauen III. Dritter Band. Herausgegeben von Sibylle Duda und Luise F. Pusch. st 2834

Weimer, Wolfram: Kapitäne des Kapitals. Zwanzig Unternehmerporträts großer deutscher Gründerfiguren. Mit zahlreichen Abbildungen. st 2464

Wilkomirski, Binjamin: Bruchstücke. Aus einer Kindheit 1939 - 1948. st 2801

Zeemann, Dorothea: Einübung in Katastrophen. Leben zwischen 1913 und 1945. st 2637

260/3/7.97